Furieuse nature

Worthington & Spencer, détectives privés

DU MÊME AUTEUR

POLARS HISTORIQUES

◆ LES ENQUÊTES DES COUSINS CLIFFORD
1. *Premières armes*, 2017.
2. *Près du tsar, près de la mort*, 2017.
3. *Voir Venise et mourir*, 2018.
4. *La dame en rouge*, 2018.
5. *L'homme en vert*, 2020.
6. *L'enfant en bleu*, 2021.

◆ WORTHINGTON & SPENCER, DÉTECTIVES PRIVÉS
1. *Sombres secrets*, 2018 (Trad. : *Dark secrets*, 2019).
2. *Esprits tueurs*, 2019.
3. *Exquises miniatures*, 2020.
4. *Furieuse nature*, 2023.
5. *Dies Irae*, 2024.

COMÉDIES POLICIÈRES (COSY CRIME)

◆ LES ENQUÊTES DE CHLOÉ
1. *Et si je vous offrais des coups de pelle pour Noël ?*, 2020.
2. *Et si je jonglais avec votre tête pour Halloween ?*, 2021.
3. *Et si je vous jetais aux requins pour les vacances ?*, 2022.

FANTAISIE HISTORIQUE (GASLAMP FANTASY)

◆ UNE PLUME ET DES CROCS
1. *La nuit des loups*, 2022.
2. *L'ivresse du sang*, 2023.
3. *Le temps des goules*, à paraître 2024.

LIVRE POUR ENFANTS

◆ LES AVENTURES DE LOUIS CLIFFORD
1. *Le mystère de Noël*, 2018.

ROMAN FEELGOOD

La vie dont tu rêvais enfant, 2019.

OUVRAGES HISTORIQUES

Les droits de la reine. La guerre juridique de Dévolution 1661-1674), 2018.

Furieuse nature

Worthington & Spencer, détectives privés

Delphine Montariol

À mes lectrices et lecteurs,
avec tous mes remerciements
et toutes mes amitiés.
Prenez soin de vous !

Chapitre 1

Londres, vendredi 8 janvier 1892

— Au secours !

Le hurlement transperça la quiétude de la nuit, emportant avec lui les dernières bribes de sommeil de la maisonnée. Elle fuyait. Elle fuyait à toutes jambes, devant un ennemi invisible qu'elle était seule à pouvoir discerner à travers les ombres. Elle fuyait, pauvre folle de terreur, ses longs cheveux gris tombant sur ses épaules, le souffle court, sa main ridée cramponnée à la rampe de pierre de son escalier. Elle montait, toujours plus haut, vers un salut illusoire. Alors qu'elle atteignait les combles, lieu de repos des domestiques, où les maîtres ne se perdaient jamais, elle accéléra encore sa fuite éperdue, quand surgirent à côté d'elle les ombres sidérées de sa domesticité. Dans le chaos de son esprit, elle vit des silhouettes plus denses que les autres rejoindre la curée dont elle était la proie.

— Madame !

La voix tonna, non loin d'elle, mais rien ne pouvait plus l'arrêter. Elle tentait d'échapper à quelque démon mystérieux et, arrivée au point culminant de son hôtel particulier, elle observa un instant, un seul, la lucarne par laquelle la clarté de la Lune apportait quelque lumière sur l'innommable, qui la pourchassait. Elle fit volte-face, prête à affronter ses tourmenteurs… Prête ? Vraiment ? Non. Elle s'empara de la poignée de la croisée, ouvrit d'un geste brusque le battant et se précipita tête la première dans l'air salvateur. Elle ne cria pas, elle sourit même pendant sa chute… *Enfin, la délivrance…*

Le corps s'écrasa sur le trottoir dans un choc poisseux. C'est alors seulement que les hurlements retentirent… Les domestiques avaient tout vu et n'avaient rien pu empêcher.

◆ ◆ ◆

Isadora sursauta dans sa chambre à peine éclairée par les braises encore rougissantes dans la cheminée. Perdue dans les limbes du sommeil, elle resta un moment figée, assise dans son lit, sa longue chevelure brune de madone italienne s'étalant sur sa fine chemise de nuit immaculée. Son regard sombre passait en revue les ténèbres de la pièce, sans parvenir à se fixer sur l'un ou l'autre des meubles de qualité abritant ses affaires. Un instant contrarié par ce réveil soudain, Lumière, le chat noir de la médium, vint se frotter à sa douce maîtresse, encore alarmée…

— Anna…

Reprenant peu à peu ses esprits, Isadora caressa le chat gracieux, qui lui faisait l'honneur de partager sa vie.

— Pardon, Lumière… J'ai fait un mauvais rêve…

Toutefois, était-ce un mauvais rêve ? Isadora savait en son for intérieur que l'image était trop nette, trop précise, les sensations trop vives pour n'être qu'une projection de son esprit… Non, ce n'était pas un mauvais rêve, c'était un présage, une information à laquelle elle avait eu accès grâce à son don.

— J'ai bien peur qu'Anna ne soit en danger…

— Miaou !

Elle sourit et opina d'un geste élégant de la tête.

— Tu as raison… Pour ma part, je ne peux rien faire de cette nouvelle. En revanche, nous connaissons quelqu'un qui pourra agir… Stuart…

Lumière acquiesça d'un ronronnement. Il connaissait le détective et appréciait cet homme calme et pondéré. Depuis son retour à Londres, Isadora n'avait eu que peu d'occasions de rencontrer l'ancien officier. Témoin principal dans l'« affaire des nécromanciens », la médium avait été mise en sécurité par le Procureur Connor Muir, qui redoutait quelque tentative d'assassinat à son encontre. Qu'était la vie d'une médium face à la haute société et à sa réputation ? Peu de choses, en vérité. Aussi, le procureur avait-il pris les dispositions nécessaires à la sécurité d'Isadora et l'avait-il dissimulée le temps de l'instruction du procès. Puis, une fois les charges établies contre les adeptes meurtriers d'un culte immonde, il avait ramené la jeune femme à Londres afin qu'elle pût témoigner. Le procès s'était achevé quelques semaines auparavant et, depuis lors, Isadora avait retrouvé une vie plus paisible, plus proche de ce qu'elle avait connu avant cette sordide affaire… Elle sourit tout de même car, en toute chose, il y avait du bon. Sans l'« affaire des nécromanciens », jamais elle n'aurait rencontré Stuart Spencer, l'un des détectives les plus fameux de Londres. Un terrible cartésien, qui avait quand même accepté de faire une place à l'invisible dans son appréhension du monde… ou oserait-elle le formuler ainsi, qui avait accepté de LUI faire une place dans son appréhension du monde.

— Oui, demain, nous irons voir Stuart.

Forte de cette décision, Isadora se rallongea et rabattit ses couvertures sur elle. Malgré les épais rideaux, qui couvraient les fenêtres, il faisait froid. Avide de chaleur, Lumière se glissa près de sa maîtresse, qu'il berça de son doux ronronnement.

♦ ♦ ♦

Samedi 9 janvier 1892

Isadora rajusta la voilette, qui dissimulait un peu son visage délicat. Avec sa chevelure d'ébène, ses grands yeux bruns et sa bouche ronde, elle ne passait pas inaperçue. Sous son manteau anthracite, le frou-frou de sa robe fuchsia attirait lui aussi l'attention. Elle pressa le pas. L'habitude détestable des hommes de suivre les femmes seules dans la rue l'obligeait à toutes les manœuvres imaginables pour demeurer discrète. Son éloignement de la capitale londonienne durant plusieurs mois n'avait pas été sans conséquence sur ses finances. Elle se devait de rétablir sa clientèle, avant de pouvoir de nouveau s'offrir les services de fiacres. Aussi, pour le moment, marchait-elle en toute hâte vers l'agence de détectives Worthington & Spencer, où elle espérait trouver Stuart. Son pas rapide était scandé par la buée sortant à intervalles réguliers de sa bouche ronde et rose. Il était encore tôt, mais la foule avait déjà envahi les trottoirs de Londres. La poussière noire des cheminées encrassait la neige et les murs. Londres était grise et sale, froide et dure. Isadora resserra le col de son manteau autour de son cou. Une ombre attira son attention dans un recoin sordide. Son cœur se serra, toujours prêt à s'émouvoir du malheur d'autrui… Si seulement elle avait eu un peu d'argent, elle aurait pu aider les miséreux recroquevillés çà et là dans les ténèbres. Elle soupira, consciente qu'elle était une privilégiée dans ce Royaume-Uni si hostile aux pauvres.

Quand elle arriva à l'agence sise au cœur de *Fitzrovia,* au 46 Maple Street, une rue animée et commerçante du centre de Londres, elle observa un instant la plaque dorée qu'elle connaissait bien. *Worthington & Spencer, détectives privés.* Sans en avoir conscience, elle sourit. Elle aimait ces deux détectives étranges, mais âpres à défendre la Justice. Elle toqua, pressée de pouvoir se mettre à l'abri du vent du Nord, qui se levait et glaçait les passants. La porte pivota plus vite que ce à quoi elle s'était attendue, laissant apparaître… Elsie.

Surprise un instant par cette visite matinale, Élisabeth Worthington, Elsie pour ses amis et sa famille, observa

Isadora de ses grands yeux noisette. Puis, le froid l'ayant frappée de plein fouet, elle s'effaça de l'ouverture, permettant à la médium d'entrer en toute hâte.

— Bonjour Isadora ! dit-elle de sa voix franche. Que nous vaut le plaisir de votre visite ?

La visiteuse songea avec gratitude que ses rapports avec la détective avaient beaucoup évolué en peu de temps. Quand, six mois auparavant, elle avait franchi pour la première fois les portes de l'agence, l'accueil que Stuart et Elsie lui avaient réservé n'avait pas été des plus enthousiastes. Pourtant, tous deux cartésiens et confrontés à une enquête où le spiritisme et la nécromancie avaient la part belle, ils avaient eu besoin d'une guide éclairée dans les sciences occultes.

— Bonjour Elsie, comment allez-vous ?

— Ma foi, je vais aussi bien que possible, même si je m'ennuie fort ! Les affaires qui nous occupent en ce moment ne sont guère enthousiasmantes…

Isadora sourit avec bonne humeur. La spontanéité vive d'Elsie était toujours une source de surprise et de gaieté pour elle.

— Pourtant, il me semblait que vous étiez très occupés tous les deux.

— Oh oui, confirma la détective. Nous croulons littéralement sous les affaires médiocres. Maris infidèles, épouses infidèles, domestiques indélicats… Bref, rien d'intéressant. Cela paye certes les factures et nous n'avons pas à nous plaindre mais, d'un point de vue intellectuel, ces enquêtes ne sont pas stimulantes.

Elles franchirent en quelques pas le court couloir, un peu sombre, menant vers l'escalier du fond et s'arrêtèrent devant la pièce de gauche. Elsie avait d'office conduit Isadora vers le bureau de Stuart, supposant que c'était à son associé que la jeune femme rendait visite. Par la porte ouverte, la chaleur d'une cheminée bien alimentée rasséréna Isadora, non sans qu'un long frisson ne la parcourût de part en part. Il faisait bon dans l'agence et le contraste avec l'extérieur la saisit un instant. Pourtant, elle poursuivit la conversation comme si de rien n'était.

— Vous ne pouvez pas toujours être confrontés à des tueurs sanguinaires et originaux, s'amusa-t-elle.

La détective haussa ses larges épaules. Loin de l'image idéale de la femme victorienne, elle était grande, athlétique et en pleine forme. Ses longs cheveux châtains étaient retenus dans un large chignon, placé haut sur sa tête. Vêtue d'une robe bleu marine à l'épaisse étoffe, Elsie dissimulait dans les larges poches de son vêtement toutes sortes d'armes nécessaires à l'exercice de sa profession.

— Je sais, mais c'est tout de même plus intéressant... ronchonna-t-elle.

Isadora éclata de rire. Elsie avait le don rare d'être d'une incroyable honnêteté. Dénuée de rouerie et des faux-semblants nécessaires à la vie sociale victorienne, la détective était pourtant issue d'une puissante famille d'industriels, à laquelle elle avait su imposer sa façon de vivre, indépendante et loin des convenances. La jeune femme savait se tenir en société, mais elle n'en appréciait ni le carcan, ni les hypocrisies et, pire, ne se gênait pas pour le faire savoir à ses contemporains. Il avait fallu une affaire dramatique pour que sa famille acceptât de la laisser exploiter ses dons de déduction. Avec le soutien de son cousin Stuart Spencer, elle avait ouvert la première agence de détectives privés dirigée par une femme et un homme à Londres. La réputation des deux cousins s'était imposée en peu de temps dans la sphère des investigateurs, tant leur intelligence et leur profonde connaissance de l'âme humaine les menaient vers les solutions les plus étonnantes.

Le son caractéristique de la canne de Stuart claqua dans l'escalier menant vers l'étage, où le détective avait son appartement. Si Stuart résidait au-dessus de l'agence dans un appartement confortable, Elsie vivait encore dans le très bel hôtel particulier de son frère Édouard, au 14 Park Crescent, à environ un demi-mile de là.

— Isadora ? s'étonna Stuart.

Grand et mince, le détective aux cheveux blonds-roux approcha de la visiteuse avec un sourire lumineux. Isadora sentit son cœur se réchauffer à son approche. Stuart lui plaisait. Il lui plaisait même beaucoup avec ses yeux bleu-vert à la teinte si particulière. Il la salua avec courtoisie et l'invita à prendre place dans son bureau.

Meublée avec goût, la pièce était chaleureuse et éclairée. En son centre, un large bureau en bois occupait la majeure partie de l'espace disponible, alors que le sol était recouvert d'un épais tapis d'Orient. Sans y penser, Isadora s'approcha de la cheminée pour annihiler le froid, qui l'avait glacée jusqu'aux os. Stuart lui laissa le temps de se réchauffer et, quand elle eut repris quelques couleurs, ils s'installèrent.

Selon un rituel bien établi, Stuart prépara du thé *Earl Grey* pour tous et Elsie s'octroya un profond fauteuil club, légèrement de côté, lui permettant d'observer les visiteurs sous un angle différent. Isadora s'était assise dans le fauteuil visiteur et observait les deux cousins. Le détective lui apporta une tasse de thé et s'assit en face d'elle, prêt à écouter tout ce qu'elle voudrait lui confier.

— Que nous vaut le plaisir de votre visite, ma chère Isadora ? demanda-t-il.

À cette appellation affectueuse, la médium sentit ses joues s'empourprer. Pourtant, elle savait qu'il n'y avait que de l'amitié dans cette dénomination, mais… Mais quoi en vérité ? Voudrait-elle davantage ? Elle se secoua, consciente que les deux détectives l'observaient.

— J'ai l'intuition que l'une de mes plus anciennes clientes, Mrs Ophélia Talbot, est en danger.

Elsie roula des yeux, puis se précipita dans son propre bureau. Les deux autres la considérèrent avec incompréhension et n'attendirent guère plus d'une minute, avant qu'elle ne revînt, brandissant un journal.

— « Mort de l'une des grandes fortunes londoniennes. Ophélia Talbot s'est suicidée cette nuit ». C'est à la Une de tous les journaux ce matin, expliqua-t-elle.

Isadora fut saisie d'effroi, cachant sa bouche ouverte derrière sa main gantée. Stuart fronça les sourcils et se saisit du journal, que lui tendait sa cousine.

— « Cette nuit, peu avant minuit, les domestiques de la maison Talbot ont été réveillés en sursaut par les hurlements de leur maîtresse, qui se précipitait dans l'escalier vers le point culminant de son hôtel particulier. Arrivée à son sommet et sans qu'aucun d'entre eux n'ait eu le temps de la raisonner ou de la retenir, Ophélia Talbot s'est jetée par la lucarne sans aucune explication. Ayant rejoint la victime, le majordome n'a pu que constater la mort de sa maîtresse, sans pouvoir s'expliquer ce geste désespéré. Les forces de police de la *Metropolitan* ont immédiatement été appelées, mais la défenestration ayant eu lieu devant de nombreux témoins, le suicide ne porte pas à discussion ».

Isadora secouait la tête de droite à gauche, incrédule.

— Impossible… murmurait-elle plus pour elle-même que pour les détectives.

— Pourquoi « impossible » ? s'étonna Stuart.

Les yeux bruns d'Isadora se posèrent sur lui.

— Parce que je la connais depuis des années. Si quelqu'un aimait la vie, c'était Ophélia… Jamais elle ne se serait suicidée…

Stuart et Elsie échangèrent un regard lourd de sens. Isadora leur avait prouvé à plusieurs reprises que ses intuitions étaient souvent fondées. D'une manière ou d'une autre, la médium jugeait le monde autour d'elle avec célérité et perspicacité.

— Malheureusement, intervint Elsie, il est trop tard pour agir. En outre, le récit ne laisse guère de place au doute. Je ne pense pas que quiconque viendra nous engager pour enquêter sur cette mort. Selon toute vraisemblance, le suicide va être officialisé dans la journée.

Isadora opina du chef, consternée d'être arrivée trop tard pour que son intervention ne fût d'une quelconque utilité. Pourquoi ce retard ? En vérité, à quoi servait-il d'avoir des intuitions, si elles ne lui permettaient pas d'agir ? Alors que les deux détectives relisaient avec attention l'article de presse, la médium questionnait le mauvais rêve, qui avait perturbé sa nuit. D'après l'heure indiquée dans le journal, elle avait été réveillée en sursaut au moment de la mort d'Ophélia. Il ne s'agissait donc ni d'un rêve, ni d'une intuition, mais d'un flash de ce qui se déroulait à l'instant même. En ce cas, à quoi lui servait ce genre de renseignements ? L'événement était perturbant. Si ce flash n'était pas destiné à sauver son amie, devait-elle croire qu'il lui était adressé ? Après tout, Ophélia était la propriétaire de l'appartement qu'elle louait…

— Un penny pour vos pensées.

Isadora reporta son attention sur Stuart et la douceur de son regard la troubla.

— Je me demandais à quoi pouvait servir mon don, s'il ne me donnait que des informations trop tardives… à moins que l'information ne me soit destinée. Ophélia était la propriétaire de mon appartement et il se pourrait que sa mort me cause quelques désagréments. D'après ce que j'en ai compris, son fils ne m'apprécie guère et il se fera un plaisir de rompre le bail.

— Il ne peut tout de même pas vous jeter à la rue du jour au lendemain, s'indigna Elsie.

Stuart grimaça.

— C'est malheureusement possible, Elsie. Le droit n'est guère protecteur pour les locataires… Les meubles vous appartiennent-ils ou louez-vous votre appartement meublé ?

— Je loue un meublé…

La mine de Stuart s'assombrit davantage.

— Il faut que je rentre chez moi, annonça Isadora en se levant… Je ne veux pas que l'indélicatesse de mon nouveau propriétaire ne permette à mon chat de s'échapper.

Stuart et Elsie se redressèrent aussitôt.

— Je vous accompagne, décida Stuart.

— Mais vous avez certainement autre chose à faire…

— Oui, confirma-t-il en enfilant son manteau. Toutefois,

je vous accompagne.

Elsie grimaça à cette annonce, comprenant que son cousin laissait l'agence à son bon soin. Toutefois, elle ne releva pas, sachant que l'attention de Stuart ne pourrait pas être détournée d'Isadora, tant qu'il ignorerait si elle serait jetée à la rue par un bailleur perfide ou non. Elle haussa les épaules. Elle assurerait donc le bon fonctionnement de l'agence pour la matinée…

◆ ◆ ◆

Aussitôt dans la rue, Stuart héla un fiacre afin de rejoindre l'appartement d'Isadora, situé non loin de *Hyde Park*. L'état du bas de la robe de la jeune femme et son soulagement d'entrer dans une pièce chauffée avaient convaincu le détective qu'Isadora était venue à pied à l'agence. Subissait-elle un revers de fortune ? C'était possible. Il n'avait jamais évoqué avec elle l'indemnisation financière, qu'elle avait pu retirer de son isolement forcé. Toutefois, connaissant le fonctionnement judiciaire, il songeait avec quelque colère qu'Isadora avait dû perdre beaucoup avec sa participation à l'arrestation des nécromanciens. Pourtant, quand il avait fait sa connaissance, elle était une spirite reconnue, dont les prestations lui permettaient de vivre dans le confort. Il fallait croire que son éloignement de quelques mois de la capitale londonienne lui avait coûté une bonne partie de sa clientèle, si elle n'était plus capable de s'offrir les services d'un fiacre.

Assis en face d'elle, il l'observait, alors qu'elle-même ne portait son regard nulle part. Plongée dans ses pensées, elle ne faisait pas attention à son compagnon de route. *Mon pauvre Stuart, j'ai bien peur que cette femme ne te voie même plus comme un homme… Au mieux, tu es un ami, voire une connaissance.*

— Vous semblez songeuse, dit-il pour rompre le silence.

Elle sursauta, puis rougit légèrement.

— Je suis désolée. L'annonce de la mort d'Ophélia m'a perturbée. C'était l'une de mes premières clientes à Londres. Je me suis liée d'amitié avec elle. C'était une femme bien, généreuse et avide de rendre au monde ce que la vie lui avait offert.

Stuart s'étonna. Il n'était guère au fait des petits secrets de la haute société et ne s'y intéressait pas, en dehors des quelques renseignements qu'il jugeait utiles pour la bonne résolution de ses enquêtes.

— Était-elle une philanthrope ?

— Oui, je ne compte plus les institutions et les bonnes œuvres, qu'elle soutenait financièrement. J'espère que son fils sera aussi généreux qu'elle, mais j'en doute. Il n'est ni aimable, ni conscient de la chance qu'il a de vivre dans l'opulence. Ophélia, quant à elle, était née dans la misère, elle a émigré au Brésil et a travaillé d'arrache-pied pendant une quarantaine d'années, avant de revenir en Grande-Bretagne auréolée de sa réussite financière. Elle a ensuite investi sa fortune dans la pierre londonienne et c'est ainsi que j'ai fait sa connaissance. Nous nous sommes croisées lors de l'une de mes premières prestations et elle a été impressionnée par ma connexion à l'invisible. J'avais besoin d'un appartement et elle disposait de tout un parc immobilier.

Stuart se demandait quel âge pouvait avoir Isadora. À peu près son âge, en vérité. Elle devait être à la moitié de sa trentaine. Toutefois, en bon gentleman, il se garda de lui demander plus de précisions.

— Elle a fait fortune au Brésil, dites-vous… Dans quel type de commerce ?

— Il me semble qu'elle faisait le commerce des animaux et des plantes exotiques. Nous parlions peu du Brésil et de sa précédente vie de commerçante. Elle préférait se concentrer sur le présent ou le futur.

Comme tous ceux qui ont quelque chose à dissimuler, songea Stuart.

Isadora reporta toute son attention sur le détective.

— Je serais très étonnée d'apprendre qu'Ophélia ait été impliquée dans un commerce illégal.

— Mais je n'ai rien dit, se renfrogna Stuart.

— Oh, vous êtes comme votre cousine, sourit Isadora. Vous n'avez pas besoin de parler pour que l'on sache ce à quoi vous pensez. Pourtant, je vous assure qu'Ophélia était une femme honorable. Le commerce des plantes et animaux exotiques n'est peut-être pas très recommandable, je ne suis guère enthousiasmée par l'idée de déraciner ces pauvres créatures de leurs habitats naturels, mais les zoos et les collectionneurs privés sont friands de ce genre de curiosités.

Stuart garda le silence quelques instants. Il se demandait s'il appréciait ou pas d'être ainsi si lisible aux yeux de la jeune femme. Il reporta ses réflexions et reprit le cours de la conversation :

— Je suis quand même étonné qu'avec une telle activité, votre amie ait été capable d'amonceler une fortune si considérable.

Isadora haussa les épaules. Pour ce qu'elle en savait, d'autres ne se donnaient même pas la peine d'amonceler quoi que ce fût, mais se contentaient de naître pour disposer de telles fortunes.

— Chacun a sa part d'ombre, mais je ne vois pas ce qu'elle aurait pu importer du Brésil et qui lui aurait permis d'accumuler plus d'argent que ses perroquets et ses arbustes florifères.

Les perroquets… Stuart se souvenait avoir lu un article de presse assez détaillé sur le commerce de ces pauvres créatures. Ces oiseaux aux plumes multicolores étaient très prisés des collectionneurs richissimes, qui souhaitaient tous en acquérir. Néanmoins, peu de ces amateurs étaient au fait de leurs besoins et nombre de ces volatiles mouraient en quelques semaines, transis de froid ou d'ennui. Victoria, sa cousine par alliance, toujours à la pointe de la mode, s'était entichée de l'une de ces pauvres bêtes. Toutefois, elle avait compris à temps que l'oiseau dépérissait et avait assez d'affection pour lui, pour tenter de préserver sa vie en en faisant don, avec une certaine sagesse, au parc zoologique de Londres. D'après ce qu'elle lui en avait dit, elle le visitait à intervalles réguliers et avait découvert avec joie que son perroquet avait repris quelques forces au contact de ses congénères.

— Je suis d'accord avec vous, concéda-t-il. Pour avoir admiré nombre de perroquets en Inde, je préfère que ces oiseaux restent sous les latitudes auxquels ils sont habitués, plutôt qu'ils ne soient importés à grands frais chez nous. Quand je vois le temps qu'il m'a fallu pour m'habituer au climat londonien, je ne doute pas que l'adaptation au froid de ces créatures ne prenne un certain temps.

Isadora acquiesça d'un hochement de tête, mais Stuart comprit qu'elle était de nouveau plongée dans des pensées sombres et inquiètes. Il conserva donc le silence jusqu'à leur arrivée aux environs de *Hyde Park*.

♦ ♦ ♦

Dans l'immeuble cossu où se situait l'appartement d'Isadora, ils n'eurent pas même le temps de grimper l'escalier, illuminé par la verrière du plafond, qu'il comprit aussitôt que les craintes de la jeune femme s'étaient réalisées. Une feuille avait été apposée sur sa porte d'entrée et, quand ils y jetèrent un coup d'œil, ils constatèrent qu'il s'agissait d'un avis d'expulsion immédiate. Le fils d'Ophélia Talbot ne laissait pas même vingt-quatre heures à la médium pour quitter les lieux.

D'angoisse, Isadora se tordait les mains, incapable de savoir où elle pourrait séjourner en attendant de retrouver une location. Ses finances n'étaient pas au beau fixe et le peu d'argent, dont elle disposait encore, ne suffirait pas à lui offrir dix journées dans un hôtel convenable. En outre, si elle décidait de séjourner dans un tel établissement, elle ne disposerait plus de l'argent nécessaire à une nouvelle location. Les bailleurs étaient exigeants et le locataire incapable d'avancer les frais d'un mois entier ne pouvait espérer louer quoique ce fût à Londres.

— Allons chercher Lumière et vos affaires, trancha Stuart. Vous vous installerez dans mon appartement le temps qu'il vous faudra.

Isadora scruta le détective de son regard profond.

— Je ne peux pas vivre chez vous. La réputation d'une femme tient à peu de chose dans la société victorienne.

— Qui saura que vous vivez chez moi pour quelques jours ? la contra-t-il. En outre, je ne vous propose pas de partager mon appartement, je vous le cède. Pour ma part, je dormirai dans mon bureau et je ne viendrai vous déranger que pour mes besoins essentiels.

Les joues de la jeune femme s'empourprèrent avec intensité.

— Stuart, je vous remercie infiniment de votre offre, mais ce n'est pas possible.

Le détective sourit avec bienveillance et s'intéressa :

— Puis-je savoir quelles sont vos autres options ?

La bouche d'Isadora s'ouvrit, puis se referma, avant que la jeune femme ne grimaçât légèrement.

— C'est bien ce que je pensais, reprit Stuart en s'appuyant sur sa canne. N'avez-vous donc pas retrouvé votre clientèle habituelle depuis votre retour à Londres ?

— Et c'est moi que l'on dit médium ? rétorqua Isadora avec humeur.

Stuart sourit.

— Je suis détective. Je ne suis peut-être pas sensible au monde invisible, mais je suis très sensible au monde visible. De plus, je connais l'âme de mes contemporains. Je sais à quel point il est difficile de vivre à Londres, lorsque l'on n'a pas des moyens très conséquents. Avant de rencontrer Elsie et la famille de mes cousins, j'ai passé quelques années éprouvantes à Londres dans des foyers pour anciens officiers. Et encore, j'avais la chance que l'armée ne laisse pas tomber ses anciens membres dans la plus parfaite des misères. En revanche, pour votre part, en l'absence d'une famille protectrice, je pense que vous n'avez pas beaucoup d’options devant vous.

Isadora ne préféra pas répondre. Découragée, elle ouvrit la porte, arracha la feuille qui la mettait tant dans l’embarras et entra tout en maintenant Lumière à l’intérieur de l’appartement. Stuart la suivit de près et referma derrière lui, le chat s’enroulant aussitôt autour de ses jambes et de sa canne.

Isadora retira son chapeau, puis son manteau et se laissa tomber plus qu’elle ne s’assit dans son canapé. Elle massait son front du bout des doigts, alors que Stuart sortait une petite flasque de sa poche, la débouchait et la lui tendait.

— Buvez une gorgée.

Isadora sourit, sachant par avance quelle panacée le détective lui proposait. *Du brandy et du sucre, le remède souverain de Stuart.*

— Je prendrai le canapé de votre bureau, annonça-t-elle soudain.

Stuart se redressa, piqué dans son honneur.

— Certainement pas, cingla-t-il. Vous prendrez mes appartements, cela n’est pas négociable.

Isadora se redressa, les joues rougies.

— Stuart, je ne peux pas dormir dans votre lit. C’est… inconvenant.

Il cilla devant l’argument.

— Et où voulez-vous dormir ?

— Peu importe. Un canapé, un fauteuil, cela n’a pas d’importance. En outre, je ne peux pas vous obliger à dormir dans un fauteuil, alors que vous avez…

Elle ne finit pas sa phrase de peur de vexer le détective. Toutefois, Stuart était assez fin pour comprendre d’où venaient ses scrupules.

— Ma jambe et moi nous portons très bien, reprit-il plus calmement. En outre, c’est une vieille blessure et nous nous sommes accoutumés l’un à l’autre. Mon fauteuil me conviendra tout à fait. Ce n’est pas comme si c’était la première fois que je dormais hors d’un lit.

— Vous n’êtes pas raisonnable, tenta-t-elle dans un

dernier sursaut de résistance.

— Je le serai quand ce sera nécessaire. Pour le moment, il serait bon que vous regroupiez vos possessions. Malheureusement, l'avis d'expulsion est très clair. Si vous n'avez pas vidé les lieux cet après-midi à trois heures, votre épouvantable propriétaire fera intervenir la force publique. Je ne doute pas qu'une puissance financière comme la sienne n'ait quelques accointances avec les forces de police et certains seront ravis de rendre ce service au nouveau maître des lieux.

Une ombre passa sur les traits délicats d'Isadora. Pourtant, elle se reprit et se dirigea vers sa chambre, où la majeure partie de ses affaires se trouvait.

◆ ◆ ◆

Une heure plus tard, Isadora avait rangé ses vêtements et les quelques effets personnels dont elle disposait dans une grande malle, puis elle avait enfermé Lumière dans un panier d'osier, dont elle usait pour le transporter. Conscient qu'un changement était intervenu, le chat ne regimbait pas, curieux de voir où la vie mènerait sa maîtresse.

Pendant qu'Isadora rangeait ses affaires, Stuart était sorti dans la rue à la recherche d'une charrette, qui prendrait en charge les bagages de la jeune femme et les apporterait à son agence. Même s'il se doutait que le nouveau propriétaire souhaitait récupérer les lieux pour les louer plus cher, il ne comprenait pas la précipitation avec laquelle ce sinistre Oswald Talbot jetait dehors cette femme. Comme elle l'avait remarqué plus tôt, il ne devait pas l'apprécier, mais tout de même…

Peu de temps avant l'heure dite, l'appartement avait été vidé et Stuart avait installé Isadora dans un fiacre, alors que lui-même grimpait à l'avant d'une charrette. Un paysan venu vendre ses légumes au marché de *Notting Hill* était ravi de cette affaire. Pour peu d'efforts, il triplait le revenu de sa journée.

Quand ils parvinrent à l'agence, Stuart constata qu'Isadora les attendait déjà en compagnie d'Elsie. Après quelques efforts pour hisser la lourde malle dans l'étroit escalier, les détectives purent reprendre le cours de leur journée, pendant que leur invitée s'installait. Du moins, c'est ce qu'ils avaient espéré… À peine avaient-ils échangé trois mots que le tout nouveau téléphone, cadeau d'Édouard en remerciement de leur aide dans l'« affaire des miniatures », retentit dans l'entrée.

Stuart décrocha, écouta avec attention, hochant la tête à intervalles réguliers, avant de faire signe à sa cousine de se préparer. La détective ne se fit pas prier, trop heureuse d'échapper aux diverses filatures d'époux infidèles en cours. Quelques minutes plus tard, Stuart et elle s'engouffraient dans un fiacre en direction d'*Old Bailey*, la cour criminelle de Londres, où les attendait le Procureur Connor Muir.

◆ ◆ ◆

Située non loin de la cathédrale Saint-Paul, la cour criminelle était reconnaissable à sa façade grise et blanche, posée sur un rez-de-chaussée aux pierres anthracite. Les deux étages plus clairs étaient troués de hautes fenêtres aux contours ouvragés. D'abord consacrée aux crimes commis à Londres, sa juridiction avait été peu à peu élargie à tous les crimes les plus sordides de Grande-Bretagne, afin que ces affaires particulières pussent bénéficier de l'expertise de magistrats spécialisés.

Le Procureur Connor Muir y avait installé son bureau quelques années auparavant. Sec, petit mais se tenant toujours droit comme un i pour compenser son peu de hauteur, il était doté d'un esprit vif et implacable. Il ne faisait pas bon l'avoir pour ennemi. Stuart et Elsie entretenaient des rapports courtois avec ce magistrat aussi attaché qu'eux à la Justice de la reine. Pourtant, fervent défenseur de la tradition victorienne, le magistrat n'avait pas vu d'un bon œil l'arrivée d'une femme au sein des enquêteurs londoniens. Cependant, le Procureur Muir se targuait d'être impartial et, puisque aucune loi n'interdisait à Miss Élisabeth Worthington d'embrasser la profession de détective privé, il avait dû accepter cette nouvelle réalité. En outre, bien qu'elle fût femme, il reconnaissait les capacités déductives et l'intelligence vive de la détective, outre des aptitudes martiales peu communes parmi son sexe. Il s'était donc accoutumé à l'étrange duo de détectives, au sujet duquel il était souvent dit qu'ils partageaient un même esprit pour deux corps. Il était vrai qu'entendre ces deux enquêteurs déployer leurs arguments, en se cédant l'un l'autre la parole, avait quelque chose de saisissant. Leurs deux intelligences s'accordaient à merveille et enchaînaient sur les réflexions de l'autre avec un naturel étonnant.

— Comment s'y prennent-ils pour toujours se retrouver au cœur des mystères les plus sombres de notre vaste cité ?

Le magistrat lut une nouvelle fois la missive, qu'il avait reçue le matin même au milieu de son courrier habituel.

> *« Monsieur le Procureur de la reine,*
> *Je sollicite de votre bienveillance une intervention de votre part à mon bénéfice.*
> *Quelqu'un tente de m'assassiner.*
> *J'ai conscience que cette affirmation a de quoi surprendre et, bien que mon entourage dise n'avoir rien remarqué, je reste persuadée que l'un ou l'autre de mes familiers essaie de m'assassiner. Comment ? Par la méthode la plus extraordinaire qui soit : mon assassin tente de me convaincre de me suicider.*
> *Je vous affirme que la tentation du suicide m'est étrangère. Je n'ai jamais eu cette sorte de pensée au cours de toute ma longue vie et je ne l'aurai jamais.*
> *Si un tel « accident » survient, vous saurez grâce*

aux présentes qu'il s'agit bel et bien d'un meurtre. Dans cette éventualité, vous trouverez une lettre adressée à l'agence de détectives Worthington & Spencer, dont la réputation n'est plus à faire, et je souhaite que vous leur remettiez ma demande d'élucider mon assassinat. Je joins un billet à ordre de 10 000 livres, en espérant que cette somme couvrira leurs frais et leurs honoraires.

Si ce courrier vous parvient alors que je suis encore en vie, je vous supplie d'intervenir.
Je m'en remets à votre jugement.
Sincèrement vôtre,
Ophélia Talbot »

Le procureur relut une fois de plus la lettre. C'était bien la première fois de sa carrière qu'une victime lui écrivait avant sa mort pour dénoncer son meurtre... *Pousser quelqu'un au suicide... Voilà un moyen extraordinaire de supprimer son prochain...* Son regard se perdit dans le vague. L'histoire était extraordinaire, mais perturbante. Alors que le suicide d'Ophélia Talbot faisait la Une de toute la presse du matin, il recevait une lettre de la suicidée affirmant qu'elle ne voulait pas mettre fin à ses jours...

— Une affaire pour les Worthington & Spencer à n'en pas douter...

Chapitre 2

— **U**n meurtre déguisé ? ronchonna Elsie.

Installés autour d'une table ronde dans un angle du bureau du Procureur Muir, Stuart et Elsie écoutaient avec attention le récit que le magistrat leur faisait de la réception de l'étrange lettre d'Ophélia Talbot et de la non moins sidérante lettre d'engagement, qu'il venait de leur remettre.

« Miss Worthington, Monsieur Spencer,

Si vous lisez ce billet, c'est que j'ai fini par être assassinée d'une manière tout à fait singulière. Je pense que personne ne lèvera la main sur moi, ils sont tous trop lâches pour cela. En revanche, ils font tout pour me pousser au suicide. J'ai l'impression de devenir folle. Je sais qu'une telle affirmation ne plaide pas en ma faveur mais, pourtant, c'est ce que je ressens. Des voix surgissent autour de moi, et ils feignent tous, les domestiques y compris, de ne pas entendre. Pourtant, je ne suis pas folle, je les entends ces voix. Anna, Anna, Anna. Ce nom revient sans arrêt, sans que je ne me souvienne de l'identité de cette femme. Seulement, je suis certaine de la connaître, mais ils m'ont forcée à l'oublier. Trouvez qui est Anna et vous saurez qui m'a poussée au suicide ».

— La lettre qui m'était adressée n'était déjà pas très

rassurante quant à l'état mental de cette malheureuse, mais la vôtre… remarqua le procureur.

Les deux détectives devaient reconnaître qu'à la deuxième lecture, le courrier leur faisait encore pire impression qu'à la première. Elsie ne savait sur quel pied danser, quant à Stuart, il conservait un silence concentré, peuplé de doutes.

— Que cette lettre nous paraisse raisonnable ou non, finit-il par dire, nous avons été engagés en bonne et due forme par une femme, qui craignait d'être poussée au suicide et qui s'est suicidée. Nous devons enquêter.

Elsie acquiesça d'un bref mouvement de tête.

— Engagés par la victime… Ce travail ne laissera pas de me surprendre, remarqua-t-elle.

— Puisque vous avez pris votre décision, je ne peux que vous proposer mon aide, si vous en avez besoin, intervint le magistrat. Après tout, cette dame me demandait ma protection et je n'ai pas eu le temps de la lui accorder. Je souhaiterais être tenu informé de l'avancée de votre enquête. Je ne doute pas qu'elle sera originale.

Après quelques échanges d'amabilités, Stuart et Elsie prirent congé du procureur, non sans qu'une certaine perplexité ne perturbât le début de leurs réflexions.

◆ ◆ ◆

Dimanche 10 janvier 1892

L e jour n'était pas même levé, quand le bruit de la rue réveilla Stuart en sursaut. Il s'étira avec précaution, le dialogue avec sa jambe reprenant plus vite qu'à l'accoutumée après une nuit passée dans son fauteuil, les jambes sur sa chaise. Conscient qu'il était encore tôt, il écouta avec attention les sons de la ville plus distincts au rez-de-chaussée qu'à l'étage, où il résidait d'habitude. *Elsie t'a bien installé quand elle a loué cette maison… Je crois que je ne serai jamais capable de lui retourner le service qu'elle m'a rendu en me sortant du foyer pour anciens militaires, où je logeais alors...* De légers bruits lui parvinrent de l'étage. Isadora devait être réveillée. Soudain, une ombre bondissante atterrit avec souplesse sur son estomac.

— Miaou !

Stuart sourit à la silhouette féline venue le saluer dès potron-minet... ce qui tombait plutôt bien dans son cas.

— Bonjour Lumière, dit-il en flattant la tête sombre du chat. As-tu bien dormi ?

Un ronronnement lui répondit, ce que le détective prit pour une réponse positive. Alors qu'il le grattait derrière les oreilles, un frou-frou lui apprit l'arrivée de la maîtresse du petit félin.

— Bonjour Isadora, dit-il en se redressant.

— Bonjour Stuart. Je n'ose vous demander si vous avez bien dormi...

Stuart saisit aux inflexions de la voix d'Isadora, qu'elle était préoccupée par la situation, préoccupée à un point tel, qu'elle était capable de partir dans la journée.

— J'ai très bien dormi, Isadora, et je souhaiterais que vous ne vous préoccupiez pas davantage de mon confort. Croyez qu'en tant qu'ancien militaire, j'ai connu pire qu'un large fauteuil en face d'une cheminée.

— Je sais que vous avez connu pire, mais ce n'est pas une raison pour que la situation perdure. Je vais chercher dès aujourd'hui un appartement, peut-être dans *Fitzrovia* d'ailleurs. J'aime beaucoup ce quartier.

Stuart ne put cacher sa surprise. Il n'avait jamais imaginé qu'elle pût avoir envie de se rapprocher de lui... S'il pouvait interpréter ses paroles ainsi...

— Je pensais que vous aviez vos habitudes autour de *Hyde Park*...

Il se releva et sa jambe lui fit aussitôt sentir sa vive contrariété d'avoir été si peu choyée cette nuit. *Heureusement, la pénombre me dissimule à ses yeux.*

— J'ai préparé un petit-déjeuner et je souhaitais savoir si

vous accepteriez de le partager avec moi ? osa Isadora, peu sûre d'elle.

— Avec grand plaisir ! s'enthousiasma Stuart.

Ils montèrent à l'étage, Stuart prenant conscience que la jeune femme était déjà habillée et coiffée. *Mais à quelle heure se lève-t-elle ?* Très tôt au regard du petit-déjeuner fastueux, qui trônait sur la table de son salon. Isadora était parvenue à cuisiner une splendide omelette au fromage, du boudin, des champignons et des haricots aux herbes sur le poêle à bois, dont il disposait à l'étage. Stuart ne parvenait plus à se souvenir de quand datait son dernier petit-déjeuner digne de ce nom. La plupart du temps, il se contentait de thé et de pain pour le petit-déjeuner.

— Asseyez-vous, l'invita-t-elle en désignant une place à la table.

Elle leur servit du thé *Earl grey* et, alors que Lumière réclamait à grands miaulements de participer au repas, ils dégustèrent les plats, heureux d'être ensemble pour débuter cette journée.

— Qu'allez-vous faire aujourd'hui ? s'informa-t-elle.

— Nous allons commencer l'enquête sur la mort d'Ophélia Talbot. Toutefois, je ne vous cache pas que les circonstances de cette mort sont très perturbantes.

Isadora opina du chef sans commenter.

— Pour ma part, osa-t-elle enfin, je reste persuadée qu'Ophélia n'était pas suicidaire. Je peux comprendre que les deux lettres, qu'elle a adressées au procureur et à vous-même, soient embarrassantes, mais je n'y vois que le signe d'une terreur profonde. Je pense qu'elle était horrifiée et qu'elle a tenté de sauver sa vie comme elle le pouvait. Malheureusement, le tueur l'a prise de vitesse.

Stuart se redressa, ses sens en éveil.

— Terreur ? Pourquoi ce mot en particulier ?

— Mettez-vous à sa place un instant, reprit-elle avec plus de conviction. Malgré sa famille et ses domestiques qui vivaient avec elle, c'était une femme seule qui n'a trouvé aucun réconfort auprès de ses proches, elle le dit elle-même dans la lettre qu'elle a adressée au procureur, et elle était persuadée que sa vie était en danger. Au fond d'elle-même, elle savait que quelque chose se tramait et elle a essayé d'arrêter cette machination en faisant intervenir le procureur et votre agence. Il faut croire que le tueur est plus proche que ce qu'elle imaginait, puisque les lettres n'ont même pas eu le temps d'arriver à destination, qu'elle était déjà morte. En revanche, je me demande comment il s'y est pris pour l'influencer et la pousser au suicide.

— Hypnose ? proposa Stuart.

Isadora réfléchit à cette proposition.

— L'hypnose peut être un bon moyen de modifier les souvenirs d'une personne. Il me semble qu'elle fait référence dans votre lettre à quelqu'un qu'elle a oublié sans pouvoir se l'expliquer. Néanmoins, il serait surprenant que son entourage proche compte un praticien de l'hypnose doté de ce genre de talent.

Stuart s'adossa davantage à sa chaise.

— Je comprends ce que vous voulez dire. Tous les praticiens en hypnose ne sont pas capables de modifier la mémoire d'autrui, surtout si la personne résiste, ce qui devait être le cas d'Ophélia Talbot. Néanmoins, je garde à l'esprit cette hypothèse. Si cette femme a été poussée au suicide contre sa volonté, il a bien fallu que, d'une manière ou d'une autre, le tueur parvienne à modifier sa perception de la réalité.

— C'est ce qui est le plus inquiétant dans votre affaire. Si une telle manipulation psychique est possible, je vous engage à être prudent, Stuart.

Le regard d'Isadora se troubla un instant. Stuart songea qu'elle était peut-être plus attachée à lui, qu'il ne l'imaginait… *Arrête de rêver…*

— Oui, je crois que nous allons être opposés à forte partie, reprit-il. Qui que soit le tueur, s'il est parvenu à pousser une femme, qui ne souhaitait pas se suicider, à se jeter du point culminant de son hôtel particulier, il ne reculera pas devant les autres obstacles, qui pourraient se tenir entre lui et la fortune des Talbot.

— Pensez-vous qu'il s'agisse d'une question d'argent ? s'étonna Isadora.

— Quoi d'autre ? Dans un cas comme l'affaire Talbot, où une fortune immobilière est en jeu, l'argent me semble un bon mobile. Bien sûr, je ne peux pas écarter les autres raisons habituelles comme la vengeance, la jalousie, la trahison… Mais, pour le moment, l'argent me paraît un bon point de départ à ma réflexion. À qui profite le crime ? Ophélia Talbot a-t-elle fait un testament ? A-t-elle modifié ce testament ? Après tout, si le tueur est parvenu à l'obliger à se suicider, il aura peut-être réussi à lui faire changer son testament. Que savez-vous de la famille Talbot ?

Isadora soupira et cala son visage dans la paume de sa main. Elle avait conscience que tout ce qu'elle s'apprêtait à révéler à Stuart orienterait d'une manière ou d'une autre son enquête.

— Je connais cette famille depuis une quinzaine d'années. Quand j'ai fait la connaissance d'Ophélia, elle venait de perdre son mari. Il n'a pas supporté le climat londonien, après avoir vécu une quarantaine d'années au Brésil. D'après mes souvenirs, ils sont rentrés du Brésil en 1875 et je l'ai rencontrée en 1877.

— Où vivaient-ils au Brésil ? s'enquit Stuart.

— La plupart du temps à Rio de Janeiro. D'après ce qu'elle m'en a dit, il s'agissait de la capitale de l'Empire du Brésil et c'était la meilleure place pour faire du commerce. Quand je l'ai connue, Ophélia s'en voulait d'avoir insisté pour rentrer, mais l'Angleterre lui manquait. Elle était partie, toute jeune et désargentée, faire fortune dans ce pays et, après quarante ans passés dans cet exil de travail et d'efforts, elle avait eu envie de rentrer dans son pays pour jouir un peu de l'argent amassé.

— Et le reste de la famille ?

— Oh, il n'y a pas grand-chose à en dire. Son fils est détestable, imbu de sa personne, heureux de jouir de la fortune amassée par sa mère, mais méprisant tant envers son origine, qu'envers son activité de commerçante. Il a épousé une jeune femme de la noblesse désargentée, mais n'est toujours pas satisfait de sa vie. À plusieurs reprises, j'ai entendu Ophélia lui dire que s'il n'était pas content de l'origine de l'argent qu'il dépensait, il n'avait qu'à gagner le sien.

— A-t-il une activité professionnelle ?

— D'après ce que j'en sais, il a fait des études de médecine, mais j'ignore s'il est allé jusqu'au bout. À ma connaissance, il n'a pas de cabinet, mais je me trompe peut-être. En revanche, je sais que le neveu d'Ophélia est médecin et qu'il réussit mieux dans sa profession que son cousin. Il y a une grande rivalité entre les deux hommes. S'ils n'étaient pas de la même famille, je pense qu'ils seraient ennemis mortels.

Ennemis mortels... Une famille charmante...

— C'est le neveu d'Ophélia ou le neveu du côté de son époux ?

— Non, c'est le fils du frère aîné d'Ophélia. C'est elle qui a payé les études de son neveu et, d'après ce qu'elle m'en a dit, il lui en était très reconnaissant. D'après elle, c'est un homme brillant et elle n'a jamais regretté de lui avoir permis de faire des études.

Stuart hocha la tête, plongé dans ses pensées.

— Dois-je comprendre que tant le fils et son épouse, que le neveu et son éventuelle famille vivent ensemble sous le toit d'Ophélia ?

— Oui, c'est exact. Ophélia vivait au premier étage, pendant que son fils et son neveu se partageaient le deuxième étage. Au dernier étage, il y a les domestiques.

— Sont-ils nombreux ?

Isadora haussa les épaules, peu certaine de la réponse à apporter.

— Je dirais qu'ils sont le nombre habituel d'une maison de cette taille. Il y a une intendante, un majordome ainsi que tout un tas de valets et de bonnes, mais ils changent si souvent que j'ignore combien ils sont.

Stuart tiqua.

— Ils changent souvent ?

— Oui, je ne sais pas pourquoi, mais les domestiques ne restent jamais très longtemps au service de la famille Talbot. Je suppose que tant les gages, que les conditions de travail, ne leur conviennent pas. Je n'ai pas plus de détails sur ce point. Je dois avouer que je ne m'y suis guère intéressée.

— Quand vous rencontriez Ophélia, quels étaient les sujets de discussion que vous abordiez ensemble ?

Isadora pinça sa bouche dans un signe visible, qu'elle ne voulait pas trahir ses conversations avec Ophélia. Toutefois, après un moment de silence, elle se décida :

— Je crois que, d'où elle est, Ophélia ne m'en voudra pas si je vous parle… Ophélia a commencé à utiliser mes services quand elle voulait parler à son époux défunt. Je suppose que vous n'avez pas oublié que je suis spirite et il m'arrive de mettre en communication le monde invisible et le monde visible. Néanmoins, Peter Talbot ne s'est jamais manifesté. C'est probablement à cause de cela que leur fils a considéré que j'étais une escroc et qu'il me l'a fait payer hier. Néanmoins, une véritable arnaqueuse aurait feint une connexion pour satisfaire sa cliente et mieux la manipuler. Pour ma part, si je n'ai pas de contact, je n'en ai pas et je préfère le reconnaître. Ophélia, à la différence de son fils, appréciait mon honnêteté et nous avons poursuivi nos rendez-vous mensuels, où nous abordions un peu tous les sujets. Au fil des entretiens, je me suis aperçue que cette femme était seule, très seule depuis la mort de son mari. Son fils est froid, sa belle-fille est inconsistante, et il n'y avait guère que son neveu qui venait parfois converser avec elle. Toutefois, il est arrivé assez tard au sein de l'hôtel particulier, ce qui a mis en rage son fils. Cette installation s'est doublée d'une modification du testament d'Ophélia. Elle tenait à laisser une somme en propre à Jonathan Rees.

— Pourquoi a-t-elle fait cela ?

— Je ne sais pas. Elle ne m'en a jamais parlé et je ne lui

ai pas posé la question.

— Savez-vous si ces dispositions testamentaires sont toujours en vigueur ?

— Je l'ignore. Je pense que son neveu est venu vivre avec elle aux alentours de 1885 et le testament a été modifié à peu près à cette époque-là. Quant à savoir si aujourd'hui ce testament est toujours valide, je crains de ne pas pouvoir vous aider.

— Quand avez-vous rencontré Ophélia pour la dernière fois ?

— Il y a une quinzaine de jours. Nous avions l'habitude de nous voir tous les derniers lundis du mois. J'arrivais vers midi, nous déjeunions ensemble, puis nous discutions toute l'après-midi.

— De quoi parliez-vous ?

— De tout, de rien, de ce qui la préoccupait. En fait, ces dernières années, elle ne faisait plus référence à mon don, mais préférait s'en remettre à mon bon sens. Elle me trouvait capable et sollicitait mon opinion sur certaines questions, notamment des investissements ou des propositions commerciales qui lui étaient faites.

Stuart fut étonné par cette réponse.

— Elle n'en parlait pas à son fils ou à son neveu ?

— Non, répondit-elle sans hésitation. Ophélia était très stricte sur ce point. Ils géreraient leur argent comme ils l'entendraient, quand ils en seraient propriétaires, mais tant qu'elle était en vie, elle conservait la haute main sur les finances. Je crois que son fils en a conçu une immense colère. Comme il n'est pas très vaillant, il a toujours sollicité des subsides de la part de sa mère, qui ne les lui accordait pas toujours.

Stuart hocha la tête. *L'argent donc.*

— Merci pour ces renseignements. Si vous n'y voyez pas d'inconvénient, je souhaiterais échanger avec vous au sujet de cette affaire. Après tout, vous connaissiez bien la victime et pourriez peut-être nous aider à y voir plus clair.

— Bien sûr, dit-elle d'un air absent. Soyez prudent. Il y

a quelque chose de sombre chez les Talbot.

Stuart observa Isadora et se demanda si cette mise en garde relevait de son bon sens ou de sa médiumnité. En réalité, peu importait. Il pressentait aussi qu'il y avait des zones d'ombre dans cette enquête.

◆ ◆ ◆

Elsie avait peu dormi cette nuit-là. La veille, en rentrant chez Édouard et Victoria, elle s'était arrêtée pour acheter tous les journaux traitant du suicide d'Ophélia Talbot, dans l'espoir d'y découvrir quelques informations dignes d'intérêt. Toutefois, ses espoirs avaient vite été douchés par l'inconsistance de la majeure partie des articles, se copiant les uns les autres. Elle avait alors changé de tactique et s'était tournée vers la mémoire de son frère et de sa belle-sœur. De nouveau, la détective dut revoir ses exigences à la baisse, puisque Édouard était absent et Victoria n'avait croisé qu'en de rares occasions les Talbot.

— Nous ne fréquentons pas les mêmes milieux, avait-elle assené avec une dignité quasi royale.

Comprendre : nous appartenons à la Upper middle class, composée des capitaines d'industries, des banquiers et autres personnes d'influence, quand les Talbot, tout riches qu'ils soient, appartiennent à la Lower middle class, comme tous les commerçants, les professeurs et autres officiers... Elsie en avait été assez étonnée. D'après elle, la richesse des Talbot les classait d'office dans la même catégorie sociale que celle de son frère et de sa belle-sœur. Il semblerait qu'elle se fût trompée... D'évidence, Victoria considérait qu'une fortune amassée grâce au commerce conservait un rayonnement moindre qu'une autre due à l'industrie... Toutefois, elle aurait pu se douter de cette nuance. Albert, son beau-frère adoré, époux de Cathy sa sœur aînée, avait longtemps été méprisé par le reste de la famille comme étant le fils d'un épicier, ayant certes fait fortune, mais le fils d'un épicier quand même... Ce découpage des classes sociales ne laissait pas de surprendre Elsie. Pour sa part, elle se considérait hors de ce système, étant femme, indépendante et détective, ce qui l'excluait de fait de toute appartenance à quelque classe que ce fût.

Ainsi, elle entamait cette nouvelle journée avec aussi peu d'éléments de réflexion que la veille… *Haut les cœurs, Elsie, tu te plaignais de t'ennuyer, voilà de quoi t'occuper !* Elle boutonna sa veste longue, retombant sur ses pantalons bouffants de cyclisme, et enfourcha sa bicyclette. Elle adorait ce moyen de locomotion, qui lui permettait non seulement de se déplacer en toute indépendance dans Londres, mais encore de porter des pantalons en toute légalité.

En quelques minutes de pédalage énergique, elle rejoignit l'hôtel particulier des Talbot, où elle avait rendez-vous avec son cousin.

Elle était à peine arrivée qu'elle prit conscience du remue-ménage bouleversant l'intérieur de l'immeuble. Une effervescence surprenante agitait les domestiques et leurs maîtres. Malgré les fenêtres fermées, Elsie entendait des cris transpercer la maisonnée de part en part.

— Mais qu'est-ce que c'est que cette maison de fous ?

— Impressionnant, n'est-ce pas ?

Stuart avait surgi de nulle part à son habitude, avec la discrétion d'un chat. Malgré sa jambe estropiée, le détective se déplaçait en silence et avec une certaine souplesse la plupart du temps.

— Qu'est-ce qu'il leur prend ? s'étonna Elsie.

Stuart sourit en s'appuyant sur sa canne.

— Il leur prend qu'il y a une grosse demi-heure, un monsieur, que je soupçonne être le notaire d'Ophélia Talbot, est arrivé et qu'il a dû rendre public la version la plus récente du testament de la défunte. Selon toute vraisemblance, ladite version ne convient pas à tout le monde…

Elsie scella ses lèvres l'une contre l'autre pour

s'empêcher de commenter la rapacité de certains de ses contemporains.

— Puisqu'il en est ainsi, apportons notre contribution au chaos.

Stuart sourit, toujours amusé par l'esprit vif et quelque peu vindicatif de sa cousine. Il s'empara du lourd heurtoir et frappa à la porte d'entrée. Aussitôt, les cris s'estompèrent.

Un digne majordome entrouvrit la porte avant de faire face aux importuns, qui osaient troubler davantage la maison de ses maîtres.

— Monsieur, comment puis-je vous être utile ?

Elsie fit un effort pour ne pas remarquer, de façon cinglante, que le majordome avait fait comme si elle n'existait pas.

— Je suis Stuart Spencer et voici mon associée, Miss Élisabeth Worthington. Nous sommes détectives privés et nous avons été engagés par Mrs Ophélia Talbot pour enquêter sur les circonstances de sa mort.

Le majordome eut un mouvement de stupéfaction qu'il tenta, tant bien que mal, de dissimuler.

— Vous dites avoir été engagés par Mrs Ophélia Talbot pour enquêter sur les circonstances de sa propre mort ?

Il semblait hébété, ce que les détectives pouvaient comprendre.

— C'est effectivement ce que je viens de vous dire, attesta Stuart. Si vous souhaitez avoir confirmation de cet engagement, vous pouvez joindre Monsieur le procureur de la reine Connor Muir, à la cour criminelle d'*Old Bailey*. Mrs Talbot lui avait écrit pour solliciter son aide et lui demander de nous transmettre notre lettre d'engagement.

Si le majordome avait imaginé être surpris par la première annonce, il ne savait plus quoi faire de la seconde. Le procureur de la reine ? À la cour criminelle d'*Old Bailey* ? Il ne tenta même plus de cacher sa stupéfaction.

— Si vous voulez bien vous donner la peine d'entrer, je

souhaiterais en référer à mes maîtres.

Stuart et Elsie notèrent avec quelque satisfaction que, malgré ses réserves fort compréhensibles, le majordome faisait preuve d'une certaine courtoisie à leur égard. Nombre de ses congénères, avant lui, les avaient fait attendre sur le pas de la porte.

Ils entrèrent dans le vestibule et s'assirent sur les chaises destinées aux visiteurs, pendant que les cris reprenaient avec constance dans l'habitation.

◆ ◆ ◆

Leur attente ne fut pas longue et, quelques minutes plus tard, ils virent arriver non pas le maître des lieux, mais bien trois hommes qui semblaient à couteaux tirés. Stuart et Elsie se levèrent au même instant, prêts à faire front.

— Est-ce une plaisanterie ? tonna le premier, un homme d'une bonne trentaine d'années, blond aux yeux tombants.

Avant que Stuart ou Elsie n'aient eu le temps de dire un mot, le plus âgé des trois hommes intervint :

— Monsieur Talbot, je viens de vous signifier que j'étais informé de cet engagement. L'agence Worthington & Spencer a été dûment recrutée par votre mère pour faire la lumière sur les circonstances de sa mort. Que cela vous plaise ou non, il en est ainsi. En tant que son exécuteur testamentaire, je veillerai à ce que ces détectives puissent mener à bien leur tâche.

— Allons, allons, un peu de calme, intervint le troisième d'une voix posée. Je me demande quelle image nous allons donner à ces détectives. Veuillez nous excuser pour cet accueil fort peu orthodoxe. Je suis Jonathan Rees, le neveu de feue Mrs Ophélia Talbot. Je vous remercie d'être venus si promptement à la demande de ma pauvre tante.

— Ne sois pas ridicule, Jonathan, le moucha le premier. Il est hors de question que ces gens entrent dans la maison.

Jonathan, qui tentait jusque-là de faire bonne figure, se

retourna tel un aspic vers son cousin.

Ce mouvement de colère surpris Elsie, car l'homme semblait courtois et tempéré, à la différence de son odieux cousin. Il était assez bel homme, brun, âgé d'une petite trentaine d'années, vêtu d'un impeccable costume sombre, portant des rouflaquettes et une large moustache.

— Que cela te plaise ou non, Oswald, la dernière version du testament dont Maître Grünwich vient de nous faire lecture me donne autant de droits qu'à toi d'accueillir ces détectives au sein de la maison. Tu n'es pas le seul héritier, nous sommes à parts égales.

Cette vérité était encore insupportable au fils d'Ophélia Talbot, qui tourna les talons et quitta le vestibule sans autre forme de cérémonie.

Oswald Talbot parti, chacun prit quelques secondes pour se calmer.

— Je suis confus pour cet accueil d'une grossièreté peu commune, reprit Jonathan. Je souhaiterais pouvoir m'entretenir avec vous et, si vous le voulez bien, Maître, je voudrais que vous assistiez à cet entretien.

Le notaire opina du chef. Jonathan montra alors le chemin à Elsie, Stuart et au notaire vers la pièce où, d'après les multiples papiers étalés sur un grand bureau en merisier, la lecture du testament venait d'avoir lieu. C'était une grande salle du rez-de-chaussée agréable et lumineuse, où tout le mur avait été recouvert d'une immense bibliothèque. Autour du bureau, six fauteuils avaient été installés.

Le notaire reprit la place qui avait été la sienne, faisant face aux autres, tout en réunissant ses documents.

Stuart et Elsie s'octroyèrent deux des fauteuils et Jonathan prit place à leurs côtés.

— Tout d'abord, Maître, je souhaiterais savoir quand vous avez été informé de notre engagement, attaqua Stuart.

— Il y a presqu'une semaine. Mrs Talbot s'est présentée à mon étude pour me demander conseil. Elle était persuadée que quelqu'un cherchait à l'assassiner. Je lui ai alors suggéré de prévenir le procureur de la reine pour qu'il puisse intervenir. Malheureusement…

— Maître, puisque l'agence Worthington & Spencer a été engagée par ma tante, je souhaiterais que vous leur fassiez lecture du testament qu'elle a déposé il y a un peu plus de six mois à votre étude.

Le notaire acquiesça de nouveau, même s'il semblait surpris par cette demande.

— Comme vous voudrez, Monsieur Rees. Afin d'être exhaustif, je vous précise que Mrs Talbot est venue à mon étude il y a un petit peu plus de six mois pour déposer une nouvelle version de son testament. Je dois vous dire que jusque-là, son fils, que vous avez croisé dans le vestibule, était le seul et unique bénéficiaire de ses biens. Néanmoins, Mrs Ophélia Talbot a décidé, en son âme et conscience et alors qu'elle était en pleine possession de ses moyens physiques et intellectuels, de modifier ce testament. Elle a déposé en mon étude une nouvelle version, qu'elle m'a demandé d'enregistrer et de faire exécuter lorsque le temps serait venu. Avant de vous en faire la lecture, je vous précise encore qu'il s'agit d'un testament olographe qu'elle a rédigé elle-même devant deux témoins, son majordome et son intendante. J'ai interrogé ces deux personnes et ils ont confirmé avoir assisté à la rédaction de ce testament.

Stuart fronça les sourcils. *Première incohérence… D'après Isadora, le testament a été modifié au bénéfice du neveu lors de son aménagement dans l'hôtel particulier, mais le notaire soutient que le testament a été déposé à son étude il y a environ six mois…*

— Veuillez m'excuser, Maître, intervint le détective, alors que le notaire s'apprêtait à lire à haute voix l'acte qu'il avait entre les mains. À quelle date a été fait ce testament ?

Maître Grünwich s'étonna puis, chaussant ses lorgnons, il lut les dates :

— Le testament a été rédigé le 18 avril 1889, mais il a été déposé à mon étude le… 15 juin 1891.

— Je vous remercie.

Le notaire scruta Stuart à la recherche d'une explication, qu'il ne reçut pas, et entama la lecture :

« Mes chers enfants,

Je soussignée Anna Rees, épouse Talbot, dite Ophélia Talbot, saine de corps et d'esprit, atteste qu'en ce jour je modifie mes dernières volontés et souhaite que l'ensemble de mon héritage soit partagé en trois parts égales entre Oswald Talbot, mon fils, Jonathan Rees, mon neveu, et Anna Selva, ma protégée.

Avant tout partage, il sera prélevé cinq cents livres et cette somme sera répartie entre tous les domestiques en fonction de leur ancienneté à mon service.

Je laisse l'exécuteur testamentaire faire les calculs.

Pour le reste, j'entends que mon héritage soit partagé strictement entre mes trois héritiers ».

Stuart et Elsie se jetèrent un coup d'œil l'un à l'autre, puis observèrent le seul bénéficiaire présent dans la salle. Jonathan Rees ne semblait pas heureux, ce qui était tout de même surprenant.

— Veuillez m'excuser, Monsieur Rees, mais vous ne semblez guère enthousiaste face à cette lecture, remarqua Stuart.

Jonathan Rees releva la tête et observa les deux détectives. Il leur sourit néanmoins avec politesse et acquiesça d'un signe de tête.

— Je n'ai jamais imaginé que Tante Ophélia ferait de moi l'un de ses héritiers à part entière. Ma relation était déjà conflictuelle avec Oswald, je puis vous assurer que ce testament ne va pas arranger les choses. Malheureusement, je crois que je me suis fait un ennemi mortel de mon cousin.

— Est-il à ce point furieux ? interrogea Elsie.

Jonathan eut un petit rire qu'il tenta de contrôler tant bien que mal.

— Ce n'est rien de le dire, Miss. Mon cousin a toujours été jaloux et vindicatif à mon égard. Je n'avais pas compris d'où venait cette hostilité et je crois que, malheureusement, j'ai compris ce qui le dérangeait. Tante Ophélia m'avait toujours dit que j'aurais un petit quelque chose lors de sa succession, mais je ne m'attendais certes pas à hériter d'un tiers de sa fortune.

— Savez-vous qui est la troisième héritière ? questionna Stuart.

Jonathan eut un regard un peu perdu et, par réflexe, il se tourna vers le notaire, qui précisa :

— C'est l'une des raisons pour lesquelles je suis très satisfait que Mrs Ophélia Talbot vous ait engagés. Pour ma part, je n'ai jamais entendu parler de cette femme. Anna Selva m'est inconnue. Je pensais que les deux héritiers la connaîtraient mais, d'après ce qu'il est ressorti de la réunion de ce matin, ni Monsieur Rees, ni Monsieur Talbot ne savent qui est cette femme. Nous sommes dans l'ignorance la plus complète.

Elsie observa avec soin le visage du notaire, puis reporta son attention sur l'héritier, et constata que les deux hommes semblaient dire la vérité. Ainsi, non seulement Ophélia Talbot intégrait à la succession son neveu à parts égales avec son fils, mais encore elle faisait d'une parfaite inconnue son héritière pour un tiers de sa fortune. *Trois héritiers dont une que personne ne connaît. Tu voulais de quoi stimuler ton cerveau, te voilà servie !*

— N'y a-t-il pas plus de renseignements sur cette femme ? s'enquit-elle.

— Non, Miss Worthington, reprit le notaire. La seule chose que je sais sur Madame Anna Selva, c'est quelle est l'héritière de feue Ophélia Talbot et qu'elle était « sa protégée », pour reprendre l'expression du testament. Malheureusement, je n'ai aucun document sur son identité, aucune piste de recherche à vous offrir et, bien évidemment, aucune adresse à vous fournir.

Les deux détectives se tournèrent de concert vers Jonathan Rees. Il leva les mains devant lui en un signe de dénégation.

— Ne me regardez pas. J'ai entendu ce nom pour la première fois ce matin. J'ignore qui est cette femme. Une protégée, je n'ai rien de plus à vous dire.

— Pensez-vous que nous pourrions avoir accès aux comptes bancaires de votre tante ? demanda Stuart. Si cette dame était la protégée d'Ophélia Talbot, il se pourrait qu'elle ait déjà aidé cette dernière. Elle la soutenait peut-être financièrement.

Jonathan se tourna vers le notaire, qui répondit à sa question muette :

— Avec votre autorisation, l'agence Worthington & Spencer pourrait avoir accès aux comptes bancaires de votre tante. Ce serait peut-être une bonne idée que de vérifier cette hypothèse…

— Soit, si vous souhaitez avoir accès aux comptes bancaires de Tante Ophélia, je n'y vois pas d'inconvénient. Tout ce qui permettra d'identifier cette mystérieuse Anna Selva me paraît utile.

— Nous donnerez-vous l'autorisation de consulter les papiers de votre tante ? compléta Stuart.

— Bien sûr, bien sûr, opina le neveu d'un air las. Je dois avouer que je suis moi-même très intrigué par cette femme. Si Tante Ophélia a jugé bon de lui octroyer un tiers de la succession, c'est qu'elle devait être proche d'elle. Je suis quand même très étonné de ne jamais en avoir entendu parler… Je me demande comment nous allons faire pour mettre la main sur elle et nous assurer qu'il s'agit de la véritable Anna Selva. Si, par malheur, la nouvelle qu'une héritière inconnue est recherchée se diffusait, j'ai peur que nous ne soyons submergés par les « Anna Selva » de pacotille.

Stuart acquiesça d'un signe de tête. Cet homme semblait intelligent et logique, ce qui était agréable. En outre, il était poli et pondéré, ce qui ne gâchait rien. Il l'observa avec attention et comprit pourquoi Ophélia Talbot avait décidé d'aider ce neveu, certes désargenté mais plein d'avenir, à faire des études universitaires. *Médecine ?*

— Veuillez m'excuser, Monsieur Rees, mais je souhaiterais confirmer avec vous que vous êtes bien le neveu auquel Mrs Talbot a offert ses études universitaires.

Un grand sourire illumina le visage de son interlocuteur.

— Oui, c'est moi. Je désespérais de pouvoir suivre ce genre de formation et ma tante a accepté de financer mes études. C'était un tel cadeau, une telle bénédiction que, depuis lors, j'ai toujours eu à cœur que ma tante soit fière de moi et de mon travail. J'ai un cabinet de médecine de ville sur Oxford Street et je me targue d'être assez compétent parmi mes pairs.

Stuart ne doutait pas que le médecin était intelligent et habile. Pour impressionner sa tante au point qu'elle en fît l'un de ses héritiers, il fallait que Jonathan Rees fût d'un bois différent de son cousin.

— Et Monsieur Oswald Talbot ? Que fait-il ? s'enquit Elsie.

Bien malgré lui, il haussa les épaules.

— Il ne fait pas grand-chose en vérité. Il a lui aussi voulu faire des études de médecine, mais il n'a jamais été au-delà de la deuxième année et a toujours raté ses examens. Quand j'ai réussi là où il avait échoué, il en a conçu une colère et une jalousie morbide à mon égard.

— Morbide ? reprit Stuart.

Le mot était fort et nécessitait quelques explications.

— Oui, morbide. Je puis vous assurer que si ma situation professionnelle et personnelle n'avait dépendu que des bons soins d'Oswald, je serais à la rue, ruiné et en haillons.

Le notaire se racla la gorge avec discrétion. Il semblait dire : « N'oubliez pas que je suis présent ». Son rappel à l'ordre fut entendu et, après quelques échanges d'amabilités et la promesse de rechercher dans ses anciens dossiers la référence à une « Anna Selva », il prit congé.

$\diamond\diamond\diamond$

Quand ils ne furent plus que trois dans le bureau, Jonathan observa avec attention les détectives.

— Je trouve étrange que ma tante vous ait engagés à l'avance pour enquêter sur les circonstances de sa mort. Pour ma part, avant votre arrivée, je pensais qu'elle s'était suicidée. À dire vrai, vu les circonstances de sa mort, je n'ai pas eu de doute, bien que je n'ai pas compris son geste. Néanmoins, maintenant que vous apparaissez dans le jeu, je suis circonspect, voire inquiet. Se pourrait-il que ma tante se soit suicidée… J'ignore comment le formuler…

— Contre sa volonté ? proposa Stuart.

Il prit le temps de réfléchir à cette proposition.

— Oui, finit-il par confirmer d'une voix sombre. Oui, c'est cela. Se pourrait-il que Tante Ophélia se soit suicidée contre sa volonté ?

— C'est tout l'objet de notre enquête. Est-ce que votre tante était en pleine possession de ses capacités physiques, psychologiques et intellectuelles ? s'enquit Elsie.

Jonathan hésita.

— Je répondrai plutôt par l'affirmative, quoi que son suicide tende à prouver le contraire. Néanmoins, en tant que médecin, je n'ai relevé aucun signe de dépression de quelque sorte que ce soit chez ma tante. Elle se plaignait parfois de terreurs nocturnes, surtout les derniers temps, mais j'ai constaté ce genre de troubles chez d'autres patients âgés. Il est certain qu'elle souffrait en outre de rhumatismes et de raidissements divers, mais qui n'avaient rien de surprenant à son âge. D'ailleurs, chaque année, elle partait prendre les eaux à Bath et en revenait toujours en meilleure santé. Cela n'avait rien de psychologique, c'était simplement l'usure du temps. En outre, elle menait ses affaires comme d'habitude. Elle était très autoritaire, farouchement attachée à son rôle de matriarche, et je n'ai rien vu dans son comportement qui différait de l'habitude.

— Avait-elle une dame de compagnie ou quelqu'un à

qui elle aurait pu faire des confidences ? interrogea Stuart l'air de rien.

Jonathan réfléchit un instant.

— Elle n'avait pas de dame de compagnie, mais il y avait cette femme, qui venait tous les derniers lundis du mois. Ma tante l'appréciait beaucoup et la trouvait intelligente. D'après ce que j'en sais, c'est une spirite, assez connue, mais qui ne fournissait pas ce genre de prestations à ma tante. Je crois qu'elles étaient amies. En revanche, je n'ai pas retenu son nom. Le majordome s'en souviendra certainement.

Les deux détectives hochèrent la tête, satisfaits que leur interlocuteur ait passé l'épreuve. Il confirmait les dires d'Isadora, ce qui était un bon point pour lui.

— Si vous le voulez bien, je souhaiterais que nous consultions les papiers de ma tante, avant que mon cousin ne réagisse et ne mette son bureau à sac. Le connaissant, il est bien capable d'éliminer tous les éléments qui pourraient nous mener à notre héritière inconnue.

Stuart et Elsie furent assez estomaqués par cette confidence. D'évidence, l'hostilité des deux cousins était réciproque… Néanmoins, conscients que le risque évoqué par Jonathan Rees n'était pas sans fondement, ils ne commentèrent pas et le suivirent dans les couloirs jusqu'au vaste bureau du premier étage, d'où Ophélia Talbot avait mené son empire.

Chapitre 3

Ils passèrent la majeure partie de la journée à compulser les différents documents se trouvant dans la pièce. Néanmoins, mis à part une montagne de baux, des propositions de vente et d'achat d'immeubles en tous genres au sein de Londres, de stricts relevés des loyers perçus chaque mois et de documents divers liés à la gestion du parc immobilier d'Ophélia Talbot, ils ne trouvèrent rien de pertinent sur les deux thématiques les préoccupant : les circonstances de son suicide et l'identité d'Anna Selva.

— Votre tante disposait-elle d'un autre bureau en ville pour gérer ses affaires ?

Cette hypothèse avait traversé l'esprit de Stuart, alors qu'il venait à bout d'une pile de dossiers, installé au bureau de sa cliente.

— Non, pas à ma connaissance, répondit Jonathan. Je suis ennuyé. Je pensais que nous pourrions trouver des éléments sur l'identité de cette femme dans les papiers de Tante Ophélia, mais je me suis trompé. Tout de même, ce n'est pas logique. Si cette femme était sa protégée, il doit exister un lien entre elles deux. Comment se fait-il que je n'en ai jamais entendu parler, qu'Oswald n'en sache rien, que même le notaire ignore tout de son identité, alors qu'elle va hériter d'un tiers de sa fortune ? C'est incompréhensible.

De guerre lasse, il s'était assis dans l'un des fauteuils profonds du bureau, un grand dossier de comptabilité ouvert sur les genoux.

— Pourrait-il s'agir d'une ancienne domestique ? proposa Elsie, alors debout devant une large armoire regorgeant de papiers.

— Anna Selva ? répéta Jonathan avec une toute nouvelle intonation. Cela ne me rappelle rien, mais je ne suis dans ces murs que depuis quelques années. Peut-être mon épouse pourrait-elle vous renseigner davantage. Elle est plus liée aux domestiques que moi... Que nous tous, en fait.

— Pourrions-nous interroger le majordome ? tenta de nouveau Elsie.

— Malheureusement, le majordome est arrivé après moi. Cela doit faire quatre ou cinq ans qu'il est parmi nous... et il me semble que l'intendante n'a guère plus d'ancienneté que lui.

— C'est étrange, remarqua Elsie. D'habitude, les majordomes et des intendantes sont la mémoire de la maison. Ils sont souvent plus au fait de son organisation que leurs propres maîtres.

— Je sais, mais vous vous rendrez vite compte que la domesticité n'est guère ancienne. Les domestiques ne restent jamais longtemps chez nous. Entre l'exigence d'Oswald, les caprices de ma Tante Ophélia - paix à son âme mais c'était une femme maniaque et peu commode - et oserais-je le dire, les gratifications peu élevées de la maison, ils sont toujours de passage chez nous. Quant à savoir si Tante Ophélia a eu une servante prénommée « Anna », je n'en sais rien.

— Si dans les jours à venir nous avons des questions à vous poser, où pouvons-nous vous joindre ? s'intéressa Stuart.

— Oh, je ne suis pas difficile à trouver. Si je ne suis pas à mon cabinet médical d'Oxford Street, je suis en visite chez mes patients, mais je reviens toujours au cabinet en soirée. J'ai une secrétaire qui pourra me faire passer tout message que vous jugerez bon de lui confier.

— Pensez-vous que nous pourrions discuter avec votre

épouse avant de partir ?

Il hocha la tête d'un geste vif.

— Bien sûr, je vais la prévenir afin qu'elle s'entretienne avec vous. Après tout, elle saura peut-être qui est cette Anna Selva. Je trouve l'hypothèse de la domestique pertinente. Tante Ophélia n'avait pas l'habitude de se lier d'amitié avec les femmes de sa condition… Puisqu'elle décrit cette mystérieuse héritière comme « sa protégée », il se pourrait que ce soit une domestique pour laquelle elle avait de l'amitié et qu'elle aura prise sous son aile.

Stuart et Elsie opinèrent du chef, alors que leur interlocuteur s'éloignait déjà.

◆ ◆ ◆

L e détective jeta un coup d'œil dans le couloir pour s'assurer qu'il était vide. Satisfait de son inspection, il s'approcha d'Elsie pour discuter en confidence avec elle.

— Que pensez-vous de cette étrange situation, Elsie ?

— Jonathan Rees me semble honnête. Je pense que nous pouvons considérer avec intérêt les renseignements qu'il nous a donnés. Il parle sans tabou, paraît intelligent et perspicace. Néanmoins, je serais étonnée qu'Anna Selva soit une domestique. Ce serait trop simple. D'après ce que je perçois de la personnalité d'Ophélia Talbot, elle n'aurait pas qualifié une ancienne domestique de « sa protégée »… Une femme déshéritée, une amie dans le besoin, une connaissance tombée dans les difficultés, pourquoi pas… Elle aurait pu qualifier ce genre de personnes de « sa protégée », mais pas une ancienne domestique. Cela ne correspond pas à son attitude méprisante vis-à-vis de la domesticité…

Stuart acquiesça d'un signe de tête. Il repositionna sa jambe sur le tabouret, que lui avait déniché Elsie. Il était resté un peu trop en position verticale pour cette journée et la douleur le rappelait à l'ordre. Il se demandait si, un jour, sa vieille blessure reçue en Afghanistan - quand son cheval s'était écrasé au sol, broyant au passage sa jambe - cesserait de le tourmenter. La souffrance avait été telle, qu'elle l'avait obligé à gagner l'Angleterre pour bénéficier de meilleurs soins. Depuis lors, sa vie avait changé, notamment depuis sa rencontre avec son impétueuse cousine Elsie.

Loin de toutes ses considérations, cette dernière farfouillait encore dans les papiers, habituée aux pauses de son cousin, mais, après d'ultimes lectures inutiles, elle dut se rendre à l'évidence. Ils avaient inspecté le moindre recoin du bureau. Rien ne pouvait les aider dans leur enquête.

— Peut-être Ophélia disposait-elle d'un boudoir, où elle gardait ses affaires personnelles ? réfléchit à haute voix Elsie. Par exemple, nous n'avons rien trouvé sur Isadora, alors que nous savons qu'elles étaient amies, cela signifie peut-être qu'elle conservait les documents plus personnels à un autre endroit.

— De toute façon, il n'y a rien ici, remarqua Stuart. Sauf à croire que ce bureau dispose d'un coffre caché, nous avons fouillé avec méthode pendant plus de sept heures tous les documents à notre portée et nous n'avons rien trouvé.

— Sept heures ? s'exclama Elsie.

— Et oui, ma chère cousine, *Big Ben* vient de sonner quatre heures de l'après-midi.

— Je ne pensais pas avoir passé autant de temps dans cette pièce…

Une conversation se rapprochant leur intima le silence.

Jonathan Rees apparut dans l'encadrement de la porte et céda le passage à une femme en robe de deuil. Ses cheveux d'un blond cendré étaient réunis au sommet de sa tête dans un chignon compliqué, ce qui lui conférait une élégance sévère.

— Madame, Monsieur, mon mari m'a précisé que vous

souhaitiez me parler. Je suis Penelope Rees. Ophélia Talbot était ma tante par alliance.

Stuart et Elsie saluèrent d'un signe de tête la nouvelle venue et, sans attendre, Stuart entama la conversation :

— Merci, Madame, d'avoir accepté de nous parler. Nous souhaiterions savoir si vous vous souvenez d'une domestique qui se serait appelée Anna Selva ou, peut-être, simplement Anna ?

Elle fit un signe négatif de la tête.

— Non, Jonathan m'a déjà questionnée à ce sujet, mais je suis incapable de vous aider. À aucun moment, Ophélia ne m'a parlé d'une Anna Selva. Quant aux domestiques, il y en a tant qui passent dans cette maison, qu'il est possible qu'une bonne prénommée « Anna » ait été à notre service, mais de là à savoir s'il y a eu une « Anna Selva », je l'ignore.

— Pourquoi les domestiques fuient-ils la maison Talbot ? s'étonna Elsie.

Penelope sembla saisie par la formulation.

— Je ne dirais pas qu'ils fuient la maison Talbot mais… C'est vrai que, vu de l'extérieur, je comprends votre point de vue. Disons que lorsqu'ils trouvent une meilleure place, ce qui n'est pas très compliqué, ils partent et je peux les comprendre. La rémunération offerte par la maison Talbot est minimale, quand les conditions de travail et de logements ne sont pas engageantes. Les domestiques sont logés au troisième étage, sous les combles et, pour m'y être rendue à plusieurs reprises, je peux vous assurer que le mobilier mis à leur disposition est tout à fait spartiate. Ophélia ne faisait aucun cas de la domesticité, qui le lui rendait bien. Pour ma part, si j'ai désormais mon mot à dire sur le logement et les conditions de vie des domestiques, je vais modifier certaines choses.

— Comme quoi ? s'intéressa Elsie.

— D'abord, je trouve inadmissible que les bonnes soient corvéables à merci. Je sais que, dans les manuels traitant des obligations d'une maîtresse de maison, il est dit que les bonnes doivent être occupées du matin au soir, néanmoins ces filles perdent la santé à force d'un travail de quasi-esclave et, pour ma part, je ne suis pas satisfaite par ce genre de traitements. J'ai conscience que mes propos peuvent choquer dans la bonne société, mais je suis la fille d'un médecin de campagne et je n'appartiens pas aux classes supérieures. Je suis fille de médecin, épouse de médecin, et je me préoccupe de la condition des domestiques.

Elsie observa Penelope avec intérêt. Il était rare d'entendre une femme établie dire à haute voix ce qu'elle pensait, d'autant plus quand cette pensée allait à l'encontre des convictions victoriennes sur les classes sociales. Dans la bonne société, les domestiques étaient le plus souvent bien traités, par habitude et pour s'éviter l'embarras de chercher des serviteurs compétents après le départ de l'un ou l'autre. En revanche, dans la bourgeoisie, l'habitude de vivre avec des employés de maison était moins ancrée et nombre de Victoriens se conduisaient fort mal avec eux. Le seul avantage à appartenir à la classe des gens de maison était que le toit et les repas étaient assurés. Pour le reste, les horaires étaient extensibles, les retenues sur gages fréquentes, les repos rares.

— Aviez-vous exposé votre façon de penser à Mrs Ophélia Talbot ?

Penelope éclata de rire en même temps que son époux.

— Personne ne pouvait dire quoique ce soit à Tante Ophélia. Elle était bienveillante la plupart du temps, mais elle était aussi très imbue de sa position de chef de famille. Nul ne pouvait interférer dans ses décisions, sous peine de se voir montrer la porte avec fermeté. Non, je n'ai jamais eu cette sorte de courage. Je savais ce que j'aurais fait ou pas, mais je n'étais pas en position d'en discuter avec Tante Ophélia.

Les deux détectives échangèrent encore quelques instants avec le couple, mais l'essentiel avait déjà été dit. Penelope et Jonathan leur assurèrent qu'Ophélia ne disposait d'aucun boudoir, mais seulement de sa chambre. Avec leur autorisation, les détectives rejoignirent le premier étage, pour accéder à des éléments plus personnels que la comptabilité de la victime.

◆ ◆ ◆

Après deux heures supplémentaires où ils ne trouvèrent rien, Stuart et Elsie quittèrent l'hôtel particulier de la famille Talbot, un peu désappointés. Ils s'éloignèrent dans la rue, alors que les lampadaires au gaz étaient allumés un à un par les ouvriers en charge de leur illumination. La nuit tombait tôt en janvier.

— C'est quand même extraordinaire que nous n'ayons rien trouvé de personnel dans les affaires de cette femme, s'exclama Elsie. N'avait-elle donc aucune correspondance personnelle, aucune amitié à entretenir ?

— D'après Isadora, elle était très seule. Il se peut qu'elle n'ait guère eue d'amis à Londres. Isadora était peut-être sa seule amie.

Elsie se tut un instant, peu satisfaite par le tour que prenait leur enquête.

— Elle passait donc tout son temps à gérer ses possessions immobilières et à tyranniser sa maison ?

Stuart sourit devant ce résumé, mais leurs observations du jour tendaient à confirmer ce diagnostic à l'emporte-pièce.

— D'après ce que nous avons vu aujourd'hui, Ophélia Talbot gérait elle-même l'ensemble de ses affaires et personne n'avait le droit d'argumenter avec elle. Elle était d'un genre un peu tyrannique.

— Oui, pour le moins. Ma mère paraît un ange de vertu à côté d'elle.

Stuart éclata de rire. Il n'ignorait rien du conflit opposant Elsie à sa mère, la stricte Adélaïde, qui avait une très haute opinion de ce que devaient faire les femmes du monde. Force était de constater que sa fille ne faisait rien comme les dames du monde…

— Comment allons-nous trouver cette Anna Selva ?

— Là est la question, ma chère Elsie. Nous n'avons pas le commencement d'une piste de recherche. Je ne comprends pas comment Ophélia Talbot a pu imaginer qu'en nous donnant un nom, sans autre forme d'indice, nous pourrions identifier cette femme. Anna Selva ? Elle pourrait tout aussi bien venir du Brésil.

Elsie s'arrêta net au milieu de la rue, sa bicyclette à côté d'elle.

— Mais ce serait encore pire ! Comment voulez-vous que nous retrouvions une Brésilienne ?

La question méritait d'être posée et, faute de plus amples renseignements, Stuart doutait de sa capacité à retrouver cette mystérieuse femme. Qui était-elle en vérité ?

Quand ils rejoignirent enfin l'agence, la nuit était noire. Stuart avait proposé à sa cousine d'enfourcher sa monture favorite et de rejoindre en toute célérité l'agence. Néanmoins, Elsie avait refusé d'abandonner son cousin et avait persisté à marcher à ses côtés en poussant sa bicyclette. À peine eurent-ils franchi le seuil de l'agence qu'Elsie s'emparait du tout nouveau téléphone et prévint sa belle-sœur qu'elle rentrerait tard. La jeune femme n'était pas encore très à son aise avec cette machine, mais elle reconnaissait volontiers l'utilité de ces téléphones. Une fois sa belle-sœur rassurée, par l'intermédiaire de son majordome qui était le seul à oser décrocher l'appareil en l'absence d'Édouard, Elsie rejoignit Stuart et Isadora à l'étage. Une tasse de thé et des biscuits l'attendaient en leur compagnie.

— Bonsoir Isadora, avez-vous passé une bonne journée ?

— Oui, moins fructueuse que la vôtre, mais tout de même… J'ai eu quelques contacts intéressants mais, pour le moment, les logements disponibles ne conviennent pas.

Elsie ne posa pas plus de questions, sachant d'expérience que le parc immobilier londonien était loin d'être exemplaire. Elle avait elle-même passé un temps considérable à la recherche de l'agence, où ils étaient installés. Pour obtenir le bail, elle avait même été obligée de louer l'immeuble complet, alors qu'elle ne souhaitait à l'époque qu'occuper le rez-de-chaussée. Finalement, les choses avaient été bien faites, puisque Stuart n'avait pas trouvé de logement et avait pu s'installer à l'étage.

— Pour ma part, je ne suis pas certaine que notre journée ait été très fructueuse, bougonna-t-elle.

— Tout de même, intervint Stuart alors qu'il grattait Lumière derrière les oreilles, je pense que la journée a été instructive. Certes, nous n'avons pas avancé sur l'identité de la troisième héritière ou sur les causes de la mort de notre cliente, mais l'atmosphère de cette famille est assez caractéristique.

— Troisième héritière ? s'étonna Isadora.

— Oui, confirma Elsie, un vrai coup de théâtre. Ce matin, le notaire habituel d'Ophélia Talbot est venu donner la lecture de son dernier testament et, non seulement son fils s'est vu annoncer qu'il devait partager l'héritage avec son cousin Jonathan Rees, mais encore ils ont tous deux appris l'existence d'une mystérieuse Anna Selva, une protégée de notre cliente, qui se voit attribuer un tiers de la succession, sans que personne ne sache qui elle est.

— Anna Selva ? répéta Isadora en fronçant les sourcils dans un mouvement inhabituel. Qui est-ce ?

Stuart et Elsie éclatèrent de rire en même temps.

— Nous espérions que vous pourriez nous éclairer sur la question…

— Moi ?

— Oui, affirma Stuart. Il semblerait que vous ayez été la seule véritable amie d'Ophélia Talbot. D'après ce que nous en a dit son neveu et ce que nous avons pu observer en fouillant son bureau, cette dame passait tout son temps à gérer ses affaires et n'avait que très peu de relations sociales. Pourtant, elle a accordé un tiers de sa succession à une femme inconnue, dont nous savons juste qu'elle s'appelle « Anna Selva » et qu'Ophélia Talbot la considérait comme « sa protégée ».

Isadora n'aurait pas pu être plus surprise qu'à cet instant. Elle prit pourtant le temps de fouiller dans ses souvenirs, mais le nom ne lui rappelait rien.

— Anna… Curieux comme ce prénom revient dans cette affaire… Le vrai prénom d'Ophélia Talbot était Anna, Anna Rees. Elle a été appelée ainsi la majeure partie de sa vie. Puis, elle a pris le nom d'Anna Talbot lorsqu'elle s'est mariée avec Peter Talbot en 1859 et n'a été surnommée « Ophélia » qu'à son arrivée à Londres en 1875. L'une des dames à la mode à l'époque lui avait trouvé une ressemblance avec le célèbre tableau de John Everett Millais à cause de son incroyable chevelure. Elle avait les cheveux les plus longs que j'ai jamais vus. L'habitude a ensuite été prise de la nommer « Ophélia Talbot » et, au fil du temps, son véritable prénom a été oublié. Ophélia s'amusait de cette étrangeté et n'a rien fait pour la combattre.

— Sinistre présage, remarqua Stuart. Ce tableau représente bien le personnage d'Ophélie, alors qu'elle s'est noyée et qu'elle flotte entourée de fleurs et de plantes aquatiques, n'est-ce pas ?

Elsie ne commenta pas, mais n'en pensa pas moins. Sa grimace était éloquente.

— C'est exact, confirma Isadora. Le tableau est aussi magnifique que glaçant. Je pense que son succès est dû à cette étrange alliance de deux sentiments opposés lorsqu'on le contemple : attirance et répugnance.

— Un peu comme le crime, conclut Stuart.

Les deux femmes plongèrent le nez dans leur tasse pour ne pas commenter. Pourtant, elle reconnaissait la véracité de cette remarque : le crime attirait tout autant qu'il répugnait…

◆ ◆ ◆

Alors qu'elle pédalait de toutes ses forces pour rejoindre l'hôtel particulier de son frère, Elsie poursuivait ses réflexions. Le vent sifflait autour d'elle, glaçant ses joues et ses doigts, mais elle n'en avait cure. Son cerveau était tout dédié à l'élucidation de ce mystère. Elle qui, la veille, se plaignait du peu d'intérêt de ses enquêtes en cours avait reçu un étrange cadeau du ciel. Anna Rees, épouse Talbot, surnommée « Ophélia » dans la bonne société, avait prévenu le procureur de la reine des menaces pesant sur elle et de l'impossibilité qu'elle se suicidât sans une manœuvre extérieure. En parallèle, elle avait intégré à son testament une mystérieuse Anna Selva, dont personne n'avait entendu parler et à laquelle elle octroyait pourtant un tiers de sa fortune… Les mystères étaient nombreux et embrouillés dans cette affaire. Elle espérait qu'une fois de plus, la conversation avec sa belle-sœur, grande connaisseuse de la bonne société et de ses cancans, lui apprendrait quelques éléments, qui leur échappaient encore.

Elsie prit à peine le temps de se débarbouiller et fonça dans la salle à manger, où le repas avait été servi.

— Veuillez m'excuser de mon retard, annonça-t-elle en entrant.

Édouard et Victoria étaient déjà installés et avaient entamé leur soupe. Le majordome, qui avait remis la soupière au chaud en attendant la sœur de son maître, servit une belle assiette à Elsie, qui prit alors conscience qu'elle n'avait rien mangé depuis le matin. Elle avait grand faim.

— Votre journée s'est-elle bien passée ? interrogea Victoria avec son élégance habituelle.

— Très bien, confirma sa belle-sœur. Toutefois, notre enquête promet d'être difficile. Connaissiez-vous Mrs Ophélia Talbot ?

Édouard et Victoria échangèrent un regard mi-contrarié,

mi-ennuyé. D'évidence, Elsie avait posé une question délicate.

— Je ne peux pas dire que je connaissais Mrs Talbot, entama Victoria. Nous n'évoluions pas dans les mêmes cercles, même si parfois nous étions amenées à nous croiser dans certaines soirées moins… sélectives, dirais-je.

Elsie fit un effort pour se contrôler. Habituée aux subtilités de sa belle-sœur, elle savait qu'il lui fallait comprendre : *Nous ne sommes pas issues de la même classe sociale et nous étions parfois amenées à nous croiser dans des soirées où, au final, l'argent supplantait la classe.* Victoria et Édouard avaient horreur de ce genre de proximité. Ils préféraient avoir affaire à un industriel ruiné, plutôt qu'à une commerçante richissime.

Elsie se demandait si c'était une bonne ou une mauvaise chose… Pour sa part, elle ignorait ce qu'elle attendait des classes sociales ou de la richesse ou, encore, de la pauvreté de ses contemporains. En fait, peu lui importait. Tant que les personnes étaient intelligentes et honnêtes, elle les jugeait fréquentables… ce qui était une étrangeté de plus à son actif. Oui, à bien y réfléchir, l'honnêteté était sa notion cardinale pour apprécier quelqu'un. Son travail de détective l'avait peut-être influencé dans le choix de ce critère mais, après tout, il en valait bien un autre.

— Pour le peu que je l'ai vue, continuait Victoria, il m'a semblé que c'était une dame volontaire et un rien acariâtre. Nous n'étions pas nombreux à nous approcher d'elle.

— C'est-à-dire ?

Au regard que lui lança son frère, Elsie comprit qu'il n'avait pas envie d'entrer dans les détails. Toutefois, il ne s'agissait pas d'une discussion mondaine.

— Cette dame a sans doute été assassinée. Par un mystérieux procédé, quelqu'un l'a contrainte à sauter par la fenêtre. Je souhaite pouvoir mener l'enquête sur sa mort de la façon la plus objective possible. J'ai besoin de renseignements sur qui était notre cliente. En dehors d'Isadora, personne ne la connaissait ou personne n'a envie de nous en parler. Ce que vous me direz ne sortira pas de l'agence.

— De quoi parles-tu ? intervint Édouard. Comment ça « quelqu'un l'a contrainte à sauter par la fenêtre » ? Enfin, Elsie, te rends-tu compte de ce que tu dis ? Tes enquêtes te montent à la tête ! C'est bien ce que je disais : les femmes ne sont pas faites pour ce genre de métiers !

La détective observa son frère en silence. Cela faisait longtemps qu'il lui avait épargné cette sorte de commentaires malséants. Elle avait espéré, peut-être un peu vite, que ce mauvais travers lui avait passé. Manifestement, il n'en était rien.

— L'enquête ne me monte pas à la tête, Édouard. C'est Monsieur le procureur de la reine lui-même qui nous l'a confiée. Avant de se suicider, cette pauvre femme lui a écrit pour lui demander son aide, mais il n'a pas eu le temps d'intervenir, puisqu'elle a été amenée à se suicider avant qu'il ne reçoive la lettre. Toutefois, elle avait conscience que quelqu'un la manipulait et tentait de la convaincre de mettre fin à ses jours. C'est certes un procédé rare et étrange, mais que nous devons envisager. Elle a écrit au procureur pour expliquer qu'elle n'avait aucune envie de se suicider et que, si tel était le cas, il saurait que c'était un assassinat. Elle nous a engagés par l'intermédiaire du Procureur Muir, pour être certaine que nous serions capables d'investiguer sur son éventuelle mort. Nous avons passé la journée avec Stuart à éplucher la comptabilité et tous les documents relatifs à ses affaires, dans son bureau, sans toutefois trouver quoi que ce soit.

À la mention du procureur de la reine, Édouard s'était figé. Si une telle hypothèse émanait d'un homme aussi respectable, elle devait être fondée.

Ce n'était pas de façon innocente qu'Elsie avait fait référence au magistrat. Elle savait que l'homme avait impressionné son frère.

Victoria, quant à elle, l'observait l'œil rond.

— Mais comment peut-on obliger quelqu'un à se

suicider ? finit-elle par balbutier.

— C'est tout l'objet de notre enquête, Victoria. C'est pourquoi nous cherchons à comprendre qui était la victime, pour savoir dans quels cercles elle évoluait et qui elle aurait pu croiser. En réalité, notre enquête porte sur deux points : tout d'abord, comprendre comment Ophélia Talbot a été poussée au suicide, ensuite, l'identité de la troisième héritière du testament.

— Il y a aussi une histoire de testament ? reprit Édouard, alors que Victoria demeurait bouche bée.

— Oui. Stuart est persuadé que l'argent nous expliquera l'affaire. Pour ma part, je ne sais pas. J'hésite.

Édouard eut une grimace éloquente. Pour sa part, son opinion était faite.

— Vu la fortune des Talbot, je crois que la piste de l'argent sera de toute façon fructueuse. Néanmoins, pour une fois, je ne peux pas t'éclairer sur la provenance de cette fortune, puisque les Talbot sont rentrés du Brésil à la tête d'une somme tout à fait considérable, qu'ils ont investie dans l'immobilier londonien. La gestion, qu'ils en ont faite ou, plutôt, qu'elle en a faite, est tout à fait convenable, selon mes renseignements. C'était une femme intelligente et parfois retorse. Pour ma part, je n'ai jamais eu affaire à elle, n'étant pas dans le même domaine économique. En revanche, quant à savoir comment ils ont fait fortune au Brésil, je suis incapable de te le dire. Le problème avec ces fortunes extraterritoriales est qu'elles sont parfois honnêtes, parfois malhonnêtes, mais personne ne peut le savoir. Il faut que tu aies conscience qu'en dehors de rares exceptions, le reste du monde n'est pas organisé comme la Couronne britannique. Le maillage territorial et administratif n'a rien de commun. Au Royaume-Uni, tu ne peux pas faire fortune sans que les administrations ne puissent investiguer sur l'origine de ton argent. Ce n'est pas le cas ailleurs. Pour prendre le cas qui t'intéresse, à ma connaissance, le Brésil est un vaste pays où le maillage territorial est très relâché, dirons-nous.

Même s'il n'avait pas de renseignements spécifiques sur la fortune des Talbot, Édouard lui donnait de quoi réfléchir… *La provenance de la fortune… Bonne question et, peut-être, bonne piste. Si les Talbot ont fait fortune avec un commerce illicite, cela pourrait justifier une vengeance, même tardive.*

— D'après ce qu'a appris Stuart, elle aurait fait fortune dans le commerce des perroquets et des essences d'arbres exotiques, qu'elle aurait importés en masse au Royaume-Uni.

— Oh, j'adore les perroquets ! s'exclama Victoria.

Édouard ne commenta pas l'intervention de son épouse. Il avait froncé les yeux, dans une expression suspicieuse.

— Des perroquets et des plantes ? Une fortune immobilière assise sur des perroquets et des plantes, dis-tu ? Je suis sceptique. Compte tenu de la fortune immobilière actuelle des Talbot, il me semble que la mise de base devait être considérable. Si le commerce des animaux et des plantes exotiques rapporte autant, je vais m'y intéresser.

Victoria se tourna, au comble du choc, vers son époux. Jamais elle n'aurait pu imaginer que son mari, pur produit de l'industrie britannique, pût un jour s'abaisser à ce genre de commentaires.

— Je plaisante, *darling*. Ne vous inquiétez pas Victoria, je ne vais pas quitter l'industrie pour le commerce. Pour en revenir à notre sujet, je te conseille de trouver quelqu'un qui aurait pu connaître le couple Talbot, alors qu'ils étaient au Brésil. Il faudrait peut-être te rapprocher du ministère des Affaires étrangères. Certains anciens ambassadeurs ou chargés de mission pourraient peut-être te renseigner.

Elsie opina du chef d'un air un peu absent. Pourquoi Édouard était-il si défiant vis-à-vis de l'origine de la fortune des Talbot ?

— Qu'est-ce que tu as contre le commerce ?

— Rien, répondit-il paisiblement. Néanmoins, tu ne me feras pas croire que l'on puisse créer une puissance financière aussi importante dans le commerce que dans l'industrie. Du moins pas au XIXe siècle et certainement pas avec des animaux et des plantes exotiques. L'explication est, comment dire, risible… Les perroquets ne s'échangent pas à prix d'or. Ce sont certes des créatures un peu chères, mais elles sont abordables. Acquérir un perroquet n'a rien de commun avec le budget d'habitude dévolu à l'achat de machines à vapeur, par exemple. Non, Elsie, tu ne me feras pas croire que la fortune des Talbot vient du commerce des perroquets et des plantes exotiques.

Elsie conserva le silence jusqu'au bout du repas. Victoria avait décidé de parler du perroquet, qu'elle avait adopté et qu'elle adorait, mais dont elle n'avait pas su prendre soin.

Pour sa part, la détective songeait que la piste de l'argent pouvait finalement être intéressante. Édouard était un homme d'affaires avisé. S'il considérait qu'il était impossible que la fortune actuelle des Talbot trouvât son origine dans un commerce de biens exotiques, il devait avoir raison. Toutefois, cela élargissait encore son enquête. Quelle était l'origine de la fortune des Talbot ? Édouard avait raison, il lui faudrait retrouver des gens ayant connu les Talbot pendant leurs années brésiliennes. D'après ce qu'elle en savait, le couple Talbot était rentré en 1875, c'est-à-dire dix-sept ans auparavant et Ophélia Talbot, ou plutôt Anna Rees pour lui donner son véritable nom, était partie au Brésil une quarantaine d'années auparavant. Elle devait donc retrouver des témoins ayant vécu au Brésil entre 1835 et 1875… Vaste programme. Après tout, l'idée d'Édouard n'était pas mauvaise. Elle pouvait toujours commencer par le ministère des Affaires étrangères, mais elle ignorait si l'auguste administration lui donnerait les renseignements requis. Peut-être valait-il mieux que Stuart s'occupât de cette partie… La diplomatie relevait davantage des compétences de son cousin…

— Y a-t-il un club d'amitié britannico-brésilien ? s'intéressa-t-elle soudain.

— Pas à ma connaissance. Toutefois, je suppose qu'il

existe des réunions d'anciens émigrés partis au Brésil faire fortune et revenus au Royaume-Uni. Néanmoins, je ne peux pas te l'assurer.

— Victoria, auriez-vous parmi vos connaissances une dame qui aurait vécu au Brésil ?

— Certes non, répondit sa belle-sœur un peu choquée. Mes connaissances sont britanniques et de la meilleure vie.

Décidément, son frère et sa belle-sœur étaient trop snobs pour l'aider d'une quelconque façon dans cette histoire. Comment avait-elle pu imaginer une minute que le strict Édouard et la si victorienne Victoria eussent pu avoir dans leurs relations des Brésiliens ou des émigrés au Brésil, qui seraient revenus au Royaume-Uni ?

En outre, compte tenu des préjugés de la bonne société, ceux qui avaient fait fortune à l'étranger, puis étaient rentrés au Royaume-Uni, ne faisaient pas étalage de leur passé. Au contraire, ils devaient tout tenter pour faire oublier l'origine de leur richesse. Elsie se demanda comment elle pourrait démêler l'écheveau de cette étrange affaire. Elle espérait que Stuart aurait plus d'idées qu'elle.

◆ ◆ ◆

De son côté, Stuart passait une agréable soirée en compagnie d'Isadora. Ils s'étaient retrouvés dans le salon à l'étage et dînaient ensemble d'une soupe épaisse, de pain, de fromage et de poires. Bien sûr, la conversation tournait autour d'Ophélia Talbot et de son étrange mort, mais réfléchir avec cette femme délicieuse était loin d'être désagréable. Néanmoins, elle avait beau fouiller sa mémoire, elle ne se souvenait guère d'éléments, qui pourraient l'aider dans son enquête. La présence dans le testament de cette Anna Selva ne laissait pas de la surprendre.

— J'ai connu Ophélia durant tant d'années, je suis sidérée de ne jamais avoir entendu, ne serait-ce qu'une fois, le nom de l'une des héritières. Je connaissais l'existence de

Jonathan Rees, bien que je ne l'aie pas rencontré de façon formelle, mais j'en savais beaucoup sur sa vie. En revanche, Anna Selva est une inconnue. Je vais peut-être formuler une hypothèse folle, mais se pourrait-il que cette Anna Selva soit votre tueur ou plutôt votre tueuse ? Après tout, s'il y avait quelqu'un ayant un intérêt à la mort d'Ophélia, c'était cette héritière mystère.

Stuart opina, mais il n'était pas convaincu.

— Pourquoi pas ? dit-il pourtant. Après tout, les deux autres héritiers étaient logés à l'hôtel particulier, ils ne vivaient pas dans des conditions qui auraient pu les obliger à précipiter la mort de leur mère ou de leur tante. Quoique… Parfois, cela n'empêche pas le crime. Toutefois, tant que nous ne saurons pas qui est cette femme, nous n'avancerons pas dans cette affaire. D'un côté comme de l'autre, les choses paraissent inextricables. Nous n'avons aucun renseignement sur Anna Selva, mis à part qu'elle est l'une des héritières d'Ophélia Talbot et que cette dernière la considérait comme sa protégée, ce qui ne signifie pas qu'Anna Selva se considérait comme la protégée de cette dame. D'un autre côté, nous n'avons pas progressé d'un pouce sur la possible manipulation mentale, dont aurait pu être victime notre cliente. J'ai eu beau explorer les agendas des cinq dernières années, elle n'a jamais consulté un hypnotiseur ou un médecin non référencé. Les seuls qu'elle allait voir étaient des grands professeurs ayant pignon sur rue.

Isadora referma ses deux mains autour de sa tasse de thé, comme pour se réchauffer les doigts en toute discrétion.

— Concernant les hypnotiseurs, je peux vous assurer qu'Ophélia n'a jamais évoqué devant moi ce genre de pratique. Nous avons échangé à plusieurs reprises sur des spirites, ayant plus ou moins de succès, ou sur des occultistes qui l'intriguaient, mais jamais elle n'a fait allusion à l'hypnose de quelque façon que ce soit. Pour ma part, je serais très surprise que quelqu'un comme Ophélia ait eu recours à ce genre de pratique. Elle aimait trop avoir le contrôle pour accepter que quelqu'un ne le lui fasse perdre. Au contraire, je pense qu'elle aurait été affolée par une telle expérience. Ophélia était d'un naturel méfiant. Elle m'avait expliqué que ses premières années au Brésil avaient été rudes et violentes. Il lui avait fallu faire preuve d'une immense prudence pour survivre dans ce pays sauvage et furieux. Oui, c'était son mot : le Brésil était d'une nature furieuse. Cela m'avait beaucoup intriguée comme expression, mais elle m'avait expliqué que tant les personnes peuplant cet immense pays, que la faune ou la flore - particulièrement hostiles pour l'Anglaise qu'elle était - lui avaient fait une impression désastreuse. Pour elle, en dehors des perroquets qui étaient des créatures magnifiques et des quelques arbres qu'elle exportait, rien dans ce pays ne pouvait intéresser des Britanniques. Tout était trop sauvage.

— Une furieuse nature ? Étrange expression, songea Stuart. Pour ma part, si je devais l'appliquer à quelque chose, ce serait à la nature humaine. Mais passons… Ophélia vous aurait-elle parlé d'une amie ou d'une connaissance qu'elle aurait rencontrée au Brésil et qui, à son exemple, serait rentrée au Royaume-Uni ?

La jeune femme plongea dans ses souvenirs, buvant une gorgée de thé pour porter ses réflexions.

— Oui… Je me souviens d'une dame, arrivée il y a peut-être trois ou quatre ans à Londres, et qu'Ophélia avait connue, qu'elle avait même bien connue… Toutefois, au vu des commentaires acerbes qu'elle faisait sur elle, je ne pense pas qu'elles aient été amies. D'après ce qu'elle disait, elle aurait mieux fait de rester au Brésil, elle et son fils. J'ai été assez étonnée par ce commentaire, parce qu'Ophélia était d'habitude plutôt affable et courtoise. Elle savait que son éducation et son maintien n'étaient pas à la hauteur de sa fortune et que cela contribuait à l'écarter des cercles les plus prestigieux de Londres. Néanmoins, pour une fois, j'avais entrevu Anna Rees derrière Ophélia Talbot. Une femme dure et vindicative, qu'en réalité je ne connaissais pas.

Stuart plongea dans ses réflexions… C'était l'information la plus pertinente de la journée…

— Vous souvenez-vous du nom de cette dame ?

Isadora soupira. Le souvenir lui échappait et elle en était confuse.

— Nous n'avons abordé cette question qu'une seule fois. Je me souviens que le nom de cette femme m'avait paru doux et léger, ce qui contrebalançait avec les commentaires amers que faisait Ophélia.

Stuart comprenait fort bien que ce souvenir échappât à Isadora. Après tout, il s'agissait d'une conversation informelle datant de plusieurs années…

— Paloma ! Oui, son prénom était Paloma. Paloma… Paloma Amara quelque chose… Quant à son nom complet, je ne pense pas être capable de m'en rappeler. Le prénom m'avait frappée parce que je l'avais trouvé très beau…

Paloma Amara quelque chose. C'est un nom peu commun. Avec quelques recherches, je devrais être capable de mettre la main sur cette dame, si elle habite encore à Londres…

Chapitre 4

Lundi 11 janvier 1892

P ercival Montgomery avait été appelé avant même que l'aube ne fût levée. Grand, athlétique, ses boucles brunes ondulaient davantage dans le brouillard environnant la *Serpentine* en ce matin d'hiver. Ces chaussures soignées laissaient des traces dans la neige, comme toutes celles qui avaient piétiné les alentours du corps échoué en plein cœur de *Hyde Park*. L'inspecteur, désormais établi, du CID ou *Criminal Investigation Department* de la *Metropolitan Police,* sis au sein des bâtiments de *New Scotland Yard*, observait les alentours avec intérêt. *C'était une nuit bien froide pour qu'une jeune fille se suicide,* songea-t-il avec un pincement au cœur. D'après ce qu'il avait vu du corps, cette jeune personne était à peine plus âgée que sa petite sœur. *Qu'est-ce qui peut pousser un être aussi jeune à se suicider en se jetant en plein hiver dans le cours d'eau traversant Hyde Park ?*

— Nous avons retrouvé sa valise, Monsieur l'inspecteur, gronda la voix de Hugh Hobbes, le bobby qui lui était désormais attaché.

Cet ancien militaire, ayant fait ses armes aux côtés de Stuart Spencer en Inde, était une véritable montagne. Hugh désigna une direction à l'inspecteur, qui s'approcha de l'endroit désormais écrasé par quatre ou cinq policiers. De toute façon, il n'y avait plus de traces à préserver désormais. Il s'accroupit à côté de l'objet à peine sorti de l'eau. Une petite valise simple, usée, d'une confection tout à fait médiocre reposait sur la berge. Percival conserva ses gants de cuir avant de l'ouvrir. Il eut un sourire un peu amer, quand il s'aperçut que la valise n'était pas fermée. L'innocence des jeunes filles le perturbait toujours. Elle ne semblait pas vivre dans le même monde que lui.

Il observa le contenu détrempé de la valise et confirma ainsi sa première opinion du corps, qu'il avait aperçu. Une jeune fille issue d'un milieu populaire, tentant tant bien que mal de conserver les apparences, en prenant grand soin de toutes ses affaires usées jusqu'à la corde. Une petite poche retint son attention. Il entrouvrit le petit espace et découvrit un extrait d'acte de naissance délivré par une paroisse du... *Brésil ?* Il déplia avec une immense précaution le papier imbibé et découvrit sur la première ligne partiellement effacée :

« Anna R... Selva, née à São Paulo le 28 août 18... »

Encore accroupi sur le sol, il pivota sur lui-même pour observer le corps que l'on emportait déjà. *Anna Selva...* Il avait entendu ce nom pour la première fois à peine quelques heures auparavant, quand Stuart Spencer l'avait appelé pour lui faire part d'une nouvelle enquête, dont il avait été chargé, et pour laquelle il devait retrouver une jeune femme... *Le tueur l'a trouvée avant vous, mon ami.* Il resserra ses poings, avant de se contrôler pour ne pas abîmer le papier qu'il tenait. Il avait horreur que les tueurs le prissent de vitesse.

◆ ◆ ◆

Quelques heures plus tard, Percival avait rejoint l'agence Worthington & Spencer, non sans s'être vu confier par le Procureur Connor Muir l'enquête sur la mort de cette mystérieuse jeune fille.

Avant de venir, il était passé par l'épouvantable sous-sol, antre des médecins légistes, pour demander que l'autopsie de cette malheureuse fût une priorité. Quand le procureur lui avait parlé des étranges lettres d'Ophélia Talbot, Percival avait été perturbé. Perturbé et contrarié. Dénoncer son propre suicide comme étant un crime était une chose rare et inquiétante. Il détestait découvrir une nouvelle façon de mettre fin à la vie de ses contemporains. Si quelqu'un avait trouvé le moyen d'obliger autrui à se suicider contre sa volonté, le CDI croulerait bientôt sous les morts suspectes.

— Nous n'avons même pas eu le temps de contacter cette malheureuse, s'indigna Elsie.

— D'après ce que j'ai appris, compléta Percival, elle est arrivée hier soir par le dernier bateau en provenance du Brésil. Vous ne pouviez rien faire. Trouver une « Anna Selva » dans le Royaume-Uni était déjà presque impossible, mais si, en outre, elle venait du Brésil, comment vouliez-vous procéder ? Ce qui est incompréhensible, c'est la quasi-volonté de cacher cette héritière. Sinon comment expliquer qu'Ophélia Talbot ne vous ait fourni aucune indication sur son identité. Personne ne la connaissait et pour cause. Elle résidait au Brésil. En revanche, j'ai eu beau fouiller ses affaires, je n'ai trouvé aucune lettre d'Ophélia Talbot. Un tel document nous aurait confirmé son identité et sa qualité d'héritière… De toute façon, même si je suis amené à poursuivre mon enquête pour confirmer son identité en bonne et due forme, je n'ai guère de doute sur le fait que la jeune noyée soit votre « Anna Selva ». Sinon comment expliquer que cette jeune femme ait fait tout le voyage du Brésil vers Londres pour venir s'y suicider ?

— C'est une provocation, trancha Elsie. Si le tueur avait voulu demeurer discret, il aurait au moins fait passer ce meurtre pour un accident. Cela aurait eu le mérite d'être un peu plus plausible. Utiliser le suicide contraint me semble être une bouffonnade ridicule.

— Une provocation, répéta Percival plongé dans ses

pensées.

— La difficulté, intervint Stuart, c'est que, non seulement nous avons perdu l'héritière, mais encore nous n'avons toujours pas le commencement d'une piste sur l'identité du tueur ou le procédé qu'il utilise pour supprimer ses victimes.

— Et du côté des autres héritiers ? s'enquit Percival.

— Pour le moment, rien de probant, mais l'argent est toujours un bon mobile pour le meurtre.

— Et la vengeance ! intervint Elsie. Hier, j'ai eu une conversation très intéressante avec mon frère Édouard. Pour sa part, il n'apprécie guère les fortunes venant de l'étranger et dont on ne parvient pas à savoir comment elles ont été fondées. Il considère compte tenu de l'ampleur de la richesse accumulée par les Talbot, qu'il est presque impossible qu'elle ait été formée par le commerce des perroquets et des plantes exotiques. Cela m'a donné à réfléchir. En effet, hier, nous avons brassé tant de papiers sur les possessions immobilières de cette famille, que je serais bien incapable de vous dire combien d'appartements et d'immeubles ils possèdent dans Londres. J'ignore si tout a été financé grâce au commerce d'animaux et de plantes exotiques, mais cela vaudrait la peine de vérifier.

Stuart plongea dans ses pensées. Édouard, avec son esprit analytique et son habitude de l'argent, était parvenu aux mêmes conclusions que lui. Pour sa part, il avait été un peu déconcerté la veille par l'immense fortune immobilière de cette famille. Comment supposer que le simple commerce, certes contestable mais licite, d'animaux et de plantes exotiques pût être à l'origine d'une telle opulence. Il y avait quelque chose de sombre dans la création de ce patrimoine et cette obscurité était peut-être désormais à l'origine d'une série de meurtres.

— Édouard m'a donné un conseil intéressant, poursuivait Elsie. Il m'a suggéré de me rapprocher du ministère des Affaires étrangères pour interroger des personnes ayant vécu au Brésil en même temps que les

Talbot. Néanmoins, il va nous falloir retrouver des émigrés ayant vécu au Brésil entre 1835 et 1875 et qui auront au surplus croisé les Talbot à l'époque. En outre, il faudrait que ces gens soient revenus entre-temps au Royaume-Uni. Interroger des ambassadeurs ou des chargés de mission de cette époque-là pourrait être pertinent.

— Si vous n'y voyez pas d'inconvénient, je vais me charger de cette partie des investigations, suggéra Percival. En tant qu'inspecteur de Scotland Yard, j'aurais plus de chance que vous d'obtenir des renseignements, quoique je doute que l'administration diplomatique soit très coopérative, même en matière de meurtres.

Elsie parut décontenancée et se rencogna dans son fauteuil.

— Mais comment veulent-ils que nous retrouvions des gens pouvant nous éclairer sur l'origine de la fortune des Talbot, si personne ne nous répond ?

— Sur ce point, ma chère cousine, je vais peut-être pouvoir vous éclairer. Isadora s'est souvenue d'une femme qu'Ophélia avait rencontrée au Brésil et qui est revenue il y a quelques années à Londres. Une certaine « Paloma Amara quelque chose ». Je pense que ce prénom est assez rare pour que nous parvenions à la trouver, si toutefois elle est toujours à Londres.

— Je peux toujours demander à Victoria, tenta la détective sans croire à ses propres paroles. Toutefois, vu sa réaction hier, lorsque j'ai osé lui demander si elle avait parmi ses connaissances des personnes de retour du Brésil, cela m'étonnerait qu'elle se soit intéressée d'une manière ou d'une autre à cette femme.

— Vous pouvez toujours essayer, conseilla Stuart. Elle saura peut-être son nom de famille complet, ce qui nous éviterait de lourdes investigations.

— Je vais lui téléphoner. Finalement, c'est pratique ce téléphone !

Avant que les deux hommes n'aient eu le temps de se lever, Elsie avait foncé dans le couloir et disparut du bureau de Stuart. Un sourire à la fois bienveillant et espiègle tordit légèrement la bouche de Percival, non sans que Stuart ne s'en aperçût. Toutefois, le détective avait décidé de laisser sa cousine et l'inspecteur suivre leur propre voie sans intervenir, sachant que, d'un côté comme de l'autre, la situation pouvait se montrer très épineuse.

— Une fois de plus, mon cher inspecteur, nous nous retrouvons sur la même affaire.

Percival posa son regard si vif sur Stuart. Un sourire doux et calme illuminait son visage. Percival, plus jeune d'une bonne dizaine d'années que le détective, lui enviait sa force tranquille.

— Et je m'en réjouis, malgré les circonstances. Je dois vous avouer que la découverte de ce corps, si tôt ce matin, m'a répugné. Elle était si frêle, si jeune. Ceux qui l'ont découverte étaient persuadés qu'elle s'était jetée du pont. C'est bien sûr une hypothèse plausible mais, au vu de l'affaire qui vous occupe, les suicides s'enchaînent un peu trop vite.

Stuart opina du chef en silence. Effectivement, les suicides s'enchaînaient à un rythme un peu trop soutenu pour être vraisemblables. C'était ce qu'il y avait de plus troublant dans cette affaire.

— Comment s'y prend-t-il ?

— Pour obliger les autres à se suicider ? commenta Percival.

Stuart fixa son attention sur l'inspecteur.

— Oui, comment fait-il pour obliger des personnes qui veulent vivre à se supprimer ? J'ai suivi la piste de l'hypnose mais, manifestement, ce ne serait pas si simple à réaliser. Si la personne ne veut pas faire une chose, il faut un hypnotiseur d'une qualité exceptionnelle pour contraindre quelqu'un à agir contre sa volonté... *a fortiori* un suicide...

— À moins qu'une drogue ne vienne renforcer l'effet de l'hypnose... Souvenez-vous du procédé des nécromanciens... Leurs victimes perdaient toute mémoire et lorsqu'elles se réveillaient à côté du corps inanimé de leur proche assassiné, elles étaient persuadées d'avoir commis l'irréparable. Est-ce qu'une drogue ne pourrait pas obliger quelqu'un à se suicider ou, au moins, anéantir son libre arbitre au point de le pousser à commettre l'irréparable ?

Stuart s'enfonça dans son fauteuil. L'idée était bonne, mais quelle drogue ?

— C'est une piste mais, pour le moment, je ne vois pas quelle substance pourrait avoir cette sorte d'effets. Je vais demander à mon addictologue.

Percival se figea un instant. *Un addictologue ? Probablement à cause du laudanum…*

— Votre jambe ne va-t-elle pas mieux ? osa-t-il, étonné par sa propre audace.

Dans d'autres circonstances, l'inspecteur ne se serait jamais autorisé à poser une telle question. Toutefois, les liens d'amitié l'unissant désormais au détective lui permettaient une certaine familiarité. D'ailleurs, Stuart ne fut pas décontenancé par cette question.

— Cela dépend des moments mais, quand la douleur se réveille, je suis obligé d'abuser du vin d'opium, ce qui n'est pas sans conséquence sur le reste de mon corps. C'est pourquoi j'ai décidé, il y a quelques mois, de me faire suivre par un addictologue. Ces médecins connaissent bien les effets du laudanum, puisque nos contemporains en abusent. Je suppose que le vin d'opium n'est pas la seule drogue à laquelle ils sont confrontés dans leur pratique professionnelle. Cela vaut la peine que je lui pose la question.

L'inspecteur hocha la tête. Néanmoins, une fois de plus, l'affaire se présentait sous les pires auspices. Même s'ils découvraient le « comment » des meurtres, ils étaient loin de comprendre le « qui » et le « pourquoi »…

Elsie revint dans le bureau avec un enthousiasme beaucoup plus mesuré que lorsqu'elle en était sortie.

— Victoria ne connaît aucune Paloma. En outre, elle ne se renseignera pas, ne souhaitant pas que son nom soit associé à des émigrés aux fortunes douteuses. C'est désespérant !

Stuart sourit, malgré lui, comprenant la déception de sa cousine, tout en s'étonnant qu'Elsie conservât une certaine naïveté vis-à-vis des habitudes de la bonne société.

La jeune femme se laissa tomber dans son fauteuil et plongea dans ses pensées.

Percival s'amusa de ce relâchement des bonnes manières. Il fallait que la détective se sentît en confiance pour se départir ainsi du strict cadre de l'étiquette victorienne… *Je suis presque de la famille…*

— Si je résume la situation, réfléchit Elsie, nous sommes désormais persuadés que le suicide d'Ophélia Talbot n'en est pas un. Quelqu'un l'a obligé à se donner la mort et a renouvelé son stratagème sur une jeune femme, inconnue de tous, sauf de lui, et qui était peut-être la troisième héritière d'Ophélia Talbot, ce qui réduit désormais le nombre d'héritiers à deux.

— Il y a plusieurs points intéressants dans votre raisonnement, ma chère cousine. Il est perturbant de considérer que le seul ayant eu connaissance de l'identité de la troisième héritière ait été le tueur. En outre, vous avez raison de remarquer que, grâce à ces deux morts, les autres héritiers vont voir leur part d'héritage s'accroître de façon substantielle. Si nous suivons la piste de l'argent ou de l'héritage, Oswald Talbot et Jonathan Rees sont en bonne position pour être notre tueur. Ils sont tout de même ceux qui retirent le plus d'intérêt des meurtres. Néanmoins, même si nous devons garder cette hypothèse en tête, nous ne devons éluder aucune piste. Puisque cette jeune fille est morte, il nous faut tout d'abord établir si elle était la « Anna Selva », que nous recherchions. Ensuite, il faut trouver « Paloma » ou toute autre personne ayant connu les Talbot pendant leur séjour au Brésil, afin de vérifier avec eux l'origine de la fortune de cette famille. Enfin, nous devons comprendre comment le tueur s'y prend. Si nous définissons clairement le processus menant au suicide contraint, nous pourrions peut-être réduire la liste de nos tueurs.

Elsie eut une moue sceptique, tout en dodelinant de la tête.

— Précisons encore que les deux héritiers ont fait des études de médecine, remarqua-t-elle. Même si Oswald Talbot n'est pas parvenu à achever ses études, il a bien dû en retenir deux ou trois choses.

Percival opina du chef. Il lui tardait désormais de se plonger dans les mystères de cette affaire.

— Pour ma part, trancha-t-il, je me charge de l'identification d'Anna Selva, de la confirmation des causes de sa mort et de l'interrogation du ministère des Affaires étrangères. Pour le reste, je vais avoir du mal à raccrocher les autres thématiques, du moins pour le moment, à mon enquête.

Stuart acquiesça d'un signe de tête.

— Je vais interroger mon addictologue au sujet d'une drogue pouvant anéantir le libre arbitre et tenter de trouver des personnes revenues du Brésil pour les interroger sur les Talbot.

— Quant à moi, je vais chercher cette fameuse Paloma, conclut Elsie. Si elle est si fortunée que cela, je vais bien finir par mettre la main dessus.

Les tâches distribuées, les trois enquêteurs se séparèrent, conscients que leur enquête serait ardue.

Même si elle n'en avait rien dit devant ses compagnons investigateurs, Elsie n'était pas très satisfaite par la mission, qui lui avait été attribuée. Retrouver une « Paloma Amara quelque chose », potentiellement riche, qui serait revenue il y a quelques années du Brésil, ne semblait pas évident de prime abord.

Où allait-t-elle dénicher cette personne ? Telle était la question qui tournait dans son esprit depuis une bonne heure.

Au lieu de partir bille en tête, comme elle l'aurait fait au début de sa carrière, elle avait décidé d'explorer la presse quotidienne à la recherche d'informations, qui lui auraient peut-être échappé. Néanmoins, pour le moment, rien de précis n'émergeait. Elle s'adossa davantage à son large fauteuil. *Où vais-je trouver cette Paloma ? Paloma... Dans l'éventualité où les riches émigrés de retour au pays tentent de cacher l'origine étrangère de leur fortune, j'aurais déjà de la chance si cette femme a conservé son prénom. D'ailleurs, à bien y réfléchir, elle ne doit pas être d'origine anglaise... Il s'agit peut-être d'une Brésilienne, qui aura épousé un Anglais... Dans ce cas, dois-je essayer de trouver une Paloma mariée à un Anglais ? D'un côté comme de l'autre, la tâche ne me paraît pas des plus simples.*

Faute d'une meilleure idée, Elsie s'empara de son lourd volume du *Kelly's Post office directory*, recensant dans près de trois mille pages l'ensemble des professionnels et commerçants londoniens. *Avec un peu de chance, cette dame aura conservé une activité d'import-export à son nom... Encore faudrait-il que je connaisse son nom complet... Bref, c'est le serpent qui se mord la queue...*

Les heures s'écoulaient et les pages tournaient, sans qu'Elsie ne pût dénicher la moindre information pertinente. Pourtant, dotée d'un caractère de dogue, elle n'avait aucune intention d'abandonner. Elle épluchait sans relâche l'ensemble des données recensées dans l'énorme annuaire sur toutes les sociétés d'import-export existant à Londres. Jamais elle n'avait imaginé qu'il y en avait autant, ni avec tant de pays différents. C'était un véritable tour du monde qu'elle effectuait au fil des pages... Un tour du monde exempt du Brésil, du moins jusqu'à :

« *Amara Braz import – société spécialisée dans le commerce avec le Brésil* ».

L'attention d'Elsie s'éveilla en sursaut. Enfin ! Elle tenait une piste. Que cette société fût liée à la mystérieuse Paloma ou non, elle allait se rendre sur les docks, où elle avait son siège social, pour prendre des renseignements sur Ophélia, Paloma et tous les émigrés de retour qu'elle pourrait dénicher.

Elle se leva d'un bond, enfila son manteau puis, sortant sa bicyclette du placard sous l'escalier, où elle la rangeait habituellement, elle enfourcha sa monture préférée et fonça à travers le vent hivernal vers les docks de Londres.

Quand elle arriva enfin, ses joues étaient écarlates et gercées, quant à ses mains et ses pieds, elle ne les sentait même plus. D'après la montre qu'elle camouflait dans l'une des poches intérieures de sa veste, il était à peine une heure de l'après-midi. Pourtant, le brouillard accumulé près des docks et le ciel gris, qui semblait s'attacher aux toits alentour, donnaient l'illusion que la journée s'était écoulée plus vite que de raison. Après quelques essais infructueux, elle repéra l'entrée de la société qu'elle recherchait dans l'un des grands bâtiments jouxtant la Tamise et toqua à la porte en bois.

Contrairement à la plupart des autres entrepôts, celui de la société « Amara Braz import » était pourvu de larges fenêtres permettant au jour d'entrer dans le bâtiment. La porte pivota et laissa place à un homme fruste, en manches de chemise et transpirant, qui la regarda d'un air peu amène.

— Bonjour Monsieur, je souhaiterais parler à quelqu'un de la direction de la société « Amara Braz import », s'il vous plaît.

— C'est pourquoi ? gronda-t-il.

— C'est pour une enquête pour meurtres.

L'homme fut saisi. Il avait imaginé bien des réponses, mais certes pas que la jeune dame en face de lui pût enquêter sur des assassinats. Sa stupéfaction fut telle, qu'il ne l'empêcha pas d'entrer. Ayant pris conscience trop tard qu'elle s'était faufilée dans le bâtiment sans y être invitée, il referma la porte derrière elle. Après tout, il n'était pas payé pour gérer ce genre de problèmes. Le patron se débrouillerait.

— Au fond, le bureau éclairé, gronda-t-il.

S'étant acquitté de sa tâche, il repartit vaquer à ses occupations.

Elsie se précipita vers le lieu indiqué, avant que quelqu'un ne réagît et ne la mît à la porte. Elle força une nouvelle fois sa chance et toqua à la porte désignée. Elle attendit quelques instants et découvrit derrière le battant, qui pivotait un homme, très bien habillé, brun de peau et aux cheveux d'ébène. Il portait un costume classique et de bonne qualité, ce qui en faisait probablement le propriétaire des lieux.

— Bonjour Monsieur, je suis désolée de vous déranger, mais j'ai besoin de renseignements sur l'une de mes clientes, malheureusement décédée, que vous aurez peut-être connue… Ou plutôt vos parents…

Elle venait de se rendre compte que l'homme devait être âgé d'une petite quarantaine d'années. Son moral descendit d'un cran.

— Je n'ai pas compris qui vous étiez. Miss ?

Si la stricte Adélaïde avait observé sa fille à ce moment précis, elle aurait fait une crise de nerfs face à sa discourtoisie.

— Oh, veuillez m'excuser, Monsieur. Je suis Élisabeth Worthington, de l'agence Worthington & Spencer. J'ai été engagée par Mrs Ophélia Talbot et je cherche à comprendre quelle a été sa vie au Brésil il y a quelques années.

L'homme l'observa un rien surpris. D'évidence, il n'avait guère de renseignements à lui donner ou était trop stupéfait pour réagir.

— Je suis Joao Amara Braz, enchanté de faire votre connaissance, Miss Worthington. Veuillez entrer. J'ignore si je vais pouvoir vous aider, mais je peux toujours essayer.

Il s'effaça de l'encadrement de la porte pour lui céder le passage.

— Comme vous avez pu le constater, poursuivit-il, nous ne sommes guère nombreux à faire du commerce avec le Brésil directement depuis Londres.

— Oui, je pensais que ce commerce était plus développé.

Il rit, découvrant des dents blanches étincelantes, et désigna une chaise d'un signe de la main.

Le bureau était confortable, mieux chauffé que le reste de l'entrepôt, mais tout de même, il y faisait frais.

— Le Brésil est une terre lointaine n'appartenant pas à l'Empire britannique et il y a de nombreuses contraintes administratives pour faire du commerce avec ce pays. Cela vous explique la rareté du genre de société dont je dispose. Pour répondre à votre question, je ne connaissais pas la dame dont j'ai oublié le nom…

— Ophélia Talbot, mais à l'époque elle pouvait s'appeler Anna Rees ou Anna Talbot. Ce n'est qu'à Londres, qu'elle a été surnommée Ophélia.

Il acquiesça avec courtoisie mais, à son expression, Elsie comprit qu'il ne la connaissait pas davantage.

— En revanche, vous pouvez toujours solliciter l'aide de ma mère. J'ai perdu mon père il y a quelques années désormais, mais j'ai toujours ma mère qui pourra peut-être vous renseigner mieux que moi.

Toute la physionomie d'Elsie s'éclaira.

— Merci infiniment pour votre aide. Je cherche à retrouver toute personne qui aurait pu connaître Ophélia Talbot et son époux, lorsqu'ils étaient au Brésil.

Joao parut surpris.

— Certes, mais ils y étaient à quelle époque ?

— Concernant l'époux d'Ophélia Talbot, je l'ignore. Quant à elle, elle a été présente au Brésil de 1835 à 1875.

L'homme ne cacha pas sa stupéfaction.

— Cela fait quelques années désormais. La difficulté à laquelle vous risquez de vous heurter est que la génération actuelle n'est pas celle qui a travaillé au Brésil à l'époque… Vous devez rechercher des témoins de la précédente génération. J'espère que ma mère pourra vous aider. Elle connaît peut-être quelques autres émigrés rentrés au pays ou des Brésiliens plus âgés… mais j'en doute. Depuis que nous sommes arrivés, ma mère est très isolée, ce qui m'inquiète…

Le regard de Joao se perdit dans le vide et Elsie se demanda s'il songeait à sa mère ou à lui-même. Il s'empara d'une carte de visite de belle qualité et y griffonna quelques mots, avant de la tendre à la détective.

— C'est l'adresse de ma mère à Londres, Mrs Paloma Amara Pereira. Présentez-vous de ma part chez elle et je suppose qu'elle vous recevra. Néanmoins, je vous demande de bien vouloir être prudente, Miss. C'est une dame âgée qui est très fatiguée. Elle tolère mal l'hiver londonien. C'est trop humide et trop froid pour elle.

Elsie tenta de dissimuler son enthousiasme, pour éviter de refroidir la bonne volonté du gentleman en face d'elle. *Paloma ! Sa mère s'appelle Paloma ! Et elle a probablement l'âge d'avoir connu Anna Rees !*

— Ne vous inquiétez pas, Monsieur, j'irai à l'essentiel et je ne fatiguerai pas votre mère. Encore merci pour votre aide.

Elsie se leva pour prendre congé, consciente que Joao Amara Braz avait déjà été assez aimable de la recevoir au pied levé, quand elle fut saisie d'admiration pour une plante en pot dans l'angle du bureau. Lorsqu'elle était entrée, elle ne l'avait pas vue, puisqu'elle se situait derrière la porte. Elsie s'approcha, fascinée par l'arbuste de près de deux mètres de haut et embaumant l'espace d'un doux parfum. C'était une plante merveilleuse avec des fleurs ivoire luxuriantes retombant en grappes vers le sol.

— C'est magnifique.

L'homme sourit et s'approcha de l'arbuste pour mieux le faire admirer à sa visiteuse.

— C'est un *brugmansia suaveolens*. Une plante assez commune au Brésil et qui a un très grand succès dans les serres anglaises. Le foisonnement de sa floraison est toujours une joie. Néanmoins, celui-ci vient d'arriver par bateau et il n'est pas encore accoutumé au calendrier anglais. J'espère de tout cœur qu'il va s'adapter au rythme des saisons britanniques, car c'est un très beau spécimen. Pour le moment, il est déphasé et fleuri en plein hiver.

Elsie songea que sa mère aurait été passionnée par cette conversation. Elle n'avait jamais imaginé qu'il fallait un temps d'adaptation aux plantes exotiques pour prendre le rythme des saisons. Néanmoins, cela paraissait logique.

— C'est merveilleux. Je n'ai jamais vu son équivalent.

— Cette fleur est souvent surnommée « la trompette des anges ». C'est une belle appellation.

— Avez-vous beaucoup de spécimens de ce genre ?

— Oh oui, nous en avons presque une centaine actuellement. Ils sont tous à des stades différents d'adaptation au climat, mais cet arbuste s'accommode assez bien à vos latitudes, sous serre et avec de nombreux soins évidemment.

Elsie était plongée dans ses pensées. Elle cherchait un cadeau pour tenter de se réconcilier une fois de plus avec sa mère et un tel arbuste lui paraissait être une bonne option. Adélaïde était fascinée par l'horticulture… D'ailleurs, c'était sa seule passion, en dehors de l'étiquette victorienne.

— Comment pourrais-je acquérir l'une de vos plantes ?

Joao sourit et s'inclina en signe de remerciement.

— Je ne vends pas aux particuliers. Je vends à des professionnels, qui se chargent de revendre nos plantes.

— Auriez-vous l'amabilité de m'indiquer un professionnel à Londres, s'il vous plaît ?

— Bien sûr, dit-il en récupérant la carte de visite qu'il venait de donner à Elsie. Il y a trois boutiques qui vendent ce genre d'arbustes à Londres. Êtes-vous amatrice de plantes ?

— Oh non ! Je n'oserais même pas m'approcher de ce pauvre arbuste. Il en mourrait de peur !

Joao rit de bon cœur et lui rendit le carton, désormais complété par trois adresses.

— Je pense plutôt à un cadeau pour ma mère. C'est une passionnée. Elle a un jardin d'hiver magnifique.

— La mienne cultive aussi son jardin d'hiver avec passion. Elle en a fait une espèce de refuge brésilien au cœur de Londres. Son jardin lui rappelle les forêts de son pays. Je crois que ma mère est quelque peu nostalgique…

Il soupira avant de se reprendre. Pour ne pas l'embarrasser, Elsie fit mine de n'avoir rien remarqué.

— Je vous remercie infiniment pour tous ces renseignements. J'espère que je ne vous ai pas pris trop de votre temps.

— Ce fut un plaisir, Miss Worthington. Cela me change agréablement de mon quotidien.

Ils se saluèrent et Elsie repartit à travers le long entrepôt où elle rechercha du regard d'autres plantes aux fleurs si admirables. Elle en découvrit de toutes les couleurs et se demanda laquelle plairait le plus à Adélaïde…

Après une nouvelle course dans le froid hivernal, Elsie arriva dans le quartier Saint-James, à l'adresse indiquée par Joao Amara Braz. C'était un hôtel particulier cossu, à la haute façade de pierres claires, malgré les traces de pollution assombrissant l'ensemble. Elle se présenta à l'entrée, donnant sur la rue. À sa grande surprise, ce ne fut pas un majordome qui lui ouvrit, mais une simple femme de chambre. Ce détail étonna la détective, qui s'interrogea sur la fortune réelle de cette famille. Après quelques mots d'explication sur sa présence, elle fut invitée à entrer et, sans plus de difficulté, fut conduite à Paloma Amara Pereira, dont elle espérait recevoir des renseignements sur la vie passée de sa cliente.

À son habitude, la vieille dame s'était réfugiée dans son jardin d'hiver, où une chaleur un peu moite régnait. L'Anglaise en fut quelque peu incommodée. La différence de température existant entre les rues londoniennes et ce coin de paradis brésilien était oppressante. *Surtout avec ces maudits corsets...* Néanmoins, elle n'eut pas le temps de s'appesantir sur sa situation, qu'elle était aussitôt en présence de celle qu'elle souhaitait rencontrer. Avec sa chevelure d'un gris éclatant, Paloma Amara Pereira devait frôler les quatre-vingts ans. Petite, assez maigre, elle était recouverte de multiples châles, mais son regard vif transperçait de multiples questions la visiteuse inattendue.

— Veuillez excuser ma présence, Madame, mais je viens de la part de votre fils.

Paloma eut un temps d'hésitation. Néanmoins, la curiosité l'emporta.

— Prenez un siège, s'il vous plaît. Que puis-je faire pour vous ?

Au moins, elle ne tourne pas autour du pot.

— J'enquête sur la mort suspecte d'une personne que vous avez peut-être connue, lorsque vous étiez au Brésil.

La vieille femme fronça les sourcils, encore moins persuadée de l'opportunité de cette visite.

— Je ne suis pas certaine de connaître qui que ce soit à Londres qui aurait vécu au Brésil, mais dites-moi toujours son nom.

— Il s'agit de Mrs Ophélia Talbot, plus connue à l'époque sous le nom d'Anna Rees ou d'Anna Talbot.

La vieille femme tressaillit. Elsie sut à l'instant même qu'elle avait frappé à la bonne porte. Pourtant, elle décida de ne pas brusquer son interlocutrice, de peur de se faire jeter dehors sans le moindre renseignement valable.

Un petit perroquet choisi ce moment pour survoler leur table, au grand émerveillement de la détective. Elle n'avait jamais vu un oiseau de son espèce. Elle avait certes accompagné Victoria, une fois ou deux, au zoo de Londres pour rendre visite à son perroquet, mais il s'agissait d'une grande créature au bec puissant. Le petit spécimen aux plumes multicolores, qui venait de survoler les deux femmes, était délicat et gracieux.

— Il est magnifique, ne put-elle s'empêcher de souffler.

Cette remarque détendit Paloma.

— N'est-ce pas ? Ces créatures sont mon seul réconfort avec mes arbres du Brésil. Je regrette d'avoir suivi mon fils ici. Le temps est affreux, la haute société méchante et hautaine, les mœurs ne me conviennent pas.

L'Anglaise s'autorisa à observer avec attention la vieille dame. Nul doute qu'elle disait sa vérité… en toute franchise.

— Pourquoi êtes-vous venue dans ce cas ?

Paloma soupira, le regard éteint et triste.

— Joao ne se satisfaisait plus du Brésil et voulait découvrir le pays avec lequel nous avons développé notre entreprise commerciale. Notre société d'export a été créée par mon mari puis, après son décès, Joao a pris sa tête et a décidé d'installer le siège social non plus à Rio de Janeiro, comme c'était le cas auparavant, mais à Londres. J'ai tenté de l'en dissuader, mais il est aussi têtu que son père. N'ayant plus aucune famille au Brésil, j'ai bien été obligée de le suivre. Toutefois, le Royaume-Uni est comme je l'imaginais. Glacial, hostile et orgueilleux. Je suis désolée de parler si franchement mais, chez moi, on ne fait pas dans la demi-mesure. Quand on parle, on parle vrai.

Elsie hocha la tête devant cette spontanéité quelque peu ébouriffante.

— Cela me convient et ne vous inquiétez pas, je ne prends pas à titre personnel vos commentaires sur la haute société. Néanmoins, je suis confuse de revenir à ma question initiale, mais j'ai promis à votre fils de ne pas abuser de votre temps. Que pouvez-vous me dire au sujet d'Anna Rees, épouse Talbot ?

Paloma soupira.

— Que puis-je vous dire ? Nous avons été assez proches il y a quelques dizaines d'années. Néanmoins, je ne suis pas certaine que des informations sur la vie d'Anna au Brésil vont vous aider à élucider sa mort. Néanmoins, s'il est une chose de certaine, c'est que celle, que j'ai connue, ne se serait jamais suicidée. Je sais qu'avec le temps les gens changent, mais tout de même. Anna était une femme vaillante, très attachée à la réussite, au travail, à la constance et n'aurait jamais mis fin à ses jours. Elle s'était trop battue, pendant toute la première partie de sa vie, pour bâtir sa fortune, pour ne pas en profiter jusqu'au dernier jour. Je suppose que l'un ou l'autre des héritiers l'aura poussée.

Décidément, Paloma ne sait pas tenir sa langue.

— Pouvez-vous me parler de la femme qu'elle était. Elle a fait fortune, mais dans quel commerce ?

Paloma observa la détective avec attention.

— Mais dans le même commerce que moi. Les plantes et les animaux exotiques. Je pensais que c'était un fait connu.

— Certes, mais je cherche à vérifier les quelques informations que j'ai pu glaner.

La vieille dame hocha la tête avec compréhension.

— Vous avez raison. Il faut toujours vérifier… Anna est arrivée très jeune au Brésil. Elle n'avait pas de fortune, aucune famille, mais elle était travailleuse et courageuse. Elle a commencé comme femme de chambre dans un hôtel de Rio. Si mes souvenirs sont exacts, elle y est restée deux ou trois ans, le temps pour elle de mettre de côté un petit pécule et, surtout, d'apprendre la langue. Quand elle est arrivée, elle ne parlait pas un mot de portugais. Ensuite, elle a quitté cette fonction et a acheté ses premiers spécimens de plantes, qu'elle a envoyés par navire à Londres. Elle avait appris, grâce à l'un de ses contacts, qu'un botaniste londonien recherchait une essence assez rare de je ne sais plus quelle plante, qu'il avait rapportée après une expédition, mais dont tous les spécimens étaient morts durant le voyage. Il était prêt à acheter à prix d'or des plants vivants en provenance du Brésil. Anna avait pris contact avec lui et lui avait assuré qu'il recevrait au moins trois arbustes vivants à l'arrivée du bateau. Bref, elle lui avait donné le nom du navire, le nom du capitaine, ainsi que le jour d'arrivée probable et ce monsieur s'était présenté au débarquement pour acquérir contre une fortune les quatre arbustes, qu'elle avait réussi à maintenir en vie. C'est là que réside le secret de la fortune d'Anna. Elle était parvenue à trouver une préparation permettant aux végétaux de supporter le voyage entre le Brésil et la Grande-Bretagne. La majeure difficulté de notre commerce consiste en la mortalité des spécimens. Je ne vous parle même pas des perroquets, qui périssent par caisses entières, lorsque nous les rapportons. Quant aux arbres, certaines essences ne survivent que dans une proportion de huit pour cent.

Le regard d'Elsie se porta sur le joli perroquet, qui s'était posé sur une branche non loin d'elle. La créature était merveilleuse, avec ses couleurs et son aspect duveteux, qui la rendait tentante à la caresse.

— Il y a donc tant de pertes que cela ?

Paloma haussa les épaules devant l'évidence.

— Sachez qu'il n'y a en moyenne que deux perroquets sur une bonne centaine qui arrivent vivants en Grande-Bretagne. Nous sommes obligés de les envoyer par cargaisons complètes pour être certains que notre client en ait un ou deux pour sa collection. C'est ce qui rend chaque spécimen si cher. Non seulement les perroquets n'acceptent pas d'être mis en cage, mais encore, la plupart du temps les équipages ne les nourrissent pas ou ne leur donnent pas d'eau. Ces créatures ne survivent guère longtemps.

Elsie se redressa, piquée par l'indifférence de son interlocutrice. Cette femme et ses semblables auraient tout de même pu prendre davantage soin des oiseaux ayant assis leur fortune…

— Si tel est le cas, pourquoi personne de vos entreprises n'accompagne ces bêtes pendant la traversée ? Il pourrait s'occuper des oiseaux mieux que l'équipage, qui a sans doute autre chose à faire.

La cruauté qu'elle sentait poindre dans l'attitude de Paloma ne lui plaisait guère. Sa belle-sœur remontait une nouvelle fois dans son estime. Certes, elle avait contribué à ce commerce désastreux, mais elle avait eu assez de bon sens et d'affection pour son perroquet, pour le confier à des professionnels sachant s'en occuper !

La vieille dame haussa une nouvelle fois les épaules.

— Le salaire de cette personne serait un coût supplémentaire et il y a foison de perroquets au Brésil.

Elsie n'en croyait pas ses oreilles… Décidément si tel était le commerce dans lequel sa cliente avait excellé, Ophélia Talbot baissait dans son estime. Pour un peu et elle allait rejoindre son frère dans son opinion si tranchée.

— Si je vous comprends bien, peu importe combien de ces créatures ne survivent pas à la traversée, puisqu'il y en a en abondance, autant en abuser…

La détective était de moins en moins satisfaite par la conversation. Afin de l'écourter, elle décida de reprendre en main l'interrogatoire, qui faisait mine de ne pas en être un.

— Ainsi, Anna Rees avait-elle trouvé un moyen d'exporter de façon plus efficace les plantes exotiques…

— Oui, les plantes et les animaux, confirma Paloma. Je ne sais pas comment elle s'y est prise, mais elle réussissait à en faire arriver en vie environ vingt pour cent, ce qui est un chiffre tout à fait appréciable. C'était même assez extraordinaire. Il n'était pas rare à l'époque de n'avoir aucun survivant à la traversée. Aujourd'hui, les choses sont un peu différentes, mais il ne faut pas vous leurrer. Pour un perroquet que vous voyez, une bonne cinquantaine de ses congénères est morte.

Un frisson parcourut Elsie, mais elle ne se laissa pas distraire de son but.

— Je suppose qu'à l'époque, lorsque l'on voulait s'assurer de la survie d'un spécimen, il valait mieux passer par son entremise. Je présume que le prix d'un spécimen vivant couvrait la dépense pour la capture des autres.

Un étrange sourire flotta sur les traits ridés de Paloma. Un éclat dur dans son regard contrastait avec son aspect de petite dame très comme il faut.

— Oh oui, les indigènes en Brésil ne coûtent rien. Ce sont des quasi-esclaves. Ils ont l'habitude d'être payés une misère et on peut les faire travailler longtemps et durement.

Elsie songea avec dégoût qu'elle était confrontée à l'incarnation de la cupidité sur Terre. Si tous ses semblables étaient de la même sorte, elle tenterait de les éviter avec force et détermination.

— Donc vous me confirmez qu'Ophélia Talbot doit sa fortune initiale au commerce des animaux et des plantes exotiques. Étiez-vous bonnes amies ou simplement concurrentes dans le domaine commercial ?

Paloma éclata de rire.

— Bonnes amies ? Je ne suis pas certaine qu'Anna ait jamais eu une bonne amie. Néanmoins, nous étions des connaissances approfondies, dirais-je.

— Connaissances approfondies ? répéta Elsie sans comprendre.

— Elle couchait avec mon mari et je couchais avec le sien.

Chapitre 5

Quand Stuart s'était présenté chez son addictologue en tout début d'après-midi, il s'était attendu à une longue attente avant de pouvoir rencontrer le praticien. Néanmoins, le médecin n'avait pas encore débuté le cours de ses consultations et il put le recevoir quelques minutes après son arrivée.

Le Docteur Camille Simon était d'origine française, comme le laissait supposer son nom, mais vivait depuis une vingtaine d'années à Londres. Spécialiste reconnu dans sa discipline en plein essor, Stuart avait toute confiance en lui.

— Bonjour Monsieur Spencer, je ne m'attendais pas à votre visite si vite. Que puis-je faire pour vous ?

Le quinquagénaire aux cheveux grisonnants s'installa derrière son vaste bureau de bois clair, le dossier de Stuart posé devant lui.

— Bonjour Docteur, vous me voyez désolé de vous déranger sans rendez-vous, mais je viens vous consulter au sujet de l'une de mes enquêtes.

Le médecin parut étonné, mais invita son visiteur à s'installer dans le fauteuil lui faisant face. Il prit place de l'autre côté de son bureau.

— Je vous écoute, Monsieur Spencer.

— J'ai été engagé pour enquêter sur la mort suspecte de Mrs Ophélia Talbot. Je peux vous le confier sans difficulté, puisque l'affaire a fait la Une de tous les journaux et que mon agence de détectives privés a été reliée à de multiples reprises au nom de notre cliente.

Le Docteur Simon acquiesça d'un signe de tête.

— Comme vous le savez peut-être, notre cliente s'est prétendument suicidée.

— Prétendument ? Il me semblait pourtant que les circonstances de la mort de cette malheureuse avaient été établies assez clairement.

— Oui, le tueur s'est montré d'une extrême finesse dans l'élaboration de son crime. Tout laisse à penser qu'il s'agit d'un suicide. Pourtant, notre agence a été engagée par la victime elle-même, via Monsieur le procureur de la reine, pour enquêter sur son éventuel suicide s'il advenait. Je dois vous préciser que Mrs Talbot avait écrit au procureur pour lui signifier qu'elle ne voulait pas se suicider et que, si sa mort survenait dans de telles conditions, il s'agirait d'un meurtre.

Le médecin se concentra et en vint à ses propres conclusions. C'était un homme intelligent.

— Aussi, puisque votre cliente s'est suicidée, tout en clamant haut et fort qu'elle ne voulait pas le faire, vous soupçonnez l'utilisation d'une ou de plusieurs drogues.

— Cela fait partie de nos hypothèses de travail.

— Cette dame était-elle suivie par un aliéniste ?

— Non, sa famille et ses domestiques sont formels. Ophélia Talbot n'était pas folle. Tout au plus atteinte des premiers signes de l'âge, non sans que cela ne l'empêche de gérer son empire immobilier.

— Donc, une femme âgée, mais en possession de ses moyens intellectuels et physiques… Que soupçonnez-vous précisément ?

Stuart se demandait s'il avait bien fait de déranger un tel spécialiste pour une hypothèse somme toute purement déductive. Il ne disposait d'aucun élément de preuve objectif pouvant soutenir son postulat…

— Tous ceux qui ont assisté au suicide de notre cliente sont formels : elle fuyait quelque chose. Néanmoins, rien ne la poursuivait. D'après le récit que nous ont fait les différents domestiques, dont les chambres sont au troisième étage, leur maîtresse a surgi dans l'escalier, en hurlant comme une possédée, réveillant toute la maison au passage, et, sans qu'aucun d'entre eux ne puisse la saisir, elle a ouvert la fenêtre et s'est jetée tête la première du point culminant de son hôtel particulier.

— Donc, une terreur soudaine, mais lui conservant toute son activité motrice. Une altération temporaire de la perception de la réalité…

Le médecin plongea dans ses pensées, à la recherche d'une substance pouvant convenir à cette description.

— Je crains que vous ne soyez à la recherche d'un puissant hallucinogène. Néanmoins, la difficulté à laquelle vous allez vous heurter est que ces substances sont multiples. Nous pouvons d'ores et déjà éliminer l'opium de notre liste. En effet, comme vous le savez, cette drogue peut certes avoir des effets hallucinogènes à haute dose, mais elle est aussi caractérisée par un effondrement physique. Votre cliente n'aurait pas pu monter l'escalier à une vitesse telle que personne n'a pu l'intercepter. Il nous faut un hallucinogène ayant également des effets stimulants. Avez-vous entendu parler du peyotl ?

Stuart fronça les sourcils. Le nom ne lui évoquait rien.

— Le peyotl est une espèce de petit cactus sans épines originaire du sud de l'Amérique du Nord. Ce cactus est utilisé à des fins rituelles par les chamans amérindiens depuis des temps immémoriaux. Il a des propriétés hallucinogènes qui pourraient correspondre à ce que vous décrivez. Néanmoins, l'utilisation de ce cactus est assez périlleuse… Vous me direz, si le but était de faire mourir cette malheureuse, les effets secondaires indésirables ne devaient pas déranger son meurtrier.

— Pouvez-vous me décrire les effets de ce cactus, s'il vous plaît ?

Le médecin hocha la tête, réunissant en quelques secondes ses connaissances.

— Bien sûr, cette plante a été étudiée au cours des

années 1850 – 1860 et nous la connaissons plutôt bien. Tout d'abord, je dois vous préciser que l'on consomme les boutons de ce cactus, sous différentes formes, aussi bien crus que cuits, séchés ou fumés. Néanmoins, cette consommation provoque presque aussitôt de très fortes nausées, voire des vomissements violents. Si votre cliente n'a pas été malade la nuit précédant son suicide, il ne s'agira pas de notre substance.

— À ma connaissance, Mrs Talbot n'a pas été indisposée dans la nuit précédant sa mort, mais je peux toujours vérifier cette information.

— Cela nous permettra de confirmer ou d'infirmer cette hypothèse. Néanmoins, les effets connus de ce cactus sont plutôt positifs, si j'ose le formuler ainsi. Ceux qui l'ingèrent, en attendent un effet euphorisant, dynamisant, qui précède évidemment, une phase plutôt sédative. Ce qui me dérange dans votre cas, c'est la terreur. Êtes-vous certain de ce point ?

— Oui, les domestiques ont été réveillés en sursaut par des hurlements d'épouvante, qui leur ont fait « dresser les cheveux sur la tête », pour reprendre leur expression. Cela n'avait rien d'euphorique.

— Je comprends, acquiesça le Docteur Simon. J'ai rapproché votre affaire d'un cas assez célèbre d'un homme s'étant jeté par la fenêtre de son hôtel particulier, après avoir ingéré du peyotl, car, dans son euphorie, il était certain de pouvoir voler. Néanmoins, la terreur folle que vous me décrivez ne correspond pas. C'est étrange. Votre cas est exceptionnel à cause de cette frayeur. D'habitude, les hallucinogènes ont pour but une expérience sensorielle différente, pas une mise en danger volontaire. J'ai conscience que chacun répond différemment aux substances, mais l'effroi n'est pas une expérience que tout un chacun a envie de ressentir.

— Nous avons songé que, peut-être, une drogue quelconque pouvait avoir été alliée à de l'hypnose…

Le médecin soupira.

— Il vous faudrait un praticien hors pair. Même en considérant qu'une drogue altère les défenses psychologiques habituelles d'une personne, il me semble très difficile de la convaincre de se suicider. En droguant quelqu'un, il est facile de l'assassiner, mais l'obliger à se suicider est d'une toute autre difficulté. D'après ce que vous m'en avez dit, cette dame a grimpé les escaliers au comble de la terreur, mais personne ne la suivait. Il faudrait trouver une substance capable de conserver toute la force de la victime, tout en altérant ses capacités intellectuelles et en ayant un effet hallucinatoire terrifiant... Il s'agit peut-être d'une préparation particulière alliant différentes drogues mais, dans ce cas, je ne peux pas vous aider. Du moins, pas avant que vous n'ayez trouvé cette substance. L'analyse chimique pourrait nous donner des indices mais, sans un échantillon, nous avançons à l'aveugle.

— Si je comprends bien, pour le moment, vous ne voyez pas quelle substance aurait pu être utilisée pour allier terreur, stimulation physique et annihilation de tout instinct de survie.

— Non, vous m'en voyez désolé. L'alliance de ces trois symptômes ne me rappelle aucune description d'une drogue connue... Même si je veux bien croire que la suggestion puisse jouer un rôle comme déclencheur de la terreur, je ne vois pas ce qui a pu être utilisé dans votre affaire. Toutefois, le fait que je ne puisse pas vous orienter vers une substance en particulier ne signifie pas que votre piste est fausse. Les substances hallucinogènes sont multiples, notamment en Amérique du Sud. Nous n'en sommes qu'au début des découvertes et de l'analyse des drogues utilisées par les tribus indigènes. Un jour, nous saurons peut-être avec certitude ce qui a été utilisé pour pousser votre cliente au suicide mais, pour le moment, je ne peux pas me prononcer.

— Donc, je dois garder à l'esprit que cette hypothèse est possible.

— Oui, je dirais même plus qu'elle est probable.

Stuart était un peu déçu par cet entretien, mais il avait tout de même reçu la confirmation d'un praticien spécialisé que son hypothèse d'utilisation d'une drogue était possible, voire probable. *En outre, le Docteur Simon m'a au moins appris que nous ignorions presque tout des drogues utilisées par les autochtones d'Amérique du Sud... Reste à savoir quelle drogue et, qu'il s'agisse d'hypnose ou de suggestion, comment le meurtrier s'y est-il pris pour pousser cette pauvre femme à sauter par la fenêtre...*

◆ ◆ ◆

Elsie était au comble du choc. Comment une vieille dame pouvait-elle s'abaisser à dire des abominations pareilles ? Néanmoins, elle se reprit, consciente que Paloma Amara Pereira avait usé de ce vocabulaire à dessein, pour la choquer. *Elle couchait avec mon mari et je couchais avec le sien. Tente-t-elle de se débarrasser de moi ?* Même si elle était une Victorienne atypique, son ouverture d'esprit n'englobait pas l'échange d'époux... Néanmoins, Elsie n'en avait pas fini avec son interrogatoire.

— Vous étiez donc assez proches, reprit-elle avec une voix plus assurée qu'elle ne l'avait espéré.

Paloma cilla légèrement. La vieille dame avait essayé de la faire fuir, mais l'adversaire était coriace.

— Nous étions aussi proches que cela était possible, sans être amies. Je ne vous dirai pas que sa mort me réjouit, mais elle ne me porte aucun choc émotionnel particulier. De plus, je n'ai pas revu Anna depuis son départ du Brésil. Je pense que la dernière fois que je l'ai rencontrée, cela devait être en 1871 ou 1872, ce qui fait à une bonne vingtaine d'années.

— Avait-elle des ennemis au Brésil ?

Paloma éclata de rire.

— Vous êtes assez naïve pour une détective. On ne fait pas fortune sans avoir d'ennemis. Quant à savoir si l'un d'entre eux a attendu vingt ans pour se venger, je ne saurais le dire.

— Quelle sorte d'ennemis ?

Paloma haussa les épaules. Soit il s'agissait d'un tic chez elle, soit Elsie la lassait, ce qui n'était pas bon signe.

— Les ennemis habituels. Les jaloux, les médiocres, ceux qui ne parvenaient pas à faire fortune.

De prime abord, rien d'intéressant pour mon affaire. La jalousie n'attend pas vingt ans pour se venger, elle trouve simplement un autre objet sur lequel se reportait...

— Et vous, aviez-vous des ennemis au Brésil ?

— Je ne vois pas en quoi cela peut vous intéresser.

— C'est vrai, admit Elsie. Néanmoins, l'idée m'a traversé l'esprit que si vous aviez des ennemis, cela pouvait aussi être un argument pour quitter le Brésil et vous installer à Londres.

Paloma observa avec attention la détective en face d'elle. D'évidence, elle l'avait sous-estimée. La jeune femme était opiniâtre, intelligente et concentrée.

— D'après ce que j'ai lu, Ophélia s'est suicidée, je ne vois pas pourquoi vous enquêtez sur sa mort.

— Parce que suicide ou pas, son décès est suspect. Comme vous l'avez dit au début de notre conversation, Mrs Ophélia Talbot n'avait pas le profil d'une suicidaire.

— C'est vrai, approuva Paloma. Néanmoins, de là à imaginer qu'un ancien ennemi serait venu du Brésil pour assouvir sa vengeance vingt ans plus tard à Londres, me semble grotesque.

— Ne dit-on pas que « la vengeance est un plat qui se mange froid » ?

Paloma considéra avec attention Elsie, comme si elle la découvrait, installée dans son jardin d'hiver, sans y avoir été invitée... La détective se demanda si elle allait être jetée dehors... mais le visage de Paloma s'anima d'un sourire carnassier.

— Vous avez une âme d'airain. Vous me plaisez. Il y a peu de femmes britanniques avec votre sorte d'âpreté.

J'aime votre objectivité sur la violence de ce monde. Aussi, vais-je vous aider.

Son hôtesse saisit une clochette, qui reposait sur la table, et la secoua. Quelques secondes plus tard, la femme de chambre, qui avait ouvert à Elsie, apparut.

— Sophie, pouvez-vous aller me chercher le portrait encadré dans ma chambre.

La femme de chambre opina du bonnet et partit au petit trot remplir la mission, qui venait de lui être confiée.

— Un portrait ? osa Elsie.

— C'est l'un des rares portraits que j'ai en commun avec mon époux. C'est une vieille photographie, mais j'y tiens beaucoup. J'ai perdu mon mari, il y a quelques années de cela, et je dois avouer que, contre toute attente, Luis me manque.

Elsie réprima un sourire. Cet aveu était aussi effronté, que malséant. Elle reporta son attention sur le joli perroquet, désormais occupé à nettoyer sa patte d'une quelconque saleté, que lui seul pouvait discerner.

— Je constate que vous êtes comme moi. Plus vous connaissez l'humanité, plus vous appréciez les animaux.

— Vous ne semblez pas les apprécier beaucoup pour les sacrifier par centaines, remarqua Elsie.

— Oh, cela n'a rien de personnel. C'est pour l'argent. Néanmoins, depuis mon arrivée à Londres, je me suis découvert un attrait particulier pour ces petites créatures colorées. Elle me rappelle mon pays. Croyez que si j'avais eu le choix, je n'aurais pas décidé de mourir à Londres.

Mourir à Londres ? Elle n'a donc pas l'intention de rentrer au Brésil…

— Donc pour supporter l'hiver londonien, vous vous entourez de plantes et d'animaux originaires du même pays que vous.

— Oui, c'est un pis-aller, reconnut avec amertume Paloma.

Sophie revint de son pas sautillant et tendit un cadre ouvragé à sa maîtresse, avant de disparaître de nouveau.

Au lieu de montrer le cliché à la détective, Paloma se mit en peine de démonter le cadre pour l'en sortir. La photographie était pliée en deux…

— Voilà, dit Paloma d'un ton las.

La détective se saisit de la vieille image avec prudence. Il y avait quatre personnes en pied devant un magnifique arbuste fleuri. Les femmes étaient dans des robes plus légères que celles portées d'habitude en Grande-Bretagne et les hommes étaient vêtus de toile fine. La chaleur semblait accablante. Pourtant, ce qui retint l'attention d'Elsie n'était pas les sujets mêmes de la photographie, mais bien le bébé qui trônait entre les bras de celle qu'elle avait reconnue comme étant Anna Rees. Elle retourna la photographie et trouva la mention de « Rio, 1852 ».

— 1852 ?

Elle n'était pas parvenue à cacher sa stupeur. D'après ce qu'elle savait, Ophélia Talbot n'avait eu qu'un fils, Oswald Talbot né en 1860. Alors, qui était cet enfant ?

— Si c'est écrit derrière, c'est que la date est exacte.

Elsie dévisagea Paloma. D'évidence, elle n'obtiendrait pas plus de renseignements de sa part. Pourtant, elle était certaine que la vieille dame lui cachait quelque chose. Elle reporta son attention sur le cliché, certaine que Paloma ne le lui remontrerait pas. Elle devait enregistrer un maximum de renseignements.

Les quatre personnes, Paloma, son époux Luis, Ophélia et son mari regardaient le photographe avec des expressions très différentes. Paloma était rayonnante de bonheur, quand son mari semblait assez satisfait, mais le couple Talbot, quant à lui, ne semblait pas ravi d'être là. Le mari, particulièrement, paraissait hors de lui. Ophélia, quant à elle, était souriante, mais son sourire ne remontait pas jusqu'à ses yeux. *C'est un sourire feint, un sourire qui vise à cacher son véritable sentiment.* Néanmoins, la photographie était vieille et passée. Elle ne parvenait pas à savoir s'il y avait de la tristesse, de la colère ou un autre sentiment dans le regard de sa défunte cliente. Soudain,

Paloma récupéra le cliché.

Elsie comprit le message et se leva pour prendre congé.

— Je vous remercie infiniment pour votre aide et votre accueil. Je vous souhaite une bonne fin de journée, en espérant ne pas vous avoir trop fatiguée.

La vieille dame opina du chef, mais ne se donna même pas la peine de répondre. Elsie fut reconduite à l'extérieur toujours par la même femme de chambre et se retrouva en quelques secondes à quitter la torpeur brésilienne pour retrouver la froidure cruelle d'un trottoir hivernal londonien. Elle enfourcha sa bicyclette et se précipita vers l'agence… Elle avait un dessin à faire de mémoire… Elle devait reproduire le plus fidèlement possible la photographie qu'elle venait d'avoir entre les mains.

◆ ◆ ◆

S tuart n'avait pas appris grand-chose auprès de son addictologue. Néanmoins, son hypothèse avait été plus ou moins confirmée par le praticien et il avait de plus appris que les substances hallucinogènes utilisées en Amérique du Sud demeuraient assez mystérieuses. Gardant en tête ces éléments, Stuart orienta ses pas vers la deuxième étape de son enquête du jour, à savoir la boutique de Charles Jamrach, sur la *Ratcliffe Highway* dans l'*East London*. L'idée lui était venue, alors qu'il se rendait chez son médecin. Après tout, qui mieux que Charles Jamrach, l'un des principaux marchands d'animaux sauvages, d'oiseaux et de coquillages à Londres pourrait le renseigner sur ce type de commerce ? À sa connaissance, cet homme était loin d'avoir amassé autant d'argent qu'Ophélia Talbot. Pourtant, il était beaucoup plus connu qu'elle. Certes, il avait pignon sur rue à Londres, alors qu'elle avait organisé l'ensemble de son commerce à partir du Brésil, mais tout de même. Il y avait quelque chose d'étrange dans l'amoncellement pécuniaire qu'elle avait pu obtenir grâce à ce seul commerce. *La piste de l'argent… Toujours une bonne piste. Patience, persévérance, prudence...* Au souvenir de cette maxime de son formateur dans l'art subtil des enquêtes, un sourire un peu nostalgique s'imprima sur son visage. L'Inde lui manquait. Ses parents, son frère et sa tante lui manquaient... Stuart se promettait que, d'ici peu, il retournerait en Inde... Non plus pour s'y installer, mais au moins pour rendre visite à sa famille. Il avait eu l'espoir pendant quelque temps de pouvoir retourner à sa vie d'avant mais, désormais qu'il était établi à Londres, qu'il vivait dans un appartement confortable, qu'il exerçait un métier plaisant, il ne se voyait plus quitter tout ce qu'il avait construit avec sa cousine. De plus, jamais il n'abandonnerait Elsie. Elle avait trop besoin de lui comme garde-fou et protecteur au sein de cette société si hostile aux plus fragiles. Stuart s'étonnait de la facilité avec laquelle les Victoriens se débarrassaient de ceux, qui les contrariaient. *Regarde comment le propriétaire d'Isadora s'est débarrassé d'elle, sans se demander à aucun moment ce que cette femme allait faire.* Sans en avoir la certitude, Stuart demeurait persuadé qu'Isadora aurait été confrontée aux pires difficultés sans son aide. Elle aurait pu loger dans un hôtel pour quelques jours, mais après ? Non, décidément, le retour en Inde de façon définitive n'était plus une option. Il devait sa protection et son aide à Elsie, mais aussi à Isadora. Quels que soient les sentiments de la jeune femme à son égard, il voulait se persuader qu'une simple amitié le liait à elle, sans oser reconnaître qu'il s'agissait d'une émotion plus puissante.

Ces rêveries l'avaient mené devant l'animalerie bien connue de Charles Jamrach. Il observa quelques instants la devanture pour se recentrer sur son enquête. Puis, le silence s'étant fait dans son esprit, il poussa la porte et entra.

L'odeur le saisit à la gorge à l'instant même où il pénétrait dans la boutique. D'après lui, il y avait des fauves en cage. Seule leur présence pouvait expliquer l'odeur pestilentielle, qui régnait dans l'espace clos. Il y avait certes une porte ouverte à l'arrière, mais elle ne suffisait pas à renouveler l'air dans le magasin. Stuart songea que ses contemporains n'étaient pas délicats pour tolérer ce genre de puanteur en plein cœur de Londres. Néanmoins, pour être honnête, la capitale britannique était connue pour l'air nauséabond qui l'envahissait, à intervalles réguliers, au gré des pluies et des sécheresses… et encore, la situation s'était un peu améliorée au cours de la deuxième partie du XIXe siècle.

— Bonjour Monsieur, que puis-je faire pour vous ?

Stuart porta son attention sur l'homme encore jeune qui venait de l'accueillir. Il devait avoir entre vingt-huit et trente ans, était brun de peau - du moins du point de vue d'un Anglais, ce qui ne signifiait pas grand-chose - et semblait fort serviable. Ce dernier point importait davantage que tous les précédents à Stuart.

— Bonjour Monsieur, je souhaiterais parler à Charles Jamrach, s'il vous plaît.

Tout sourire quitta le visage de son interlocuteur et une légère pâleur apparut.

— Malheureusement, mon père n'est plus de ce monde depuis l'année dernière. Mon frère et moi-même avons repris le commerce et je peux vous renseigner sur nos spécimens.

Stuart songea qu'il était difficile de commencer moins à propos une conversation…

— Je vous prie de bien vouloir accepter mes excuses les plus plates. J'ignorais ce point et je suis profondément peiné d'avoir été si maladroit. En revanche, je ne suis pas ici pour acquérir l'un ou l'autre de vos spécimens, mais j'avais besoin d'informations. Je suis détective privé et l'une de mes clientes exerçait la même profession que vous…

— Veuillez m'excuser, mais seriez-vous Monsieur Stuart Spencer, de l'agence Worthington & Spencer ?

— C'est moi-même…

Stuart était toujours un peu perturbé par sa célébrité

naissante. Pourtant, en cet instant, elle lui était favorable, puisque toute la physionomie du jeune homme se modifia. Un large sourire s'ancra à son visage.

— Je suis tellement ravi de faire votre connaissance, Monsieur Spencer. J'ai suivi vos exploits tout au long de l'année dernière et je peux vous avouer que je suis l'un de vos grands admirateurs.

L'homme se précipita vers Stuart, saisit sa main d'autorité et la secoua avec toute la vigueur dont il était capable. *Admirateur ? J'espère que ce genre d'expérience sera au moins épargné à Elsie...*

— Je vous remercie pour votre enthousiasme, Monsieur...

— Oh, je manque à tous mes devoirs. Je suis Albert Jamrach, le fils de Charles, le fondateur de notre animalerie. Comment puis-je vous aider ?

Puisque Stuart ne pouvait plus parler au père, sauf peut-être par l'entremise d'Isadora, autant converser avec son fils.

— J'ignore si vous allez pouvoir m'aider, mais je cherche des renseignements sur le commerce de Mrs Ophélia Talbot.

Albert parut étonné.

— Je ne vais pas pouvoir vous être d'une grande aide. Cette dame a quitté le commerce depuis de nombreuses années. En revanche, je peux toujours vous répéter ce que mon père nous en disait.

— Tout élément peut être utile à mon enquête.

Cette remarque rasséréna le jeune homme, qui se sentit soudain détenteur d'un indice fondamental dans la nouvelle affaire de son détective favori.

— Ne vous inquiétez pas, je vais tout vous dire. Toutefois, ne préférez-vous pas que nous nous entretenions dans mon bureau, plutôt qu'au cœur de la boutique ?

— Si cela ne vous dérange pas, je pense que ce serait préférable.

— Je préviens mon frère William et je vous reçois !

Il fila comme le vent, puis revint quelques secondes plus tard, faisant signe à son héros de le suivre. Du coin de l'œil, le détective s'aperçut qu'il était désormais l'objet de toutes les attentions des personnes présentes dans le magasin. *Pour la discrétion, tu repasseras…* Stuart se demandait s'il était bien raisonnable pour un détective d'être célèbre…

◆ ◆ ◆

Quand il s'assit, Stuart prit conscience qu'il avait un peu trop marché ce jour-là. Il était tant accoutumé à la douleur, qu'il n'y prêtait plus assez attention, sauf lorsqu'elle atteignait des proportions intolérables. S'il n'y prenait pas garde, il n'aurait aucun repos la nuit même. Pour rentrer à l'agence, il louerait un fiacre.

— Je vous écoute !

Stuart se concentra sur Albert Jamrach. Après tout, il avait peut-être quelques éléments à lui offrir.

— Que pouvez-vous me dire du commerce de Mrs Ophélia Talbot ?

Albert haussa les épaules pour marquer le peu d'intérêt qu'il avait pour cette dame.

— D'après père, Mrs Talbot n'était pas une fournisseuse sérieuse.

Stuart en fut un peu étonné. Comment aurait-elle pu faire fortune dans le commerce des animaux et plantes exotiques si elle n'avait pas été sérieuse ?

— Veuillez m'excuser, mais les renseignements que j'ai eus jusqu'à présent étaient plutôt inverses.

— Je veux bien vous croire, admit le jeune homme. Les gens qui n'y connaissent rien pouvaient la considérer comme compétente. Néanmoins, qu'il s'agisse de père, de mon frère ou de moi-même, nous prêtons une grande attention aux spécimens, que nous prélevons dans la nature. Contrairement à nos concurrents, nous essayons, autant que faire se peut, de maintenir en vie les animaux que nous capturons et que nous importons. Pour notre part, nous tentons de faire reproduire nos spécimens directement au Royaume-Uni, ce qui implique une connaissance approfondie de ces créatures. Il ne s'agit pas d'entasser pêle-mêle des centaines de spécimens capturés, la plupart du temps avec brutalité, de les transporter sans les nourrir et sans les faire boire, en croisant les doigts pour que l'un ou l'autre survive. Je m'emporte un peu, mais j'en ai assez d'être comparé à cette bande de sauvages. Ils n'ont aucun intérêt pour les animaux qu'ils capturent et n'y voient qu'une source de revenus. Pour notre part, notre démarche est différente. Ces bêtes sont importées dans un but scientifique et pour abonder les zoos d'Europe. Plus il y aura de reproductions au sein même de ces institutions, moins nous aurons à les importer.

— Veuillez excuser mon ignorance, mais si telle est votre philosophie, comment comptez-vous gagner de l'argent à l'avenir ?

Albert sourit avec la bonhomie de ceux qui se savent irremplaçables.

— Par notre savoir-faire, s'exclama-t-il. Nous étudions les espèces que nous capturons. Nous ne nous contentons pas de les livrer à leurs nouveaux propriétaires comme s'il s'agissait de vulgaires objets. Bien évidemment, je ne vous mentirai pas. Certains de nos acheteurs considèrent nos spécimens comme de simples sources d'argent. Ils ne prêtent attention à leurs animaux qu'au minimum, mais nous revenons souvent vers eux pour tenter d'améliorer la situation. Néanmoins, pour en revenir au cas qui vous intéresse, je vous préciserai que Mrs Ophélia Talbot était plus douée pour les végétaux que pour les animaux. Pour notre part, nous n'importons pas la flore. Notre activité est exclusivement tournée vers la faune sauvage.

— À votre connaissance, est-ce que Mrs Talbot importait des plantes aux vertus, comment dirais-je, spéciales ? tenta Stuart.

Albert l'observa l'œil rond. Le détective comprit qu'il allait devoir être un peu plus explicite.

— Des plantes aux vertus médicinales peut-être ?

Albert secoua lentement la tête de droite à gauche.

— Je l'ignore. Il me semble que mon père avait fait allusion à ce type de commerce lié à la pharmacopée, mais je n'y ai prêté aucune attention.

— Connaîtriez-vous un autre importateur spécialisé dans ces plantes ?

— Spécifiquement dans ces plantes, non. Néanmoins, je sais qu'un importateur de renom s'est installé sur les docks, il y a de cela trois ou quatre ans. Il est connu pour ses perroquets et ses arbustes à fleurs. En revanche, je ne me souviens plus du tout de son nom.

— Ce n'est pas grave, je vais trouver.

— Je n'en doute pas !

Stuart ne put s'empêcher de sourire. Il remercia le commerçant pour tous ses renseignements et, à peine était-il sorti de la boutique, qu'il se mit en quête d'un fiacre pour rentrer chez lui.

◆ ◆ ◆

E lsie appuyait sur ses pédales avec toute la force dont elle était capable. Elle devait rentrer le plus vite possible pour reproduire de mémoire, avec un maximum de détails, la photographie que Paloma Amara Pereira venait de lui montrer. Elle était persuadée que ce cliché serait déterminant pour son enquête. Si seulement elle avait pu s'en emparer en toute discrétion. Mais comment aurait-elle pu faire ? Peut-être devrait-elle prendre quelques cours auprès des pickpockets de *Whitechapel*… La détective sourit à cette perspective si malséante. Toute sa famille s'en pâmerait d'indignation, si elle osait évoquer une telle perspective même en plaisantant.

Au bout de quelques minutes, elle rejoignit l'agence et eut la surprise de trouver un homme adossé au mur, près de la porte d'entrée, qui attendait que l'un ou l'autre des détectives rentrât. Elle descendit de sa machine et s'approcha de l'inconnu… Pas si inconnu que cela…

— Bonjour Monsieur Baylen !

William Baylen, journaliste au *Pall Mall Gazette*, sursauta. Elsie avait aussitôt reconnu ce petit homme sec et brun, dont le regard vif était dissimulé derrière d'épais lorgnons. La détective se souvenait de la loyauté du journaliste, qui les avait aidés à résoudre « l'affaire des nécromanciens ».

— Miss Worthington ! J'avais oublié que vous étiez une adepte de la bicyclette ! Comment vous portez-vous ?

— Très bien, merci beaucoup Monsieur Baylen. Et vous-même ?

— Le mieux du monde, Miss Worthington. D'autant que, selon toute vraisemblance, nous allons pouvoir de nouveau collaborer.

Elsie ouvrit la porte d'entrée et céda le passage au journaliste. Que voulait-il dire par collaborer ? Elle attendit qu'ils soient installés dans son bureau, ce qui incluait une bonne tasse de thé entre les mains, pour poursuivre la conversation :

— Sur quelle enquête souhaiteriez-vous que nous collaborions ?

— Le suicide d'Ophélia Talbot.

La détective ne fut pas surprise, l'affaire Talbot étant de loin la plus intéressante de celles qu'elle avait en ce moment à l'agence. Néanmoins, elle se demandait ce que le journaliste pourrait lui proposer et, à l'inverse, ce qu'elle pourrait lui donner comme renseignements…

— Nous débutons à peine nos investigations et...

— Et vous ne trouvez pas grand-chose de pertinent.

Elle fronça les sourcils et observa avec soin William Baylen. Il éclata de rire. Elle avait oublié à quel point l'homme était joyeux. Loyal, intelligent et jovial, une bonne combinaison pour un allié.

— Ne me regardez pas comme cela, Miss Worthington. Si je suis venu vous voir, c'est que je me heurte aux mêmes difficultés que les vôtres. Mon directeur de publication m'a confié la rédaction d'un article de fond sur Mrs Ophélia Talbot. De prime abord, je n'étais guère intéressé par cette tâche… Une fortune immobilière qui se suicide en se jetant par la fenêtre n'est pas un sujet passionnant à mes yeux. Néanmoins, j'ai étudié la question, puisque je n'ai pas pour habitude d'écrire n'importe quoi. Quand j'ai commencé mes recherches sur cette dame et son défunt mari, je me suis aperçu que leur histoire officielle commence à leur retour du Brésil, ce qui est un peu tardif à mon goût. Avant 1875, nous n'avons aucune espèce de renseignements.

Elsie approuva avec entrain. Une fois de plus, elle s'accordait avec les déductions du journaliste.

— D'accord, je vous dis ce que je sais, vous me dites ce que vous savez et, à deux, nous réussirons peut-être à démêler les fils de cette histoire. Néanmoins, tant que nous ne tiendrons pas le coupable, je vous demanderai, comme précédemment, de ne pas divulguer nos informations.

— Si j'ai, comme la première fois, l'exclusivité de vos informations, nous avons un accord, Miss Worthington.

Ils se serrèrent la main pour sceller leur alliance.

— Vous risquez d'être déçu, Monsieur Baylen, je n'ai pas encore trouvé grand-chose. Néanmoins, je peux vous donner quelques renseignements sur notre engagement.

Il opina du chef, tout ouïe.

— La nouvelle de notre engagement a été diffusée aux quatre coins de Londres, mais ce qui n'a pas été précisé c'est que nous avons été engagés par Mrs Talbot elle-même. En fait, le jour même de son suicide, elle avait écrit au Procureur Connor Muir pour lui préciser que si elle se suicidait, il devrait comprendre qu'il s'agissait d'un meurtre. Dans une telle éventualité, il devait nous remettre une lettre, qui nous engageait pour enquêter sur les circonstances de son faux suicide.

William Baylen siffla entre ses dents.

— Fichtre, rien que pour cette information, notre alliance est intéressante. Cela vous arrive-t-il souvent d'être engagés par la victime d'un meurtre ?

Elsie sourit… L'esprit du journaliste avait la même tournure que celui de Stuart et du sien propre.

— Non, c'est la première fois, ce qui est quand même assez intrigant, n'est-ce pas ?

— Je ne pense pas avoir déjà entendu parler de l'équivalent, mais continuez, Miss Worthington.

Elsie lui parla alors du testament, de la réaction des héritiers, de la troisième héritière que personne ne connaissait, de son meurtre à peine débarquée du bateau en provenance du Brésil, de sa visite à l'entrepôt de la société « Amara Braz import », puis de sa rencontre avec Paloma.

— Donc vous avez retrouvé la fameuse Paloma, seule connaissance connue de votre cliente… Bien, à moi. Pour ma part, les circonstances de la mort de votre cliente ne m'intéressent pas. Suicide ou meurtre, peu importe en réalité. Tout l'intérêt de cette affaire réside dans l'argent. Évidemment, je ne disposais pas jusque-là de l'information de la mort de cette pauvre gamine. L'affaire prend un tout autre éclairage au vu de ce deuxième meurtre… Néanmoins, cela ne remet pas en question le fait que la solution de votre énigme réside dans l'argent. J'ai eu beau consulter tous mes contacts habituels au ministère des Affaires étrangères et dans les différentes administrations, personne n'a été capable de me donner des informations fiables sur ce qu'a été la vie de votre cliente et de son mari, lorsqu'ils étaient au Brésil. Tout le monde rabâche à l'envi ce qui a été dit par les Talbot lorsqu'ils sont revenus en 1875, à savoir qu'ils ont fait fortune dans le commerce des animaux et des plantes exotiques, qu'ils ont vendu leur affaire au Brésil et investi l'argent ainsi gagné dans l'immobilier londonien. Je n'y crois pas une minute.

Elsie observa le journaliste. À l'instar de son cousin, il était redoutable lorsqu'il fallait lever des lièvres.

— Pourquoi ?

— Parce que leur histoire ne tient pas. Personne n'a d'autres renseignements que ce qu'ils ont bien voulu dire. Les Talbot ne sont pas reconnus comme les plus grands commerçants d'animaux exotiques du règne de la reine Victoria, c'est Charles Jamrach, qui a cette réputation, et la fortune de cet homme et de sa famille n'a rien de commun avec celle de votre cliente. Personne ne me fera croire que la fortune des Talbot a été établie sur la vente de perroquets et de plantes.

— Un commerce illégal dans ce cas ? proposa Elsie.

— Certainement, Miss Worthington.

— À quoi songez-vous ?

— Pour le moment, ce ne sont que des suppositions. Des hypothèses de travail si vous préférez.

Elsie comprenait parfaitement. En réalité, plus elle discutait avec le journaliste, plus elle se rendait compte que son métier et le sien étaient proches.

— Vous connaissez le goût de nos contemporains pour les drogues diverses… Je me suis demandé comment je m'y serais pris pour faire fortune, si j'avais été à la place de la jeune Ophélia Talbot. Nul doute que seul, isolé, dans un pays hostile mais à la législation très différente de celle du Royaume-Uni, si je n'avais pas eu beaucoup de scrupules, je ne me serais pas ennuyé avec un commerce légal. J'aurais exploité des mines d'or non répertoriées, j'aurais vendu des armes, j'aurais vendu de la drogue. C'est probablement ce qui a fait la fortune des Talbot. Sous couvert d'un commerce légal d'animaux et de plantes exotiques, j'aurais fait transiter vers le Royaume-Uni des spécimens très spéciaux. Mis à part quelques botanistes éclairés, qui peut différencier une plante d'une autre ? Certainement pas l'équipage d'un navire !

— Paloma m'a pourtant assurée qu'Ophélia Talbot était reconnue pour la qualité de son travail…

— Et vous l'avez crue ? Cette femme a fait fortune avec la même activité que votre victime. Je ne prêterai qu'une attention lointaine aux renseignements qu'elle vous a donnés. Elle a pu çà et là glisser des informations pertinentes, mais perdues au milieu d'un amoncellement de mensonges.

Elsie se renfrogna un instant mais, après réflexion, elle dut reconnaître le bien-fondé de la remarque de William.

— Des plantes dont il serait possible d'extraire une drogue au milieu des arbustes à fleurs ? supposa-t-elle.

— Et, si votre spécimen arrive dépourvu de fleurs, intervint Stuart, vous n'avez qu'à dire à l'administration portuaire qu'il a perdu ses fleurs pendant la traversée, mais que cela va repousser. Qui viendra vérifier ?

Tout à leur conversation, ni Elsie, ni William n'avaient entendu Stuart ouvrir la porte.

— Je constate qu'une nouvelle fois, Monsieur Baylen, nous sommes arrivés aux mêmes conclusions par deux voies différentes. Je reviens de la boutique de feu Charles Jamrach et son fils était formel. Mrs Talbot avait une piteuse réputation dans le commerce des animaux exotiques. Toutefois, Albert Jamrach lui reconnaissait un certain talent pour l'exportation des plantes…

Chapitre 6

La nuit était tombée sur Londres depuis quelque temps désormais, quand le quatrième convive passa les portes de l'agence. Elsie s'était précipitée pour ouvrir à Percival et, après quelques échanges polis, ils rejoignirent Stuart et Isadora à l'étage pour dîner. William Baylen, quant à lui, était reparti un peu plus tôt pour vérifier quelques informations. Elsie avait été soulagée que son cousin ait accepté l'accord qu'elle avait trouvé avec le journaliste. D'après lui, un peu d'aide ne serait pas de trop dans cette affaire. Elle pouvait en convenir au vu du peu d'éléments qu'ils parvenaient à collecter à grand-peine.

Avant de discuter de l'affaire, ils prirent le temps de faire honneur au succulent repas qu'avait confectionné Isadora. Stuart se demandait comment avec le peu d'ustensiles de cuisine dont elle disposait, elle pouvait s'acquitter ainsi de cette tâche. Toutefois, il se garda d'aborder une question aussi personnelle devant Elsie et Percival. En revanche, il se promettait de faire le point plus tard avec son invitée, qui lui semblait dépenser beaucoup d'argent pour les nourrir. Si Stuart lui avait proposé de l'héberger, ce n'était certes pas pour qu'elle dépensât l'ensemble de ses économies en nourriture.

Le repas terminé sur une compote quasi divine, les enquêteurs purent se reconcentrer avec sérénité sur les événements de la journée.

— Je suis d'accord avec vous, conclut Percival. La piste

de l'argent est toujours intéressante. Dans ce cas, les héritiers sont nos suspects privilégiés.

— En parlant d'héritiers, intervint Elsie, avez-vous découvert quelque chose sur la mort de cette malheureuse ?

— J'allais y venir, Elsie.

Percival fit semblant de ne pas voir les regards étonnés de Stuart et d'Isadora. Il avait promis à Elsie de l'appeler par son prénom dans le cadre privé et il considérait qu'un repas informel chez les détectives en faisait partie. D'ailleurs, la jeune femme ne s'était pas formalisée de cette familiarité, bien au contraire. Il était certain que s'il l'avait appelée « Miss Worthington », elle l'aurait repris sans ménagement.

— Nous avons retrouvé un témoin du suicide d'Anna Selva. L'un des jardiniers de *Hyde Park* était en train de s'occuper de l'un des massifs non loin de la *Serpentine,* quand il a entendu un hurlement à lui glacer le sang. Il en a même lâché sa bêche de stupeur. Dans la pénombre, il a cherché d'où venait le cri et s'est aperçu qu'une jeune femme courait de l'autre côté du cours d'eau. Elle hurlait « comme si elle avait tous les diables de l'enfer à ses trousses », pour reprendre son expression. Il l'a vue s'engager sur le pont et s'est précipité pour venir à sa rencontre. Il ignore si c'est ce mouvement qui a achevé la santé mentale de cette malheureuse mais, dès qu'elle l'a aperçu, elle a aussitôt sauté par-dessus le parapet et a disparu dans l'eau glacée. Elle a dû couler à pic, parce qu'il a eu beau fouiller les eaux du regard, il ne l'a pas revue.

— L'eau est tellement glacée en ce moment, qu'elle a dû faire un arrêt cardiaque, supposa Isadora.

Ils hochèrent la tête en silence. C'était une possibilité.

— Ainsi, cette jeune fille a péri dans les mêmes circonstances qu'Ophélia Talbot, reprit Stuart. L'hypothèse du suicide n'est plus recevable dans ces conditions. Reste à savoir comment notre tueur s'y prend. Même mon addictologue n'a pas su définir la substance précise, qui pourrait allier terreur, stimulation physique et annihilation de tout instinct de survie… En revanche, il m'a confirmé que l'utilisation d'une drogue était plausible dans notre affaire.

Un silence s'imposa autour de la table. La sensation était étrange. Sans qu'aucune preuve ne pût confirmer l'intervention d'une tierce personne dans la mort de ces deux femmes, les circonstances en elles-mêmes démontraient que ces deux suicides dans les mêmes conditions étaient des meurtres. Néanmoins, en dehors de l'intime conviction des enquêteurs, il n'y avait rien pour attester du crime…

Percival s'adossa davantage à sa chaise et observa la pièce un instant. Il n'avait accédé qu'en de rares occasions à l'étage de l'agence, mais il était toujours surpris du confort de la pièce principale de l'appartement de Stuart. Connaissant le détective, le policier soupçonnait qu'il devait l'agrément de sa pièce à vivre à Elsie, voire à sa cousine par alliance Mrs Victoria Worthington. Les meubles étaient fins et ouvragés, les chaises et fauteuils neufs et profonds, les tentures épaisses et réconfortantes. Dans le coin de la pièce, un grand poêle en fonte ronflait avec constance, produisant chaleur et clarté. L'éclairage était complété par trois lampes à pétrole qui permettait d'y voir clair dans la pièce…

— Si je résume, intervint Elsie, Ophélia Talbot modifie son testament en avril 1889, mais elle ne l'enregistre auprès de son notaire qu'il y a un peu plus de six mois, au mois de juin 1891. Par ce testament, elle partage en trois parts égales sa fortune entre son fils, son neveu et une mystérieuse jeune femme, que personne ne connaît. Vendredi dernier, consciente que quelqu'un en a après sa vie, elle écrit au procureur pour l'avertir que, si elle en vient à se suicider, il devra considérer sa mort comme un assassinat. Perspicace, elle nous engage par avance, si de telles circonstances survenaient. Le soir même, elle se jette par la fenêtre sans que personne n'ait pu la rattraper. Nous pouvons supposer qu'une drogue a été utilisée pour la plonger dans une terreur telle, qu'elle a préféré se défenestrer. Le lendemain de la mort de notre cliente, la découverte du testament par les héritiers fait quelques remous au sein de la famille Talbot. Le fils est stupéfait de devoir partager la fortune familiale, le neveu est heureux mais lui aussi abasourdi d'obtenir un tiers de la fortune, quant à la troisième héritière, elle est déjà partie depuis quelque temps du Brésil pour arriver le soir même à Londres. Néanmoins, elle est déjà attendue par le tueur, qui use du même stratagème contre elle que contre sa protectrice. Anna Selva est prise de terreur et saute dans la *Serpentine*, où elle se noie.

— Nul ne connaissait l'existence d'Anna Selva sauf le tueur, continue Stuart. Pourquoi ? Qui est-il pour connaître les secrets d'Ophélia Talbot ?

— Pas un membre de la famille, poursuivit Percival, Ophélia Talbot ne leur faisait aucune confiance et ne les tenait pas dans la confidence de ses affaires. Sauf à imaginer que l'un ou l'autre ait fouillé dans les affaires de la matriarche, je ne vois pas comment nous pourrions impliquer Oswald Talbot ou Jonathan Rees. Pourtant, le crime leur profite.

Elsie se cogna le front de la paume de sa main.

— La photographie !

Les trois autres la considérèrent sans comprendre. Elsie expliqua alors comment elle avait retrouvé la « Paloma », dont avait parlé Isadora. Elle raconta son passage par les docks dans l'entrepôt de la société « Amara Braz import », sa rencontre avec Joao Amara Braz, sa discussion avec sa mère Paloma, la photographie de 1852 où les deux couples posaient avec des expressions très distinctes et, surtout, le bébé dans les bras de leur cliente.

— 1852 ? s'exclama Isadora. Mais, à ma connaissance, son fils est né en 1860.

— C'est exact, confirma Stuart. La question est : qui est cet enfant ?

— S'il est né en 1852, il ou elle a désormais quarante

ans, réfléchit Elsie.

— Donc il ne s'agit pas d'Anna Selva, déduit Percival. Elle avait à peine dix-sept ou dix-huit ans.

Un silence s'imposa autour de la table, avant que Stuart ne contournât la difficulté.

— Qui connaissons-nous dans cette affaire qui aurait quarante ans ?

— Oswald Talbot a trente-deux ans, reprit Elsie. Son cousin a sensiblement le même âge... En revanche, Joao Amara Braz a une quarantaine d'années...

— Le fils de l'autre couple... réfléchit Stuart. Après tout, ce n'est pas parce que c'est Anna Rees qui porte l'enfant, que c'est forcément son fils. Elle peut avoir posé avec l'enfant de son couple d'amis. Il est bien dommage que votre interlocutrice ne l'ait pas précisé...

— Encore une fausse piste ! grommela Elsie. Bref, la piste du fils ou de la fille cachée aurait été trop évidente... Pourtant, si Ophélia Talbot avait abandonné une partie de sa famille au Brésil et avait voulu rétablir une certaine justice par son testament, en désignant par exemple le dernier membre vivant de cette famille délaissée, cela aurait mis un peu de sens dans cette affaire.

— Certes, acquiesça Stuart. Néanmoins, nous n'avons aucune preuve pour étayer cette supposition. En l'absence d'un lien familial entre Ophélia Talbot et Anna Selva, nous ne pouvons pas suivre cette piste.

— Alors que nous reste-t-il ? reprit Elsie avec quelque lassitude. L'un ou l'autre des héritiers ? Même si nous admettons que nous savons le « qui », nous ignorons toujours le « comment » - bien que nous puissions supposer qu'il s'agit de l'emploi d'une drogue -, et le « pourquoi »... Pour l'argent ? Nous tournons en rond. Ni Oswald Talbot, ni Jonathan Rees ne sont dans des difficultés financières telles qu'elles pourraient justifier un meurtre.

— Néanmoins, intervint Isadora, la haine pourrait être un mobile de meurtre... Même si ce mot me paraît un peu fort pour qualifier le ressenti d'Oswald envers sa mère, j'ai toujours été choquée par le mépris profond que le fils avait pour sa mère, sans parler de la jalousie maladive qu'il porte à son cousin...

— Demain, j'aurai une conversation avec ce monsieur, annonça Stuart. Nous l'avons laissé échapper à nos interrogations depuis assez longtemps. Qu'il soit satisfait ou pas de mon intrusion, il répondra.

— Sinon je le convoquerai à Scotland Yard, compléta Percival. Après tout, je suis supposé élucider le meurtre d'une jeune fille que nous supposons être la troisième héritière.

Stuart se tourna soudain vers lui.

— Le médecin légiste a-t-il eu le temps d'autopsier Ophélia Talbot ?

Par réflexe, Percival observa ses chaussures. Comme à chaque fois qu'il se rendait dans les sous-sols où opéraient les médecins légistes, il avait nettoyé avec soin ses souliers, ayant pataugé dans la sciure supposée contenir les fluides des cadavres.

— Pour le moment, le Docteur Graham Clark n'a rien détecté de suspect mais, selon ses propres dires, cela n'a rien de probant. La médecine légale est une science en devenir et chaque praticien fait en fonction de son expérience et de ses connaissances propres.

Une fois de plus, les preuves leur échappaient.

— Donc la piste de l'argent... murmura Stuart. La fortune brésilienne des Talbot est trop mystérieuse pour être honnête...

— L'ayahuasca, peut-être ? osa Isadora.

Les trois autres l'observèrent l'œil rond.

— Je vous demande pardon, ma chère ? s'informa Stuart.

Isadora ignora le léger pincement au cœur, que lui fit cette appellation affectueuse, pour se concentrer sur son sujet.

— D'après ce que j'ai compris, vous recherchez une drogue originaire d'Amérique du Sud et qui pourrait avoir été vendue par Ophélia lorsqu'elle était au Brésil.

Les trois enquêteurs opinèrent du chef de concert.

— L'ayahuasca… Cela fait fort longtemps en vérité que je n'ai pas entendu ce mot. Néanmoins, je me souviens d'un soir, peu après ma rencontre avec Ophélia, où l'hôte de la séance de spiritisme était très excité et m'avait abordée de façon grossière, en me disant que je n'avais finalement rien d'extraordinaire, puisque lui-même en avalant une décoction d'herbes et de racines avait atteint le même degré de connexion au monde invisible que moi-même. J'en étais restée un peu sidérée, ne sachant pas à quoi il faisait référence, mais Ophélia, quant à elle, avait compris. Elle m'avait alors expliqué qu'en Amérique du Sud, les chamans avaient l'habitude d'entrer en transe en buvant une tisane, dont ils étaient les seuls détenteurs de la recette à base d'herbes et d'écorces d'arbres poussant dans les environs. Elle s'était aperçue qu'en fonction des régions, la recette différait, mais l'effet était toujours le même : une transe ouvrant l'esprit à une autre dimension du monde et offrant des visions plus ou moins agréables, en fonction de votre degré de pureté. Ophélia m'avait encore avoué qu'elle avait expérimenté cette drogue avec un chaman de sa connaissance, mais qu'avant la prise de cette tisane si particulière, elle avait d'abord procédé à la purification de son corps, puis de son esprit par plusieurs jours de jeun et de prières. Selon le chaman, qui avait accepté de l'initier, il s'agissait d'une étape nécessaire pour que l'ayahuasca ne soit pas dangereuse. D'après elle, notre hôte allait avoir de sérieux ennuis, s'il en abusait sans aucune précaution. Elle avait raison. Quelques jours après cette étrange soirée, assez désagréable au demeurant, nous avions appris que notre hôte avait sombré dans une cruelle dépression et qu'il n'avait plus goût à rien.

Un silence accueillit le récit de ce souvenir.

— Connaissez-vous les effets de cette drogue ? s'enquit Percival.

— Si vous voulez savoir quelles sont les étapes précises

accompagnant son ingestion de cette drogue, je l'ignore. Je sais seulement qu'elle est dangereuse et qu'elle a des effets hallucinogènes très puissants. Néanmoins, je suis dans l'incapacité de vous dire si elle peut susciter des terreurs ou être considérée comme un excitant.

— Je suis dépitée, assena soudain Elsie.

Les trois autres se tournèrent vers elle.

— Que vous arrive-t-il, ma chère cousine ? s'intéressa Stuart sans pouvoir refréner un sourire espiègle.

— Plus nous avançons dans cette affaire, plus je découvre l'ampleur de la catastrophe. Combien y a-t-il de drogues originaires d'Amérique du Sud ? Il y en a tant qu'il est impossible que nous puissions faire la lumière sur l'origine de la fortune d'Ophélia Talbot !

Voilà donc la grande difficulté de ma petite cousine…

— En vérité, Elsie, je dirais que le détail exact de l'origine de la fortune des Talbot n'a pas grande importance. Le souvenir d'Isadora a l'avantage de nous conforter dans notre théorie, selon laquelle leur richesse a peut-être été fondée pour partie sur la vente de drogues d'Amérique du Sud. Sa connaissance de cette étrange tisane et l'expérimentation, qu'elle en a faite, confirme notre hypothèse. En revanche, la question est : Ophélia Talbot aurait-elle pu prendre volontairement de l'ayahuasca et l'expérience aurait-elle pu mal tourner ?

Elsie grommela, écrasant son menton sur la paume de sa main.

— De toute façon, même en admettant qu'Ophélia Talbot ait repris de cette étrange drogue et qu'elle se soit suicidée suite à une surdose, dirons-nous, cela ne nous explique pas la mort d'Anna Selva.

— Non, vous avez raison, confirma Stuart. En revanche, puisque Ophélia Talbot avait parlé de cette drogue à Isadora, peut-être a-t-elle abordé cette question avec des membres de sa famille, qui se seront souvenus de ce nom et l'auront utilisée à leur propre profit.

— Donc, nous en revenons à l'argent et à la famille,

conclut Percival.

— Un grand classique du crime, que voulez-vous… admit le détective.

Ils échangèrent encore quelques mots, mais le temps avait passé vite et il se faisait tard. Ils se séparèrent.

◆ ◆ ◆

La nuit était pleine désormais. Heureusement pour Elsie et Percival, les trottoirs du quartier où ils marchaient étaient éclairés par des réverbères au gaz diffusant autour d'eux une lumière un peu jaunâtre. Percival avait insisté pour raccompagner la détective, qui n'en demandait pas tant, mais avait fini par accepter devant son insistance. Après tout, elle appréciait beaucoup l'inspecteur. Il était intelligent, loyal, courageux et beau garçon. Cela faisait beaucoup de qualités pour un seul homme, songea-t-elle. Néanmoins, même si Percival lui plaisait, jamais elle ne succomberait à quelque homme que ce fût, compte tenu du pouvoir de l'époux sur l'épouse dans la loi victorienne. Comble de l'incongruité dans une société dirigée par une femme depuis plus de cinquante ans, les Victoriennes passaient de la tutelle de leur père à celle de leur mari, sans jamais pouvoir disposer de leur vie par elle-même. Elsie avait eu bien des difficultés à amadouer son frère avant qu'il n'acceptât son choix de vie, elle n'allait pas remettre son destin entre les mains d'un époux, aussi séduisant fût-il.

Loin de ces considérations, Percival songeait à son enquête. Il avait certes retrouvé un témoin de la mort d'Anna Selva, mais il n'avait aucune preuve quant à l'assassinat de la jeune femme, bien au contraire. Le témoignage du jardinier ne faisait qu'attester son suicide. Considérant le nombre de dossiers envahissant les services criminels de Scotland Yard, il savait que son temps d'enquête était compté. Soit il trouvait un indice ou une preuve lui permettant de solliciter davantage de temps sur cette enquête, soit il serait déchargé du dossier et sa hiérarchie lui confierait une nouvelle affaire.

— Il faut que je déniche un lien entre les deux victimes, songea-t-il à haute voix.

— Comment allez-vous vous y prendre ?

— Je l'ignore, mais il faut que je trouve un lien, sinon je crains que le meurtre d'Anna Selva ne soit classé en suicide lui aussi.

Ils avançaient d'un pas lent, malgré le froid qui les transperçait de part en part.

— Mis à part l'extrait d'acte de naissance, qu'avez-vous trouvé dans sa valise ?

— Pas grand-chose. Au vu de l'état de ses vêtements, c'était une jeune fille issue d'un milieu modeste, qui reprisait autant que possible ses vêtements et tentait de garder l'apparence d'un milieu plus aisé que celui auquel elle appartenait. Nul doute que cette jeune femme a été lancée sur les routes dans l'espoir d'obtenir une vie meilleure au Royaume-Uni.

Le cœur d'Elsie se serra. Elle savait combien elle était privilégiée et avait pitié de celles et ceux, qui étaient frappés de plein fouet par la brutalité de la pauvreté.

— Sommes-nous certains que la jeune fille assassinée est bien celle du testament ?

— Pas du tout, confia Percival, le tueur peut tout aussi bien supprimer toutes les « Anna Selva », qui débarquent du Brésil, dans l'espoir d'assassiner celle qu'il vise en réalité…

Elsie fut contrariée par cette réponse.

— Comment se fait-il que le tueur ait été le seul à connaître l'existence de cette Anna Selva ? Oh mon Dieu !

Percival s'arrêta net, conscient que sa compagne de route avait saisi quelque chose, qui la gênait depuis quelque temps déjà. Il détailla la physionomie de la détective et sut qu'il avait raison. Les yeux fixés vers l'horizon, la bouche mobile en train de se confier quelque chose à elle-même, Elsie organisait le fil de sa pensée. Il la laissa faire, sachant que, dès qu'elle aurait achevé son mécanisme de déduction, elle lui en ferait part.

— C'est lui qui l'a invitée, conclut-elle.

Percival fronça les sourcils et finit par comprendre le raisonnement. Et si elle avait raison ? Elle reprit :

— Depuis que nous avons appris pour le meurtre de cette pauvre fille, nous nous demandons comment il a fait pour l'identifier plus vite que nous mais, en fait, il la connaît depuis longtemps. C'est lui qui l'a invitée à venir en Grande-Bretagne. D'une façon ou d'une autre, le tueur a été informé du contenu du dernier testament d'Ophélia Talbot. D'après le notaire, elle l'a écrit il y a environ deux ans. Pendant un an et demi, le majordome et l'intendante étaient les seuls à être informés du contenu du testament. En juin dernier, Ophélia Talbot a enfin déposé son testament chez son notaire. À partir de ce moment-là, n'importe qui dans l'étude notariale aurait pu informer le tueur. Il faut questionner tous ces gens. Il faut rechercher lequel a eu une soudaine rentrée d'argent. Le tueur a pu payer l'une ou l'autre de ces personnes pour savoir ce que contenait le testament d'Ophélia Talbot. À partir du moment où il a su qu'une certaine Anna Selva avait été intégrée au nombre des héritiers, il s'est mis en chasse. Nous ne pouvions pas la trouver avant lui. Ophélia Talbot ne s'était même pas suicidée qu'Anna Selva avait déjà embarqué du Brésil pour rejoindre la Grande-Bretagne. Il a toujours eu une longueur d'avance sur nous.

— Dès demain je convoque tous ces gens. Avec l'aide de Hugh Hobbes, je ne doute pas d'obtenir des confessions complètes. En outre, je vais étudier leur style de vie, leurs comptes bancaires s'ils en ont et tout ce qui pourrait les relier à notre affaire. Si l'un ou l'autre a bénéficié d'une fortune inattendue, je tiendrai ma ou mon coupable. Elsie, vous êtes formidable !

Elsie sentit ses joues s'empourprer sous le compliment. Elle était toujours si heureuse, quand quelqu'un reconnaissait ses capacités déductives. En outre, le compliment venu de Percival, lui aussi enquêteur hors pair, lui allait droit au cœur.

Debout au milieu du trottoir, éclairé par un lampadaire, ils se faisaient face, tout sourire, ravis l'un de l'autre.

— Élisabeth Worthington, comment oses-tu te compromettre en public de cette façon !

La voix d'Édouard avait claqué comme un coup de fouet au milieu de la nuit.

Saisie de surprise, Elsie avait sursauté et se retournait, incrédule, vers son frère.

— Rentre immédiatement et vous, Monsieur, je vous prierai de bien vouloir tenir vos distances avec ma sœur.

Percival pâlit devant le sous-entendu. Elsie était une femme séduisante à ses yeux. Elle était intelligente, courageuse, loyale et bienveillante. En outre, contrairement à ses contemporains, Percival estimait qu'une femme n'avait pas à être une petite chose fragile pour être belle. La détective et sa bonne santé lui convenaient mieux qu'une frêle poupée de porcelaine. Néanmoins, même si, à l'instant, son frère l'avait surpris en pleine admiration de sa sœur, Percival ne pensait pas avoir été offensant.

— Mais, Monsieur, je vous assure que…

— Que je ne vous revoie pas rôder autour de ma sœur, sinon il vous en cuira. J'ai assez d'entregent pour détruire votre carrière ! cracha Édouard hors de lui.

À ces mots, Elsie passa de la stupéfaction à la rage.

— Comment oses-tu ! cria-t-elle en s'approchant d'un pas menaçant de son frère.

Elle jeta sa bicyclette contre le mur et fit reculer Édouard dans l'escalier en lui fonçant dessus.

— Comment oses-tu menacer cet homme ? Pour qui te prends-tu ?

Percival tenta de raisonner son amie, mais n'y parvint pas. Elle entendit à peine son « Miss Worthington », avant que la porte ne claquât derrière elle. Elle avait repoussé son frère jusqu'à l'intérieur de son hôtel particulier pour laisser libre cours à sa rage.

— Pour qui te prends-tu, Édouard ? Père n'aurait jamais toléré ce genre de comportement de ta part. Je ne suis pas ta fille ! Je ne suis pas sous ta tutelle ! Et ce n'est pas parce que j'ai accepté de vivre sous ton toit pour me conformer à vos exigences, que je suis obligée de rester ici sous ton contrôle. Je te rappelle que je suis majeure et que j'ai à ma disposition la part d'héritage qui me revient. En outre, je travaille. Je n'ai pas besoin de rester ici ! Comment oses-tu humilier ainsi un homme aussi honnête que Percival Montgomery ? Tout cela parce qu'il n'appartient pas une classe sociale qui te convient ? Puisque tu n'as aucune confiance en moi, je vais t'apprendre que l'Inspecteur Percival Montgomery est un homme d'honneur, qui jamais ne s'abaisserait à me faire la cour, si je ne l'y autorisais pas d'abord. En outre, pour ta gouverne, il n'y a rien de cela entre nous. Comment oses-tu projeter sur nous toutes les turpitudes dont tu es capable ?

Édouard blêmit sous l'assaut incontrôlé de sa sœur. Néanmoins, il était orgueilleux, cassant et n'avait pas l'habitude de se laisser dominer ni en affaires, ni dans sa famille.

— Tant que tu seras sous mon toit, tu vas te conduire comme je l'exige. Je suis le seul maître ici et tu n'as pas ton mot à dire.

— Oh, je n'ai pas mon mot à dire tant que je suis sous ton toit ? Mais qu'à cela ne tienne ! Regarde-moi bien Édouard, tu n'es pas près de me revoir.

Elsie fonça dans l'escalier et le gravit quatre à quatre. Ébahi, son frère l'observait, ne semblant pas comprendre ce qu'elle venait de dire.

Arrivée à l'étage, Elsie s'empara d'une grande malle où elle empila pêle-mêle le plus vite possible toutes les affaires auxquelles elle tenait. Ses vestes, ses pantalons de cyclisme, ses robes les plus pratiques, sa brosse à cheveux, un miroir, son revolver, ses trois couteaux bien aiguisés... Elle observa sa table de chevet, y prit le livre qu'elle était en train de lire et le jeta dans la malle. Puis, après avoir vidé l'armoire de tout ce qu'il lui semblait essentiel, elle reporta son attention sur sa coiffeuse et y découvrit un portrait, qui lui fendit le cœur. Elle tendit la main vers le cadre et le posa avec délicatesse au milieu de ses vêtements. C'était son bien le plus précieux. Elle fit le tour de la chambre du regard et conclut que tout ce qui y restait appartenait à Édouard. Elle referma la malle, s'empara des deux poignées et, avec un effort brutal, la souleva. Elle n'avait besoin de personne pour partir.

Quand elle franchit la porte de sa chambre, elle tomba sur sa belle-sœur Victoria, la main devant la bouche, pour étouffer un cri horrifié.

— Elsie, s'il vous plaît…

— Désolée Victoria, mais ce n'est plus possible.

Elle allait se détourner, puis prit le temps de faire face à sa belle-sœur.

— Je suis vraiment désolée, Victoria. Vous me manquerez.

Elle s'engagea alors dans l'escalier et le descendit marche à marche, consciente qu'en bas, son frère l'observait d'un œil noir.

— Si tu oses partir, saches que plus jamais tu ne franchiras les portes de cette maison.

Elsie sourit, enfin lucide sur la situation. Ce n'était pas un simple malentendu qui la séparait désormais de son frère, mais un véritable gouffre. Elle avait cru pendant un temps qu'elle pourrait cohabiter avec le si strict Édouard, qui avait passé son enfance et son adolescence à éreinter sa jeune sœur. Elle n'était jamais assez bien pour lui. Pourtant, avec l'assassinat de leur père et le désir d'Elsie de devenir enquêtrice, elle avait cru qu'Édouard avait accepté son besoin viscéral d'indépendance. Elle avait pensé qu'il avait changé. L'esclandre de ce soir lui prouvait qu'il n'en était rien et qu'il n'entendait pas céder un pouce de liberté à sa sœur.

Enfin parvenue au bas de l'escalier, elle déposa son fardeau et observa son frère avec mépris et colère.

— J'espère que demain tu présenteras tes excuses à l'Inspecteur Montgomery. C'est un homme respectable et il ne méritait pas que tu le menaces ainsi.

Elle reprit les poignées de sa malle sous les yeux ébahis de son frère, ouvrit la porte d'un coup de pied et disparut de sa vue.

◆ ◆ ◆

Elsie avait posé tant bien que mal sa lourde malle sur sa bicyclette et avait poussé le tout jusque chez son cousin.

Quand Stuart, allongé dans le bureau, entendit la porte d'entrée s'ouvrir, il se leva aussitôt, prêt à recevoir le malotru avec tous les égards dus à son rang.

— Elsie ?

Il fit disparaître le revolver, qui était apparu dans son poing, et s'approcha avec précaution… Sa cousine reniflait, ce qui n'augurait rien de bon.

— Elsie, que s'est-il passé ? dit-il d'une voix plus douce.

La jeune femme poussa dans l'entrée sa lourde malle. Elle libéra assez d'espace pour pouvoir faire avancer sa bicyclette dans le couloir et la ranger sous l'escalier. Puis, elle revint sur ses pas et s'empara des poignées de sa malle pour la déposer dans son bureau. Alors que Stuart refermait la porte d'entrée, Elsie vint à sa rencontre.

Stuart l'observait en silence. Il n'avait pas besoin d'explications. Il savait l'essentiel. Il avait vu l'attitude d'Édouard envers sa sœur se modifier peu à peu, pour revenir à ce qu'elle avait été au moment de leur rencontre.

— Il a tellement insulté Percival et il l'a menacé…

Malgré lui, le détective fut stupéfait. Il avait eu tort d'imaginer que sa cousine avait explosé pour se défendre elle-même. Elle avait une tolérance extraordinaire à la maltraitance qu'elle subissait depuis l'enfance. D'après ce qu'il avait compris, seul son père, le si agréable Robert, avait été le soutien de sa fille. Privée de cette unique protection, Elsie avait été jetée en pâture à sa famille si rigoriste et à l'autoritarisme de sa mère, ainsi que de son frère aîné. Désormais chef de famille, Édouard avait toléré un moment les frasques de sa sœur, du moins à ses yeux, mais il n'en était plus question désormais qu'un homme d'une autre classe sociale s'intéressait à elle.

— Que s'est-il passé ?

Elsie se dandinait d'un pied sur l'autre, le regard tantôt dans le vide, tantôt rivé au sol.

Stuart s'approcha d'un pas et enlaça sa cousine pour la bercer contre lui. Elle était choquée, elle avait besoin d'évacuer. Elle posa son front contre lui et il lui embrassa le haut du crâne.

— Il m'a tellement humiliée et il l'a menacé… Nous ne faisions que parler de l'affaire et je venais de comprendre quelque chose… Il était fier de moi. Il m'a dit que j'étais formidable…

La voix d'Elsie était atone. Stuart sentit une colère puissante monter en lui. Qu'avait fait cet imbécile d'Édouard pour épuiser ainsi toute l'énergie de sa sœur ?

— Je suis d'accord avec lui, vous êtes formidable, ma chère Elsie.

— Papa me manque…

Elle éclata en sanglots et s'accrocha davantage à son cousin. *Voilà, nous y sommes… Pleure, ma tendre cousine, pleure, je suis là.* Stuart resserra ses bras autour d'elle pour mieux créer un rempart entre elle et le monde. Édouard était injuste avec sa sœur et Percival. Oui, les deux jeunes gens se plaisaient mutuellement. Non, aucun des deux n'avait franchi le pas d'avouer ses sentiments et aucun des deux ne s'était mal conduit. Que la fortune personnelle de Percival ne convînt pas à Édouard était une chose, qu'il humiliât son ami et sa cousine en était une autre. Son cousin lui rendrait des comptes et pas plus tard que le lendemain matin.

E lsie ignorait combien de temps elle était restée dans les bras de Stuart mais, au bout d'un moment, elle se calma. Il la sentit se détacher de lui et il ouvrit ses bras pour qu'elle pût s'éloigner. Elle essuya ses yeux d'un revers de la manche et, profitant du mouchoir qu'il lui tendait, elle se moucha et tenta de reprendre contenance.

— Puis-je dormir ici pour quelque temps ?

— Bien sûr, Elsie. Vous pouvez peut-être partager le lit avec Isadora ?

— Oh, non, je ne veux pas la déranger, mais peut-être pourrais-je m'installer dans votre canapé à l'étage ?

— Faites comme bon vous semble… mais pour cette nuit…

— Je vais partir, Stuart, intervint la voix d'Isadora depuis l'étage, je ne peux pas continuer à abuser de votre hospitalité.

Stuart était partagé entre le soulagement que la médium fût réveillée et l'ennui qu'elle ait entendu la conversation.

À son habitude, Elsie prit le taureau par les cornes.

— Certainement pas ! s'indigna-t-elle. Nous restons tous ici et nous faisons face ensemble à l'adversité.

La messe était dite.

Chapitre 7

Mardi 12 janvier 1892

Elsie ne décolérait pas. Elle avait essayé de dormir cette nuit, mais la colère qui la tourmentait l'avait empêchée de trouver le sommeil. De guerre lasse, elle avait quitté le canapé de Stuart à l'étage pour rejoindre son bureau et avait travaillé à la reproduction de mémoire de la photographie, qu'elle avait à peine vue chez Paloma. Néanmoins, depuis son observation, le temps avait passé et les émotions s'étaient accumulées, ce qui lui avait rendu la tâche difficile. Elle n'était pas satisfaite du résultat. D'après elle, de nombreux détails avaient disparu et, notamment, l'expression si particulière qu'elle avait saisie sur les visages du couple Talbot. Elle finit par s'endormir sur son bureau, sans toutefois bénéficier d'un sommeil réparateur.

◆ ◆ ◆

Quelques heures plus tard, de trop rares heures, Elsie fut réveillée par le bruit de la rue. Elle rejoignit Isadora et Stuart, qui prenaient leur petit-déjeuner à l'étage. Si son cousin n'y prêtait pas garde, il allait s'empâter à dévorer les petits plats concoctés par son invitée. La détective se demandait quand son cousin se déclarerait enfin, mais préféra se taire afin de ne pas se montrer maladroite ou, pire, indélicate.

Elle déjeuna en silence, préférant écouter la conversation d'Isadora et de Stuart, plutôt que d'intervenir. Elle avait encore des difficultés à fixer son attention, tant son esprit était préoccupé. Comment pourrait-elle faire face à Percival désormais ? Avait-il été impressionné par les menaces de son frère ? Après tout, Percival était le soutien de sa mère et de sa sœur Willow avec lesquelles il vivait… Il ne pouvait pas se permettre de perdre son emploi… Elles n'avaient que lui… Sans s'en apercevoir, elle soupira, le visage dissimulé derrière ses deux mains. Stuart et Isadora échangèrent un regard, mais respectèrent son humeur.

Avant qu'elle ne partît, Stuart tenta de discuter avec elle mais, pour le moment, elle n'avait pas envie d'aborder quelque sujet que ce fût. Elle savait qu'en tant que femme, son installation seule dans un appartement serait très mal vue. Sans la caution d'un homme, peu de propriétaires accepteraient de lui louer ne serait-ce qu'une pièce. De plus, cette installation en solitaire signerait sa déchéance définitive dans la bonne société. Le seul moyen pour une femme de sa catégorie sociale de vivre en célibataire était d'être veuve. Elle se demanda si elle ne devrait pas épouser quelque vieillard cacochyme pour se libérer de ce genre d'entrave, mais ne parvint même pas à sourire de sa propre ironie. Non, Elsie n'avait pas le cœur à rire.

Elle décida de se reconcentrer sur l'affaire, qui retenait toute son attention, et réfléchirait plus tard à l'orientation qu'elle souhaitait donner à sa vie. Après tout, elle ne s'était installée chez Stuart que depuis quelques heures et elle pouvait s'octroyer quelques jours de réflexion pour une question aussi importante. Elle savait pouvoir compter sur son cousin et, même si le pauvre Stuart se retrouvait désormais quelque peu envahi dans sa vie de célibataire endurci, elle le savait assez patient et bienveillant pour lui laisser du temps. Une seule chose était sûre, elle ne retournerait pas chez Édouard… Ni chez Adélaïde ! Restait l'option de sa sœur aînée, mais Cathy habitait trop loin de

Londres et cela l'obligerait à abandonner son métier, ce qu'elle n'accepterait pour rien au monde. Elle était douée pour enquêter et pourchasser les criminels était important, cela donnait un sens à sa vie, cela donnait de l'importance aux victimes. En réalité, à bien y réfléchir, il y avait deux choses sûres au final : elle ne rentrerait ni chez Édouard, ni chez Adélaïde, et elle n'abandonnerait jamais son métier de détective.

Satisfaite par cette conclusion, elle s'octroya le luxe d'observer les alentours. Sans qu'elle en eût conscience, sa bicyclette l'avait amenée vers les bâtiments de *New Scotland Yard*, donnant sur le *Victoria embankment*, le long de la rive nord de la Tamise. Elsie savait que la prochaine rencontre avec l'Inspecteur Percival Montgomery serait délicate, voire gênante. Néanmoins, elle ne voulait pas que le comportement scandaleux de son frère entachât la relation qu'elle avait avec le policier. Elle arrêta sa bicyclette devant l'entrée de Scotland Yard et, désormais connue comme le loup blanc, elle put pénétrer dans le bâtiment sans difficulté. Les factionnaires la connaissaient presque tous. Elle avait pour habitude de les saluer avec courtoisie, ce qui simplifiait d'ordinaire les relations humaines. À l'accueil, elle apprit que l'Inspecteur Percival Montgomery était dans son bureau et s'y dirigea sans plus attendre.

Arrivée devant la porte de l'inspecteur, elle toqua et attendit avec quelque fébrilité que la porte pivotât. Sa patience ne fut pas mise à rude épreuve mais, contrairement à ce qu'elle avait espéré, ce ne fut pas Percival qui ouvrit, mais Hugh Hobbes. La mine renfrognée du bobby se détendit, quand il reconnut la visiteuse.

— Miss Elsie, s'exclama-t-il de sa voix de stentor. Que nous vaut le plaisir de votre visite ?

— Bonjour Hugh, comment allez-vous ? J'ai appris que vous étiez désormais attaché à l'Inspecteur Montgomery. C'est une belle promotion.

Hugh ne répondit pas et se contenta de lui faire un clin d'œil. Elsie ne s'en formalisa pas, acceptant toujours avec gratitude les signes de connivence de la part de cet ancien militaire, qui avait servi aux côtés de son cousin dans l'armée des Indes. Hugh lui céda le passage et referma derrière elle.

Percival était assis à son bureau, plongé dans un dossier. Il releva à peine la tête et fut surpris de découvrir sa visiteuse non loin de lui. Il sauta sur ses pieds pour l'accueillir comme il convenait.

— Miss Worthington, je ne m'attendais pas à vous voir si tôt… Je n'ose…

— Je venais vous présenter mes plus sincères excuses pour ce qui s'est passé hier soir, le coupa la jeune femme.

Percival ne s'attendait pas à cette entrée en matière. Pour sa part, il n'attendait certes pas d'excuses de la part d'Elsie. Si quelqu'un devait présenter ses excuses, c'était Édouard Worthington. Toutefois, le policier ne se faisait guère d'illusions. Connaissant l'homme d'affaires, il préférerait se couper un bras, plutôt que de présenter ses excuses à un simple policier.

— Miss Worthington, je pense que vous ne me devez aucune excuse. Je me suis peut-être montré maladroit en vous raccompagnant hier soir, mais la nuit était tombée et j'ai préféré m'assurer de votre sécurité. Le fait que votre frère nous ait pris à partie ainsi dans la rue, ne mérite aucune excuse de votre part. Bien au contraire. Pour ma part, j'aurais dû anticiper les soucis auxquels vous avez été confrontée.

La détective ne put réprimer un haussement d'épaules. Elle était de toute façon un peu dépassée par la situation.

— On ne peut jamais anticiper l'animosité d'autrui. Malheureusement, Édouard n'a aucune considération pour qui je suis. J'ai eu beau me comporter parfaitement tout au long de ma vie, Mère et lui ont toujours eu à redire à ma conduite. J'en suis arrivée à la seule conclusion plausible : jamais je ne trouverai grâce à leurs yeux. Par conséquent, il est préférable que je m'éloigne d'eux.

À ces mots, Percival comprit que la situation était pire que ce qu'il avait envisagé de prime abord. Pour sa part, il avait imaginé qu'Elsie et Édouard s'étaient affrontés à peine la porte refermée, mais « s'éloigner » ?

— Que voulez-vous dire par « vous éloigner d'eux » ?

Elle se renferma. Elle n'avait aucune envie d'avouer à Percival qu'elle avait quitté le domicile de son frère. Connaissant l'inspecteur, il s'en serait senti coupable.

— Pour le moment, je ne suis pas encore très déterminée sur la suite à donner à cet incident. Parlons d'autre chose, si vous le voulez bien. Je souhaitais savoir si vous aviez eu le temps d'étudier l'hypothèse que nous développions, quand nous avons été interrompus.

Percival accepta de remettre à plus tard ses demandes d'éclaircissements, compte tenu de la gêne manifeste que ressentait son amie.

— Oui, j'étais en train d'y réfléchir. Je pense que votre hypothèse est logique. Le tueur connaît l'existence de cette troisième héritière depuis longtemps. J'ai vérifié auprès de la compagnie maritime et Anna Selva a embarqué il y a un peu plus de trois semaines pour quitter le Brésil. J'ai réussi à contacter les services de l'immigration, mais personne ne connaît cette jeune femme. D'après l'un des représentants de la Couronne britannique au Brésil, revenu depuis peu à Londres, le maillage étatique brésilien n'a rien de commun avec celui dont nous bénéficions au Royaume-Uni. J'ai rencontré cet homme hier au ministère des Affaires étrangères et il m'a un peu parlé du Brésil. D'après lui, c'est un endroit rêvé pour tous ceux qui veulent faire fortune sans être trop ennuyés par les autorités locales. Le territoire est si grand, si vaste et si indompté qu'il est quasi impossible aux autorités locales de le contrôler. Quant à l'acte de naissance retrouvé sur la victime, il lui a paru authentique, quoique partiellement effacé. D'après lui, il manque soit un prénom, soit un patronyme effacé par l'eau, ainsi que l'adresse complète de la victime. Il m'a conseillé de me rapprocher de la compagnie maritime qui aura peut-être enregistré la dernière adresse connue d'Anna Selva. Néanmoins, pour le moment, la compagnie ne me répond pas sur ce point. En fait, d'après ce que j'ai compris, ils n'ont pas l'obligation de recueillir ce genre de renseignements pour leurs passagers. Ils doivent seulement vérifier l'identité de la personne et les papiers nécessaires pour débarquer à leur arrivée. Anna Selva avait son extrait d'acte de naissance et une lettre de recommandation de la mère supérieure d'un couvent. D'après ce que disait cette dame, la victime avait vécu ces dernières années au sein de sa communauté, où elle avait appris le métier de brodeuse.

— Il se pourrait que la dernière adresse connue d'Anna Selva corresponde à celle de ce couvent, proposa Elsie.

— Oui, c'est l'hypothèse la plus plausible, mais je préfère m'en assurer. Si tel est le cas, j'essaierai de joindre la mère supérieure pour qu'elle me parle d'Anna Selva. Néanmoins, les moyens de communication entre le Brésil et le Royaume-Uni ne sont pas aussi fiables que ce que l'on pourrait espérer. Les échanges vont être longs et fastidieux.

— Si seulement nous pouvions être certains que cette Anna Selva était l'héritière d'Ophélia Talbot...

— Nous n'en serons peut-être jamais sûrs, Miss Elsie, tonna la voix de Hugh, qui ne manquait pas un mot de la conversation.

Elsie l'avait presque oublié. Elle se tourna pour lui faire face et le découvrit installé à un bureau un peu petit pour lui... Néanmoins, le bobby y présidait comme un ministre au sien. Il rayonnait de se voir ainsi intégré au cercle des enquêteurs professionnels.

— Peut-être aurons-nous un peu de chance, espéra-t-elle sans y croire.

Si elle avait appris une chose depuis qu'elle enquêtait, c'était que la chance n'avait que peu à voir avec le résultat des enquêtes. La logique était plus fiable.

— Pour ma part, reprit Hugh, je suis en train de chercher des affaires antérieures qui pourraient correspondre à notre cas.

La détective reporta toute son attention sur le bobby.

— Des cas antérieurs ?

— Oui, Miss Elsie. Des cas antérieurs où une terreur épouvantable aurait entraîné le suicide de personnes. S'il y a bien une chose que je déteste dans ce métier, c'est découvrir un nouveau moyen d'assassiner nos contemporains.

Elsie partageait ce sentiment avec le policier et, connaissant son sérieux, elle était certaine que s'il y avait des cas similaires antérieurs, il les trouverait.

— Et vous, Miss Worthington, qu'allez-vous faire aujourd'hui ? interrogea Percival.

— Je vais retourner chez les Talbot. Je suis certaine qu'il y a encore des choses à découvrir chez eux, mais je ne sais pas vraiment ce que je cherche… Peut-être la preuve qu'Ophélia Talbot a eu un enfant avant son mariage avec son époux.

— L'enfant de la photographie ?

— Oui, confirma-t-elle sans enthousiasme. Certes, il peut s'agir de Joao Amara Braz, mais tant que je n'en aurai pas la confirmation, je veux comprendre pourquoi Ophélia Talbot posait avec cet enfant dans les bras dans l'un des rares portraits, que j'ai vus de cette époque. Ce point particulièrement m'a frappé lors de notre première fouille de l'hôtel particulier des Talbot. Il n'y a aucune photographie de la période brésilienne. Pourtant, cela a duré plus de quarante ans.

— Effectivement c'est un point qui mérite que nous y prêtions attention. Néanmoins, n'oubliez pas que les clichés photographiques coûtaient cher à l'époque et j'ignore si ce prix n'est pas encore supérieur au Brésil. Si vous n'avez trouvé aucun portrait photographique, c'est peut-être qu'il n'en existe pas. Ophélia Talbot avait peut-être autre chose à faire à l'époque que de poser pour des clichés.

— Je suis d'accord, confirma Elsie, mais cette photographie de 1852 démontre une certaine opulence. Les deux couples sont bien habillés, ils posent dans un jardin particulier…

— Et ils posent comme deux couples mariés, alors qu'Ophélia Talbot et son époux ne se sont mariés que sept ans plus tard… En 1859, intervint Hugh Hobbes.

Elsie et Percival pivotèrent d'un même mouvement pour lui faire face. Fort de cette attention, le bobby souriait de toutes ses dents blanches.

— La chronologie, c'est l'une des premières choses qu'on m'a apprises en enquête, précisa-t-il. Remettre les éléments là où ils doivent être sur la chronologie.

Elsie rougit. Effectivement, alors que l'information du mariage en 1859 lui était passée entre les mains, elle n'avait pas réagi lorsque Paloma avait évoqué deux couples mariés en 1852. Qu'est-ce que cela signifiait ? Ophélia Talbot avait-elle été mariée à un autre homme que Peter Talbot ? Ou alors s'agissait-il de lui sur le cliché alors qu'ils n'étaient que fiancés ou amants ?

— Avez-vous vu une photographie de Peter Talbot ? s'enquit Percival.

Elsie réfléchit, mais constata qu'en dehors de la photographie montrée par Paloma, elle n'avait jamais vu le portrait, à quelque période que ce fût, de l'époux de sa cliente. *Étrange…*

— Non. Aussi, suis-je incapable de savoir si l'homme que j'ai vu aux côtés d'Ophélia sur ce cliché de 1852 était son futur époux ou un autre homme. En outre, Paloma m'a bien dit qu'elle couchait avec l'époux d'Ophélia, pendant que cette dernière couchait avec le sien.

Percival haussa les sourcils, puis les fronça, alors qu'un grognement indistinct accompagnait cette nouvelle. Hugh Hobbes n'appréciait pas ce genre d'incartades morales.

— Je pense qu'elle essayait de se débarrasser de moi avec cette confidence… Il faut que je retourne chez les Talbot. Je dois trouver un portrait de cet homme pour être certaine de son identité… S'il s'agit du même homme, ils auront simplement vécu de façon maritale avant le mariage ; si ce n'est pas lui, alors nous pourrons supposer qu'il y a eu un premier mariage dont personne ne sait rien…

— Et peut-être des héritiers évincés qui auraient une bonne raison de se venger, conclut Hugh.

Percival acquiesça d'un signe de tête. Ils échangèrent encore quelques instants, puis il raccompagna la détective à la porte de son bureau et, voulant profiter de quelques minutes supplémentaires, il l'escorta jusqu'à la sortie de Scotland Yard. Il souhaitait aborder des questions plus délicates, hors la présence de Hugh Hobbes. Il savait l'amitié du bobby pour la détective, mais certaines matières devaient être évoquées en privé.

— Est-ce que tout va bien pour vous, Miss Worthington ?

Percival lui jeta un rapide coup d'œil et comprit que tel n'était pas le cas.

— Pensez-vous que si je présentais mes excuses à votre frère…

— Non, cingla-t-elle en s'arrêtant net au milieu du couloir. Ce n'est certes pas à vous de présenter vos excuses. Je ne sais pas ce que mon frère a cru voir, nous étions juste en train de discuter de notre affaire. Nous ne faisions rien de mal et je ne peux pas accepter qu'il ait si peu confiance en moi ou en vous.

Elle soupira, avant de reprendre avec un peu plus de calme et une pointe de tristesse dans la voix :

— Il ne me connaît pas… Pourtant, j'ai vécu la majeure partie de ma vie à ses côtés. Je n'ai jamais dérogé aux règles de la société. La seule chose qu'il me reproche en réalité est que je suis une femme indépendante, mais je respecte toutes les règles. Aucune loi ne m'interdit d'être détective privée. Quant aux bonnes mœurs et aux hommes, je n'ai jamais dérogé. Je sais que si je souhaite conserver mon métier de détective, je devrai rester célibataire toute ma vie. Aucun époux n'acceptera que sa femme travaille. Eh bien, soit, je resterai célibataire…

Percival eut un moment d'hésitation, mais se lança tout de même :

— Et si vous trouviez un homme qui acceptait votre profession ?

Elsie l'observa comme s'il était devenu fou.

— Je préfère ne pas me bercer de folles illusions. Je pense que bien peu d'hommes issus de la bonne société accepteraient que leur femme travaille. Je pense même qu'aucun d'entre eux n'acceptera.

Issu de la bonne société... Voilà ta réponse.

Percival s'inclina, un peu déçu et triste de la conclusion que venait de donner Elsie à ses espoirs illusoires. Il n'y avait donc pas que pour son frère que la classe sociale comptait. Si Élisabeth Worthington devait se marier, elle le ferait avec un homme de sa classe sociale et, par conséquent, elle devrait abandonner sa profession.

— Soyez prudente, Elsie. Je pense que vous n'avez pas fini d'affronter votre frère.

— Je sais. Il en va de même pour ma mère et peut-être même de ma sœur aînée sur ce point. Je crois que seul Stuart sera de mon côté dans la famille.

Ils gardèrent le silence quelques instants, s'approchant de l'accueil du bâtiment principal.

— À ce soir, dit-il soudain.

Il tourna les talons et s'éloigna à grands pas. Elsie l'observa, étonnée par la chaleur qu'elle avait ressentie lorsqu'il avait prononcé ces dernières paroles... *À ce soir...* Elle sourit avec un peu d'amertume, prenant conscience de ce que pourrait être un avenir au côté de l'inspecteur... Mais ce n'était qu'un doux rêve. Jamais Percival ne s'intéresserait à elle. *À ce soir...* Stuart avait proposé que, pour le temps de l'enquête, ils se retrouvassent tous à l'agence le soir pour en discuter. Son esprit divagua un instant et elle se surprit à songer à l'effet que cela lui ferait si ce « À ce soir » avait fait référence à leur maison commune, plutôt qu'à l'agence. Elle se secoua et repoussa loin d'elle ses pensées vaines. Même en imaginant que

Percival pût un jour lui demander sa main, jamais sa famille n'accepterait qu'elle épousât un simple inspecteur de police.

◆ ◆ ◆

L'accueil qui lui avait été réservé lorsqu'elle était arrivée inopinément à l'hôtel particulier des Talbot, était à la hauteur de l'ambiance particulière régnant dans la maison. Le Docteur Jonathan Rees était absent, puisqu'il était au chevet de ses malades. Oswald Talbot et son épouse refusèrent de la recevoir, exigeant qu'elle fût jetée dehors. Restait Penelope Rees qui accueillit plus ou moins la détective, en lui faisant comprendre que les tensions entre les deux héritiers et leurs familles respectives n'avaient fait que s'accroître depuis sa première visite. Oswald parlait d'engager des avocats pour briser le testament indigne, Jonathan menaçait de faire vendre l'hôtel particulier pour que chacun s'installât chez lui et, au milieu, les domestiques ne se préoccupaient plus d'assumer leurs tâches. Chacun demeurait dans l'attente de la distribution de l'héritage.

Quand la détective sollicita la possibilité de fouiller dans les affaires d'Ophélia, Penelope refusa tout net. Ils avaient déjà retourné le bureau et la chambre de la Tante Ophélia, il n'y avait plus rien à voir. Néanmoins, quand elle expliqua qu'elle cherchait des éléments sur la vie brésilienne d'Ophélia, Penelope sembla stupéfaite. Elle n'avait jamais entendu parler de cette période. Évidemment, elle savait que sa tante par alliance avait fait fortune au Brésil, mais elle n'avait rien de plus à en dire.

Elsie sollicita alors la permission de s'entretenir avec le majordome et l'intendante. Penelope lui rappela qu'ils n'avaient que quelques années de service, mais elle se désintéressa bientôt de la question. Elle avait autre chose à faire et lui donna l'autorisation de fouiller où elle voulait, sauf dans la chambre et le bureau de sa tante. Elsie fut un peu étonnée par cette restriction. En quoi le fait qu'elle recommença à fouiller ces deux pièces pouvait-il la déranger ? Était-ce simplement parce qu'elle ne se sentait pas légitime pour lui donner une telle autorisation en l'absence de son époux ou cachait-t-elle quelque chose ?

Dans l'attente de pouvoir se préoccuper plus avant de cette question, elle partit à la rencontre du majordome et de l'intendante.

Le majordome fut le premier qu'elle rencontra. Néanmoins, l'homme était peu intéressant et peu intéressé. Il n'avait rien à dire, rien à commenter et ne savait rien. Ainsi, ne risquait-il de froisser personne.

En revanche, l'intendante était plus utile à sa cause.

— Sauriez-vous où je peux trouver des renseignements sur la vie de votre maîtresse lorsqu'elle était au Brésil ?

La domestique fut quelque peu étonnée et déstabilisée par cette question. Elle s'attendait à ce qu'elle lui demandât une nouvelle fois de répéter la description de la mort de sa maîtresse. Il n'en était rien. Elsie avait déjà lu trois fois le même récit et n'entendait pas l'entendre une quatrième fois.

— Le Brésil ? répéta la gouvernante comme pour s'assurer qu'elle avait bien compris.

— Oui, votre maîtresse y est restée une quarantaine d'années. Je suppose qu'elle en a rapporté quelque chose.

L'intendante la scrutait d'un œil rond, à la recherche d'une réponse convenable à offrir à la détective.

— Le jardin d'hiver ? tenta-t-elle.

Elsie ne s'attendait certes pas à cette réponse.

— Pourquoi le jardin d'hiver en particulier ?

— Parce que j'ai entendu Madame dire que tout ce qui comptait de sa vie brésilienne avait été réuni dans son jardin d'hiver… Je ne pense pas qu'elle ait rapporté autre chose que des plantes et des animaux.

L'intendante plongea dans ses réflexions et finit par articuler :

— Il y a peut-être le petit secrétaire ? Madame aimait

beaucoup y travailler. Il est vieux et tout abîmé, mais peut-être qu'il vient du Brésil...

— Où se trouve ce secrétaire ?

— Dans le jardin d'hiver, Miss. Madame préférait travailler là-bas et elle aimait ce vieux secrétaire tout simple... Elle disait que c'était sur lui qu'elle avait fait fortune et qu'il lui portait chance.

Voilà une information dont j'aurais aimé disposer avant... Reste à savoir pourquoi Jonathan Rees ne nous en a pas parlé... À moins qu'il n'en sache rien...

— Très bien, je souhaiterais voir ce secrétaire et le jardin d'hiver, s'il vous plaît.

L'intendante ne fit pas de commentaire et guida la visiteuse importune vers une partie du rez-de-chaussée qu'Elsie n'avait pas vue lors de sa première visite. À l'arrière, sous une immense serre, un jardin brésilien foisonnant avait été recréé.

La jeune femme admirait les lieux avec félicité. Plus grand que celui qu'elle avait eu l'opportunité d'observer chez Paloma, le jardin d'hiver d'Ophélia était une merveille aux mille fleurs. Elle découvrit avec plaisir les arbustes à clochettes multicolores de la même essence que celui qu'elle avait pu observer dans le bureau de Joao Amara Braz. Toutefois, à la différence de l'entrepôt où seul un arbuste était en pleine floraison, là, les fleurs multicolores tombaient en grappes à foison, dans une harmonie trop parfaite pour être naturelle. Des petits perroquets voletaient un peu partout et salissaient avec détermination tout ce qu'ils survolaient. La détective comprit mieux pourquoi Penelope Rees se plaignait des domestiques. En effet, au vu de l'état des chemins du jardin d'hiver, ils n'avaient pas dû beaucoup nettoyer depuis la mort de leur maîtresse. L'intendante saisit le regard perçant de la détective sur les salissures et eut le bon goût de rougir un peu.

— Nous sommes si peu nombreux que l'entretien du jardin d'hiver passe après le reste.

— J'espère que vous nourrissez au moins les perroquets.

Un silence accueillit cette remarque un peu acerbe. Elsie se renfrogna, puis se tourna plus franchement vers l'intendante.

— Vous nourrissez les perroquets, n'est-ce pas ? insista-t-elle.

— Je ne sais pas. Ce n'est pas moi qui m'en charge.

— Si vous ne savez pas comment vous occuper de ces créatures, vous pouvez les céder au zoo de Londres. Cela évitera qu'elles périssent. Elles ont déjà traversé un océan dans des conditions épouvantables, ce n'est certes pas pour mourir de faim dans une maison anglaise.

— J'en parlerai à Mrs Rees.

L'intendante prit un air pincé. Manifestement, elle ne s'était pas attendue à se faire récriminer pour des perroquets. Pourtant, Elsie retint une tout autre information… *Ainsi, quand l'intendante doit gérer une difficulté, elle en réfère à Mrs Penelope Rees et non à l'épouse d'Oswald Talbot, dont j'ignore même le prénom…*

Arrivées devant le secrétaire, Elsie grimaça un peu. D'évidence, les perroquets adoraient survoler le meuble. Elle observa les environs et découvrit deux grands plats vides posés au sol…

— Ils n'ont plus ni graines, ni eau, grogna-t-elle.

L'intendante tourna les talons sans un mot et laissa Elsie seule, ce qui arrangeait plutôt la détective. Elle grommela encore un moment, fustigeant l'insensibilité de ses contemporains pour les oiseaux, puis se reconcentra. Elle avait un meurtrier à retrouver.

Le secrétaire était hideux de crasse… Un peu dégoûtée, elle préféra faire abstraction des déjections et elle l'inspecta comme s'il était d'une propreté absolue. *Tu ne vas pas renoncer à cause d'un peu de crottes. Après tout, cela va peut-être être à ton avantage…* Elle observa le meuble et constata qu'il était maculé sans aucune exception, ce qui signifiait que rien n'avait été enlevé depuis la mort d'Ophélia Talbot. C'était déjà un élément positif. Si un espace avait été moins souillé que le reste, cela aurait signifié qu'une preuve avait disparu. Restait à savoir si les tiroirs avaient eux aussi été épargnés de toute fouille. Elle parcourut d'abord les dossiers déposés au vu et au su de tous, mais rien n'était fondamental. Il s'agissait surtout des factures des fournisseurs de la maison Talbot. Au vu des nombreuses relances qu'elle y découvrit, Ophélia Talbot n'avait pas été une débitrice zélée. *On ne fait pas fortune en payant rubis sur l'ongle...* Après avoir fouillé le surmeuble aux multiples petits tiroirs, qui ne contenaient rien de probant, elle s'attaqua aux tiroirs principaux. Les premiers contenaient encore et toujours des factures, ceux qui étaient le plus près du sol étaient presque vides. Le presque était d'importance. Elsie ignorait si Ophélia ne les utilisait plus ou s'ils avaient été vidés, mais elle découvrit, coincée à l'arrière du tiroir le plus bas, une photographie à moitié déchirée où elle reconnut celle qui avait été Ophélia Talbot dans sa jeunesse. Anna Rees serrait contre elle un autre enfant. Avec fébrilité, Elsie retourna la photographie et découvrit à l'arrière la mention : « Leandra, 1858 ».

◆ ◆ ◆

S tuart avait passé la matinée au téléphone avec quelques employés du ministère des Affaires étrangères pour tenter de comprendre comment obtenir des renseignements fiables en provenance du Brésil. Force était de constater qu'en dehors d'un voyage sur place, les fonctionnaires ne lui avaient pas suggéré grand-chose. S'il recherchait une dame, le plus simple était encore d'aller la chercher là où elle vivait. Le problème était qu'elle n'y vivait plus. Même si Stuart ne s'était fait aucune illusion sur la bonne tenue des registres d'état civil ou des différentes administrations à travers le monde, il n'avait pas imaginé qu'un pays si vaste que le Brésil pouvait être aussi peu organisé. En vérité, il se demandait si le gouvernement brésilien avait même ne serait-ce qu'une idée de qui étaient ses citoyens. En dehors des registres tenus par l'Église, il n'y avait guère d'administration fiable sur place. Même les impôts, d'habitude l'administration la plus ordonnée, semblaient défaillants. Cette piste ne menait à rien, il fallait qu'il changeât son angle d'attaque. Une nouvelle fois…

Stuart enfila son manteau et s'apprêtait à monter à l'étage pour prévenir Isadora de son départ, quand quelqu'un toqua à la porte d'une poigne ferme. Surpris, il rebroussa chemin vers l'entrée et découvrit un Édouard fulminant sur le pas de sa porte.

— Bonjour Édouard, que puis-je faire pour vous ?

Le ton de Stuart était glacial et il ne fit rien pour l'adoucir. Alors qu'il s'était toujours montré affable envers Édouard, il n'avait pas envie de faire le moindre effort ce matin-là.

— Je sais qu'elle est ici. J'exige qu'elle rentre !

Édouard ne s'était même pas donné la peine d'entrer et toute la chaleur de l'agence partait par la porte grande ouverte.

—Édouard, soit vous entrez et nous avons une discussion en bonne et due forme, soit vous restez sur le seuil et je referme la porte.

Édouard fut piqué par cette remarque. Il n'avait pas l'habitude qu'on lui parlât sur ce ton. Après un temps d'hésitation, il décida d'entrer. Après tout, l'ensemble du voisinage n'avait pas à apprendre ce qui l'amenait à l'agence.

Stuart referma la porte et indiqua son bureau de la main à son cousin. Édouard s'installa dans le fauteuil visiteur et refusa l'offre de thé que Stuart lui faisait. Le détective, quant à lui, préféra prendre le temps de la préparation de son breuvage favori pour se calmer et se préparer à l'affrontement. Il n'avait aucun doute sur la question, Édouard ne s'était pas adouci avec la nuit…

Quand enfin le thé fut prêt, Stuart se débarrassa de son

manteau et se plaça en face de son cousin.

— Je vous écoute.

— Le scandale qu'elle a fait hier soir est abominable. Je me suis entretenu avec Mère et elle est d'accord avec moi, Elsie doit recouvrer ses esprits. Nous l'avons laissé faire à sa guise trop longtemps.

— Vous m'auriez dit qu'Adélaïde soutenait sa fille que j'aurais été plus surpris. Il me semble que dans votre famille, Elsie a toujours le mauvais rôle, quel qu'il soit.

— En vérité, peu importe ce que vous en pensez, cousin. Vous n'êtes pas le chef de famille. Ce rôle m'incombe et il est temps que chacun s'en souvienne.

Stuart ne put s'empêcher de ricaner, ce qui lui arrivait fort rarement.

— Le chef de famille, reprit-il. Je vous rappelle, cher cousin, que ce rôle vous est incombé grâce à la première enquête que nous avons mené Elsie et moi-même. Sans cela, vous seriez à la tête de votre propre famille et certainement pas de tous les Worthington.

Édouard fut piqué. Le rouge lui monta au front, sans que Stuart ne pût savoir s'il s'agissait du rouge de la honte ou du rouge de la colère.

— Je ne dis pas qu'Elsie ne nous a jamais rendu service, je dis qu'actuellement elle perd la raison. Le travail de détective n'est pas fait pour les femmes. Ses enquêtes lui montent à la tête et lui font oublier sa place.

Stuart tenta de contenir la colère qu'il sentait monter phrase après phrase…

— Elsie est la meilleure détective avec laquelle j'ai eu l'honneur de travailler. Ses enquêtes ne lui montent pas à la tête, contrairement à ce que vous croyez. C'est une femme intelligente, travailleuse, courageuse et réfléchie. J'ignore à quel rôle vous faites référence, mais elle est beaucoup plus utile dans ce qu'elle fait aujourd'hui, qu'elle ne le serait ailleurs. La logique de votre sœur et son esprit d'analyse nous ont permis d'élucider de nombreux meurtres et je pense que c'est un grand service qu'elle rend à la société britannique.

Édouard soupira, contrarié de ne pas parvenir à se faire comprendre.

— Que vous soyez détective, cousin, ne me dérange en aucune façon. C'est votre carrière et je vous y reconnais un certain talent. En revanche, je crois que votre affection pour ma sœur vous aveugle. Elsie a cette espèce de charme, un peu surprenant, sur certains hommes, qui les égarent. Il en était ainsi avec Père, dont elle faisait ce qu'elle voulait, et il en est ainsi avec vous. Je ne vous juge pas, je constate simplement que votre affection pour ma sœur vous empêche de voir ce que tous les autres autour de vous discernent. Elsie est une honte pour notre famille.

— Elsie est un honneur pour notre famille !

Stuart sentait la colère le submerger. Il ne savait pas ce qu'Édouard avait en tête mais, plus la conversation s'étirait, plus il sentait une sombre menace planer sur sa cousine.

— Quel avenir voyez-vous pour elle ? s'enquit-il.

— Mais l'avenir habituel d'une femme de sa condition. Un mariage, des enfants et la tenue de sa maison.

Stuart s'empêcha de rire. Il sentait d'instinct qu'Édouard, soutenu par Adélaïde, était déterminé cette fois-ci à plier Elsie à ses exigences. Peu importait ce qu'Elsie en pensait…

— Et je suppose qu'Elsie n'a pas son mot à dire.

— Elle choisira son mari, je ne suis pas un sauvage. En revanche, elle n'a pas son mot à dire sur le fait qu'elle va faire la saison, qu'elle va se montrer gracieuse, aimable et qu'elle va arrêter toute activité professionnelle.

— Et si elle ne veut pas ?

— Si elle ne veut pas, la loi m'octroie la possibilité de la faire soigner.

Le sang de Stuart se glaça dans ses veines. Il avait peur de comprendre où voulait en venir Édouard et il observa son cousin d'un œil neuf. Peut-être qu'Édouard avait raison sur un point. Son affection pour ses cousins l'empêchait de les voir tels qu'ils étaient. Édouard avait la réputation d'un homme dur et impitoyable en affaires et, ces derniers mois, Stuart avait occulté ce caractère dominateur et vindicatif au profit d'une image plus fraternelle. D'évidence, il s'était trompé. L'homme autoritaire et âpre à défendre son emprise sur autrui était toujours là.

— La faire soigner ? Est-ce à dire que vous considérez le fait pour une femme de vouloir choisir son avenir comme une déviance psychologique ?

— Mais parfaitement, confirma Édouard. Vous savez aussi bien que moi que les femmes sont plus faibles d'esprit que les hommes. Ce n'est pas pour rien que leur rôle est clairement défini dans la société. C'est pour éviter qu'elles ne se perdent. Elsie a certes une intelligence vive, je ne le lui enlève pas ; elle est courageuse, je le reconnais volontiers, mais elle est emportée et aussi peu capable qu'une autre femme de résister aux tensions très particulières existant dans votre profession. La confrontation au crime a usé ses nerfs au point qu'elle oublie sa place dans la société. Mon rôle est de le lui rappeler et de le lui imposer si nécessaire. Évidemment, pendant quelque temps, elle sera en colère contre moi, mais c'est aussi mon rôle d'assumer ce genre de décision. Dans quelques années, elle me remerciera.

Stuart sentit que son cousin était sincère... C'était encore pire que ce qu'il avait imaginé.

— L'indépendance et l'intelligence ne sont pas un signe de folie ou d'hystérie, reprit-il. En revanche, la volonté de domination d'autrui, quitte à son anéantissement, est la révélation d'une folie bien plus avancée. Je vous croyais un homme meilleur, Édouard... En vérité, vous ne connaissez pas votre sœur. Elsie est heureuse d'exercer une profession utile à la société. Elle n'a aucune envie d'être sous la domination d'un homme quel qu'il soit, qu'il s'agisse de son frère ou de son époux. Si vous n'avez toujours pas compris que votre sœur refuse le mariage pour ne pas tomber sous la domination de son mari, c'est que vous ne la comprenez pas.

— Et que proposez-vous, cousin ?

— Je propose d'héberger Elsie le temps pour elle de s'apaiser et, peut-être, d'accepter de revenir chez vous. En revanche, si vous ne changez pas votre discours, il est certain qu'elle ne voudra jamais retourner sous votre toit. Qu'est-ce qui vous dérange tant dans le fait que votre sœur veuille vivre sa propre vie ?

— Mais ce n'est pas sa place ! s'emporta soudain Édouard. Suis-je le seul à conserver en tête les obligations que nous avons ?

— Mais quelles obligations ? Vous ne faites pas partie de la famille royale que je sache ! Vous n'êtes qu'un industriel !

Édouard prit une teinte violacée tout à fait étonnante. Il était fou de rage que Stuart ne comprit pas son point de vue. Après tout, c'était un homme lui aussi et il était finalement heureux qu'il fût resté célibataire. Un homme avec de telles idées ne pouvait qu'être nuisible à la tête d'une famille.

— Je refuse que ma sœur reste sous votre toit. Vous hébergez déjà une marginale, je ne tiens pas à ce que le nom des Worthington soit allié à ce genre d'engeance.

Si Stuart pensait être en colère auparavant, il se rendit compte qu'il n'en était rien.

— Je ne sais pas pour qui vous vous prenez, Édouard, mais vous n'êtes pas ce que vous semblez penser. Vous êtes ici chez moi. Si vous ne souhaitez pas que je vous sorte moi-même de cette agence, vous feriez bien de reprendre vos affaires et de vous en aller. Pour le moment, je ne transmettrai même pas la nouvelle de votre visite à votre sœur. Il est inutile que vous discutiez ensemble puisque chacun est à l'opposé de l'autre. Quant à savoir ce qu'Adélaïde pense de sa fille, sachez que cela n'importe ni à votre sœur, ni à moi. Si vous cherchez l'affrontement dans cette famille, vous allez l'avoir. Mais soyez persuadés que je serai toujours du côté d'Elsie.

— Oh, pour cela, cousin, j'en suis convaincu, mais peu importe de quel côté vous serez. Vous n'avez aucun pouvoir sur ma sœur. En revanche, moi, j'en ai.

Édouard se leva, se retourna pour s'en aller, mais la poigne de Stuart l'obligea à se retourner.

— N'imaginez pas que je vais vous laisser interner votre sœur dans une quelconque institution de redressement pour femme rebelle sans bouger le petit doigt. Si vous voulez la guerre, Édouard, vous allez l'avoir.

Au tressautement qui anima la mâchoire d'Édouard, Stuart sut qu'il avait visé juste. Ce fou songeait à interner d'office sa sœur. Stuart ne connaissait pas grand-chose à ces institutions, mais il savait que les femmes en ressortaient brisées… quand elles en ressortaient. Il ne laisserait pas une telle horreur arriver à sa cousine sans broncher.

— Elsie est majeure, indépendante financièrement, et n'a pas besoin de votre autorisation pour faire quoi que ce soit de sa vie. Contrairement à ce que vous imaginez, vous n'êtes que son frère, pas son père.

— Et contrairement à ce que vous imaginez, vous n'êtes que son cousin, pas son frère. Sur ce, Stuart, je pense que nous nous sommes tout dit. Je vous souhaite une agréable journée.

Édouard tourna les talons et partit, non sans avoir fait claquer la porte, signe manifeste de son exaspération.

Resté seul, Stuart prit quelques minutes pour réfléchir à la situation. Il se demandait si un frère pouvait faire interner sa sœur. Il savait que les parents et l'époux disposaient de ce pouvoir, mais un frère ? Et lui, en tant que cousin, pourrait-il intervenir auprès de ces institutions pour en faire sortir Elsie ? Il était plongé dans ses sombres pensées quand le frou-frou de la robe d'Isadora le fit sortir de ses réflexions. Elle était un peu horrifiée et la pâleur de son teint était renforcée par la couleur prune de sa robe en satin.

— Qu'est-ce qu'il va faire à Elsie ? balbutia-t-elle.

— Je l'ignore, Isadora, je l'ignore mais je ne le laisserai pas faire. Il faut que je rencontre un juriste. Il faut que je me renseigne sur ces institutions.

Elle tremblait désormais.

— Je vais faire mes bagages… J'ai entendu.

Stuart fut sur elle en deux pas et, dans un mouvement qui aurait indigné jusqu'à la moelle Édouard et Adélaïde, il la serra dans ses bras.

— Isadora, vous ne partez nulle part, murmura-t-il contre sa tempe. Vous n'êtes pas une marginale et vous ne jetez pas l'opprobre sur la famille ou sur la maison dans laquelle vous êtes hébergée. Je suis ici chez moi et, pour être plus précis, nous sommes ici chez Elsie et moi. Nous louons cet immeuble à deux. Elsie est aussi bien chez elle, que moi chez moi, et c'est un plaisir de vous recevoir. Nous sommes tous les deux heureux de vous avoir parmi nous et vous n'êtes en aucune façon responsable de la situation. Si quelqu'un est fautif, c'est Édouard. Il est vindicatif, dominateur et orgueilleux, ce qui en fait un adversaire coriace et parfois malfaisant. Il a pris l'attitude d'Elsie comme un défi à son autorité et veut la mater. En revanche, je n'accepterai pas qu'il utilise les institutions trop complaisantes aux désirs des hommes pour briser sa sœur. Maintenant, Isadora, je suis désolé mais je suis obligé de m'en aller. Toutefois, je veux qu'en revenant ce soir, vous soyez toujours là. Sinon croyez bien que vous ne ferez qu'ajouter une difficulté supplémentaire à mes journées, puisque je me mettrai en quête de vous retrouver. Puis-je compter sur vous ?

Isadora hésitait, un peu pétrifiée par cette étreinte et cette déclaration.

— Vous considérez-vous comme une amie pour Elsie ?

— Oui, murmura-t-elle contre le cou de Stuart.

À la sensation du souffle de la jeune femme sur sa peau, Stuart prit conscience qu'il la serrait un peu trop fort dans ses bras. Il la libéra, non sans un léger pincement au cœur.

— Ne pensez-vous pas qu'elle ait besoin d'une amie en ce moment ? demanda-t-il avec douceur.

Isadora ouvrit la bouche pour répondre, puis la referma. Elle hocha la tête et, dans un mouvement tendre, posa sa main sur la joue de Stuart.

— Si je puis faire quelque chose pour vous, n'hésitez pas.

— Votre présence est suffisante, dit-il dans un sourire lumineux. À tout à l'heure, Isadora, et si Édouard revient, refusez de le recevoir.

Elle hocha la tête. Stuart enfila son manteau et sortit alors que la neige tombait sur Londres.

Chapitre 8

Elsie scrutait le morceau de photographie qu'elle avait découvert... *1858... Elle a eu une petite fille prénommée Leandra en 1858... Qu'est devenue cette enfant ?* Forte de cette première découverte, elle avait retourné tout le secrétaire, mais n'avait pu repérer un autre élément lié à son enquête. *Quand on est perdu, il faut toujours revenir au commencement.* La détective sortit le carnet sur lequel elle prenait toutes ses notes et relut une fois de plus la lettre d'engagement, que leur avait laissé Ophélia Talbot :

> *« Pourtant, je ne suis pas folle, je les entends ces voix. Anna, Anna, Anna. Ce nom revient sans arrêt, sans que je ne parvienne à me souvenir de qui était cette femme. Trouvez qui était Anna et vous saurez qui m'a poussée au suicide ».*

J'ai trouvé une Leandra, quant à une Anna... S'il s'agit d'Anna Selva, je dois en conclure que notre cliente n'était plus maîtresse d'elle-même quand elle s'est suicidée... Fichtre, cette enquête nous donne vraiment du fil à retordre. Réfléchis, Elsie. Tu as dû rater quelque chose d'évident. D'après Percival, la « Anna Selva » assassinée avait tout au plus dix-sept ou dix-huit ans, ce qui signifierait qu'elle est née entre 1874 et 1875. Chronologiquement, ce n'est pas le bébé de cette photo. Néanmoins, quel âge avait Leandra en 1875 ? Dix-sept ans... Est-ce qu'Anna Selva était la petite-fille illégitime d'Ophélia Talbot ? C'est possible, mais ce n'est pas probant... Elsie se frotta le visage de ses deux mains. Elle était fatiguée et se rendait compte qu'une fois de plus, elle n'avait pas mangé de la journée. Elle jeta un coup d'œil à sa montre dissimulée dans l'une de ses poches et ne put retenir un grognement. Il ne lui restait plus qu'une heure de travail, avant de rejoindre William Baylen, le journaliste du *Pall Mall Gazette*. Elle espérait qu'il aurait quelques renseignements à lui fournir. Pour sa part, elle avait quelques éléments, mais pas grand-chose en vérité. De multiples débuts de piste, voilà tout ce dont elle disposait pour le moment. *Pense aux « trois P », Elsie : patience, prudence et persévérance...* La patience n'avait jamais été sa vertu cardinale, la prudence non plus, en revanche pour la persévérance, elle était hors normes. Elle replongea dans les dossiers d'Ophélia Talbot. Après tout, elle avait juste feuilleté les documents, mais n'avait pas observé feuille après feuille ce qu'il pouvait y avoir sur chaque facture.

Après un nouveau quart d'heure à étudier ce qu'elle avait trouvé, Elsie était quelque peu découragée. Vu l'accueil qu'elle avait reçu le jour même, elle ne doutait pas qu'elle n'aurait plus l'autorisation de fouiller quoique ce fût dans l'hôtel particulier des Talbot après cette journée. Il lui fallait trouver quelque chose. De guerre lasse, elle laissa courir ses doigts le long du meuble, à la recherche d'un tiroir secret. Ce genre de ruse lui avait déjà réussi à plusieurs reprises. Les Victoriens étaient friands de ce genre de cachettes et, même si le secrétaire semblait de piètre facture, il n'en était pas moins le meuble favori de travail d'Ophélia Talbot. Contrairement à son attente, ce ne fut pas une encoche dans le bois qu'elle découvrit, mais une méchante écharde. Elsie sursauta, arracha le cruel bout de bois et, grognant tout en suçant son doigt, elle observa de plus près l'endroit où elle s'était fait mal. Se penchant pour observer le bas du meuble, elle vit un petit bout de feuille déchirée, coincée sous l'un des pieds. Elle s'empara avec délicatesse du bout de papier et découvrit une inscription étrange :

« Brugmansia – infusion d'une ou deux fleurs entraîne une transe violente en une demi-heure. L'absorption de cinq graines annihile le l... ».

La détective relut par deux fois les quelques mots. Enfin ! Elle avait trouvé quelque chose ! Brugmansia ? Mais qu'était-ce donc ? Il lui semblait avoir entendu ce mot, mais où ? Elle étudia de nouveau le document et l'empocha de peur que quelqu'un ne vînt lui réclamer ce bout de feuille. Elle en avait besoin pour prouver qu'Ophélia Talbot connaissait les drogues, du moins certaines d'entre elles. Après l'ayahuasca, le brugmansia. Quoi que ce fût, cela provoquait une transe violente en une demi-heure, ce qui semblait suffisant à la détective pour qu'elle portât un intérêt soutenu à cette plante. *Une ou deux fleurs... Cinq graines...* Une fois de plus, le talent d'Ophélia Talbot pour les plantes brésiliennes réapparaissait au cœur de cette enquête…

Le temps avait passé et Elsie devait partir, mais elle se sentait de meilleure humeur qu'en arrivant, ayant ajouté deux indices à son enquête.

Quand elle sortit dans le froid londonien, elle prit conscience de la douceur printanière régnant dans le jardin d'hiver d'Ophélia Talbot. Elle comprenait pourquoi la riche veuve avait décidé de passer tant de temps auprès de ses arbustes et de ses perroquets. Après quarante ans au Brésil, elle n'osait imaginer la difficulté de se réadapter à l'hiver anglais. La neige tombait et Elsie prit garde à ne pas glisser. À son habitude, elle avançait à grands pas, mais ne souhaitait pas finir assise dans la neige. Tracassée par le fait de conserver son équilibre, elle ne fit pas attention aux trois hommes qui lui emboîtaient le pas.

◆ ◆ ◆

S tuart était préoccupé comme il ne l'avait plus été depuis longtemps. Il ne comprenait pas comment une telle idée était venue à l'esprit d'Édouard. Certes, dès leur première rencontre, le détective avait saisi l'attachement viscéral de son cousin à l'étiquette victorienne et à tout ce qu'il considérait comme nécessaire à la bonne tenue d'une société. Néanmoins, même si Édouard s'était montré cassant et peu aimable envers sa sœur, il ne l'avait jamais menacée de quoi que ce fût et certainement pas d'un internement forcé. Devait-il en conclure que l'intérêt de Percival pour sa cousine avait précipité les événements ? D'après Elsie, Édouard n'avait rien surpris de compromettant, contrairement à ce qu'il soutenait. Elle discutait juste de l'affaire avec l'inspecteur. Stuart était tenté de la croire, connaissant les deux jeunes gens. Jamais ni l'un ni l'autre ne se serait abaissé à un manque de tenue en public. Percival était un gentleman, il avait simplement voulu raccompagner sa cousine pour être certain qu'elle arrivât chez elle sans encombre. Par conséquent, que s'était-il passé ? *Si tu veux comprendre le fil de la pensée de ton cousin, il va falloir que tu mènes l'enquête. Tant pis pour les affaires actuelles, la sécurité d'Elsie est une priorité.* Stuart changea brusquement de direction et décida de rejoindre le bureau où Édouard passait le plus clair de son temps.

La neige tombait dru désormais, Stuart s'était installé dans un abri de fortune en face de l'immeuble cossu, où se trouvait le siège social de la société d'Édouard, et surveillait les accès. La voiture de son cousin stationnait sous la porte cochère, pour mettre les chevaux à l'abri. Ce détail n'arrangeait pas le détective, qui était privé de la majeure partie de la vue sur la cour intérieure de l'immeuble. Quand Édouard se déciderait à repartir, il n'aurait que très peu de temps pour s'organiser et poursuivre sa filature. Stuart avait vérifié l'heure peu de temps auparavant et, malgré l'impression lancinante d'avoir passé un temps considérable dans le froid, il s'était aperçu avec dépit qu'il n'était que quatre heures de l'après-midi. Tout à sa contrariété, il prit conscience que la voiture bougeait. Heureusement pour lui, le temps que l'attelage fît le tour de la cour privative de l'immeuble d'Édouard, il put héler un fiacre, s'installer à côté du cocher et suivre la voiture de son cousin.

La course en plein vent ne fut pas longue et Stuart comprit qu'Édouard avait décidé de raccourcir sa journée de travail pour se rendre à son club. Stuart eut un goût de bile dans la bouche en songeant au *Reform Club*, le club de gentlemen auquel appartenait Édouard. Soutenant une politique libérale et réformatrice, le *Reform Club* se targuait d'être doté d'esprits éclairés en son sein. Esprits éclairés qui n'entendaient pas étendre leurs réflexions jusqu'à l'émancipation des femmes…

Stuart savait que son éducation, loin de la rigueur victorienne de la Grande-Bretagne, lui avait donné une vision du monde différente de ses contemporains. Il avait passé toute son enfance et la majeure partie de sa vie d'adulte en Inde, entouré par une famille aimante. Léopold Spencer, son père, avait poussé la bienveillance jusqu'à adopter le bâtard de son épouse Violette… Oui, Stuart n'avait jamais oublié que sa mère enceinte avait été rejetée par tous les membres de sa famille, à la seule exception de sa tante Doris, qui était partie s'exiler avec elle en Inde. Il était un bâtard, mais un bâtard chanceux, puisque Léopold Spencer était tombé amoureux de Violette et l'avait acceptée avec son fils. Il les avait aimés tous les deux autant qu'il l'avait pu… Une fois de plus, le cœur de Stuart se serra. Sa famille lui manquait. Élevé par un homme tel que Léopold Spencer, Stuart ne pouvait pas avoir la même vision de la morale et de la société que le strict Édouard, pur représentant du rigorisme victorien.

Perché sur le banc à côté du cocher, Stuart vit Édouard entrer dans le *Reform Club*. Il paya le cocher, puis descendit et se dirigea d'un pas ferme vers la porte de ce club réservé à ses adhérents, auxquels il n'appartenait pas.

◆ ◆ ◆

À l'intérieur, Stuart ne profita pas même de la vue. Le club était magnifique. D'architecture néo-renaissance, le hall d'entrée déployait tout son faste pour impressionner les visiteurs. Pourtant, il en aurait fallu davantage au détective pour le déconcentrer. Il ne pensait qu'à une chose, retrouver Édouard et savoir avec qui il échangeait.

Il se dirigea d'un air conquérant vers le concierge, qui surveillait les entrées et les sorties de tous les membres. Stuart savait d'expérience que le doute ou la discrétion dans une telle situation ne ferait qu'éveiller les soupçons du gardien des lieux. Il fit donc l'inverse et, sans se présenter, alla à l'essentiel :

— J'ai vu Édouard Worthington entrer dans le bâtiment, je souhaite le saluer mais je n'ai que peu de temps devant moi. Où puis-je le trouver ?

Impressionné par son ton cassant et supérieur, le concierge n'osa pas demander à Stuart qui il était. Après tout, il connaissait Édouard Worthington…

— Monsieur Worthington est allé au salon vert, il voulait être un peu tranquille.

— Ne vous inquiétez pas, je ne le dérangerai pas.

Stuart laissa un pourboire au concierge et s'engouffra dans l'escalier, où il avait vu un petit panneau indiquant « salon vert ». Alors qu'il montait, un homme fluet, élégant, mais dont le visage était dissimulé par son chapeau et des lunettes aux verres fumés, croisa sa route et le salua avec courtoisie. Stuart répondit à son salut sans y faire attention. Tout son esprit était focalisé sur une seule idée : convaincre Édouard de laisser sa sœur en paix.

Situé au premier étage, ce salon avait été aménagé avec de profonds fauteuils et de petites tables ne permettant qu'à une ou deux personnes de s'installer dans le même coin. Stuart entra et repéra aussitôt Édouard, seul à sa table. Il se dirigea droit vers lui et s'installa en face de son cousin, sidéré par son audace.

— Nous n'avons pas fini notre conversation, cousin, attaqua Stuart bille en tête. Je souhaiterais savoir comment vous est venue l'idée d'interner Elsie.

— Je vais appeler la sécurité pour vous faire jeter dehors.

— Mais je vous en prie, mon cher Édouard. Le temps que cette fameuse sécurité me fasse descendre l'escalier, j'expliquerai à tout un chacun comment une réunion de famille chez les Worthington a fini en bain de sang…

Stuart savait qu'avec un tel argument, il tenait Édouard. Si l'homme d'affaires redoutait quelque chose sur Terre, c'était le scandale et ce qui s'était déroulé dans le manoir Worthington, près d'un an auparavant, en était un retentissant.

— Vous êtes aussi fou que votre cousine ! s'emporta Édouard tout en conservant une voix quasi inaudible.

— Merci pour le compliment. Maintenant, venons-en aux faits. Comment avez-vous eu l'idée d'interner votre sœur ? Vous admettrez avec moi qu'il ne s'agit pas d'une pratique courante. Certes, je sais que certains hommes de la bonne société ne s'encombrent pas des femmes rétives, mais tout de même.

— Je ne vois pas en quoi cela peut vous intéresser.

— Je vais reformuler ma question. Avez-vous eu l'idée d'interner Elsie seul ou suite à une conversation avec une tierce personne ?

Édouard fut troublé par cette question. Il se considérait comme un homme intelligent, voire très intelligent, et se demandait pourtant où voulait en venir son cousin.

— J'ai rencontré un médecin avec qui j'ai parlé de ma sœur et il m'a conseillé de la faire interner pour que son suicide social, puisque ces agissements reviennent à ce qu'elle se suicide socialement, soit considéré comme une maladie. D'après lui, elle est monomaniaque et doit être soignée pour retrouver son bon sens.

— Un suicide social… La notion est plaisante et permet d'enfermer à peu près la moitié de la population féminine d'Angleterre. Si nous étions justes, nous pourrions aussi claquemurer la moitié de la population masculine, mais j'ai bien compris que la société victorienne n'était pas équitable. Ainsi, une femme qui ne suit pas à la lettre les ordres de tous les mâles de sa famille se suicide socialement et, par conséquent, ils sont autorisés à l'interner. C'est un concept fort pratique car il permet de séquestrer toutes celles qui déplaisent. Elle ne veut pas faire la saison ? Suicide social. Elle refuse d'épouser un homme riche ? Suicide social. Elle refuse d'obéir ? Suicide social. Elle veut étudier ? Suicide social… Non, vraiment, cette notion est splendide…

L'indignation de Stuart submergeait son self-control habituel. Il respira et tenta de se calmer, sans y parvenir.

— Enfin, nous ne sommes pas ici pour débattre des lois d'internement dans notre pays, mais je m'étonne que quelqu'un appartenant au *Reform Club*, supposé promouvoir des politiques réformatrices et libérales, s'apprête à enfermer une femme aussi exceptionnelle que votre sœur. Vous conviendrez avec moi qu'Elsie a une morale bien au-dessus de la moyenne.

— Le fait de s'enticher d'un homme qui n'est pas de sa classe sociale est un suicide social. Elle n'a plus toute sa capacité intellectuelle. Je ne sais pas comment cet homme s'y est pris pour mettre ma sœur sous sa coupe, mais il n'y arrivera pas.

Le poing de Stuart s'abattit sur la table, perturbant le calme apparent des lieux.

— L'Inspecteur Percival Montgomery n'a pas mis votre sœur sous sa coupe. Que cela vous plaise ou non, ces deux jeunes gens se sont toujours conduits le plus parfaitement du monde. Et ce n'est pas parce que vous avez surpris une conversation autour d'une affaire criminelle, que vous devez en tirer des conclusions obscènes. Pour en revenir à ce qui m'intéresse, aviez-vous déjà rencontré ce médecin et où l'avez-vous croisé ?

— Je ne répondrai pas à votre interrogatoire.

Un sourire froid s'imposa sur le visage de Stuart.

— Vous n'êtes pas le seul à avoir la possibilité de nuire à autrui, dit-il d'une voix glaçante. Si vous ne me répondez pas, vous serez convoqué par l'Inspecteur Percival Montgomery… Ou mieux, par le Procureur Connor Muir qui souhaitera lui aussi obtenir les mêmes réponses. D'ailleurs, vu votre statut social, je pense qu'il serait préférable de vous faire convoquer directement par le procureur de la reine.

Édouard blêmit et observa les alentours pour s'assurer que personne n'écoutait l'étrange conversation qu'il avait avec Stuart.

— Je vous assure que ma volonté de remettre ma sœur sur le droit chemin n'a rien à voir avec l'une de vos affaires. Je ne vois pas pourquoi vous faites un amalgame aussi grotesque.

— Mais parce que, mon pauvre Édouard, vous avez été manipulé. N'avez-vous pas encore compris que le but de ce médecin n'était pas de vous donner un conseil, mais d'écarter votre sœur d'une enquête délicate ?

Édouard ouvrit de grands yeux, tenta d'articuler quelque chose, mais aucune pensée cohérente ne lui vint. Il réfléchit à l'hypothèse si saugrenue que venait d'émettre son cousin et estima qu'il se devait à lui-même d'être objectif. Il se targuait d'être un homme juste, il devait faire montre de la même rigueur morale et intellectuelle avec tous, y compris sa sœur et son cousin…

— J'ai rencontré ce médecin au club hier matin. C'est un nouveau membre et je ne l'avais jamais rencontré. Nous nous sommes présentés de façon très naturelle. Il m'a parlé de son institution, qui faisait des merveilles sur les femmes au comportement indécent. J'ai aussitôt songé à Elsie. Même si, pour le moment, je n'ai pas grand-chose à lui reprocher, sa trop grande proximité avec cet inspecteur me fait redouter le pire. Je ne voudrais pas qu'elle devienne fille-mère…

— Comme ma mère, l'interrompit Stuart avec une froide colère.

Édouard eut une grimace éloquente. Stuart sourit. Il n'était pas le moins du monde gêné par son statut de bâtard et l'assumait pleinement aux yeux de tous. C'était même une provocation de sa part. Oui, sa mère avait choisi de l'aimer, malgré l'abandon de son père biologique. Elle avait décidé d'être courageuse et d'affronter le monde entier pour aimer son petit garçon. Il était fier de Violette et il l'aimait par-dessus tout. Ce que le reste de la société pensait de lui ou d'elle lui importait peu.

— Je ne songeais pas… Enfin… balbutia Édouard.

— Donc, un médecin sorti de nulle part vous aborde hier matin pour vous parler, comme par hasard, d'une institution d'internement forcé pour les femmes prétendument indécentes et vous foncez, tête baissée, dans le piège pour le seul plaisir de faire comprendre à votre sœur qui a le pouvoir. Je vous croyais plus intelligent que cela, Édouard. Sachez que nos deux suspects principaux ont tous les deux fait médecine.

Stuart se leva, considérant qu'il en avait appris assez. Il se tournait déjà pour prendre congé, quand Édouard saisit la manche de son manteau. Il était pâle.

— C'est déjà fait.

Stuart sentit son sang se glacer dans ses veines.

— Vous n'avez pas fait ça ! Vous n'avez pas osé ! Je pensais que je pouvais encore vous raisonner !

— Ce matin ! J'ai signé les papiers d'internement ce matin ! Ils sont à sa recherche !

Stuart s'élança aussi vite que sa jambe pouvait le supporter et dévala l'escalier, tant bien que mal, à la recherche d'un téléphone.

$$\blacklozenge \; \blacklozenge \; \blacklozenge$$

Elsie se rapprochait du lieu de rendez-vous avec William Baylen. Elle avait hâte de partager les deux nouveaux indices, qu'elle avait découverts dans la journée. Elle espérait que, de son côté, le journaliste aurait d'autres renseignements, qu'elle pourrait ajouter à toutes les petites bribes d'informations, qu'ils avaient collectées depuis le début de cette enquête. Pour la première fois, il lui semblait que quelque chose de cohérent s'organisait dans son esprit. Elle avait hâte d'échanger avec Stuart et Percival pour que la vérité surgît de leurs échanges.

Elle pressa le pas, heureuse d'apercevoir de l'autre côté de la rue le café dans lequel elle avait rendez-vous avec William. Alors qu'elle s'apprêtait à traverser, une voiture s'arrêta net devant elle. Elle ronchonna, contournant le véhicule, quand elle se sentit saisie par les deux bras et poussée en avant. Ses années d'entraînement à l'escrime et à la boxe resurgirent d'un seul coup. Au lieu de tenter de résister, elle se jeta en avant entraînant ses agresseurs avec elle. Les deux hommes relâchèrent leur prise pour se préserver et elle put, elle aussi, amortir sa chute, non sans se blesser au poignet droit. Pourtant, elle se remit aussitôt sur ses pieds et plongea sa main dans sa poche pour se saisir de son revolver. Un choc violent à l'arrière du crâne la fit tomber à genoux. Alors que les deux assaillants se relevaient et se jetaient à nouveau sur elle, elle prit conscience qu'un troisième l'avait frappée. Elle tenta de nouveau de saisir son revolver, mais reçut un coup de pied violent dans les côtes. À l'impact, elle entendit un craquement sinistre, alors qu'une douleur fulgurante lui coupait le souffle. Elle fut basculée sur le ventre et sentit le poids de deux hommes s'écraser sur elle. Elle hurla, quand ils lui tordirent les bras et la ligotèrent sans aucun ménagement. Alors qu'elle tentait de nouveau de se relever, elle reçut un coup de poing en pleine figure et perdit connaissance, un goût de sang dans la bouche. Alors que des passants se regroupaient pour protester contre le traitement qui lui était fait, l'un des hommes leur cria :

— C'est une hystérique ! Nous avons ordre de la mettre hors d'état de nuire.

Frappés par une telle révélation, les passants se dispersèrent rapidement, laissant William Baylen pour seul spectateur de cette odieuse agression. Seul, il ne pouvait pas libérer Elsie. Toutefois, il pouvait au moins suivre la voiture pour savoir où elle était emmenée. Il arrêta aussitôt un fiacre, grimpa au côté du cocher et lui promit une prime exceptionnelle s'ils parvenaient à suivre la voiture, où la jeune femme venait d'être embarquée de force.

— Elle est de votre famille ? interrogea le cocher.

— Oui, une famille élargie, mais une famille quand même.

Ceux qui se battaient pour la Justice étaient toujours de sa famille.

La course fut plus longue que ce qu'il avait attendu. Ils avaient traversé la Tamise pour se diriger à la lisière entre *Lambeth* et *Southwark*. William craignait de plus en plus pour la vie de la détective. Il entendit le cocher marmonner à côté de lui.

— Je suis désolé de vous amener si loin, mais je ne peux pas laisser cette femme.

— Oh, c'est pas pour ça que je râle. Vous savez une course est une course. Non, c'est que, dans les coins, y'a pas grand-chose sauf cette espèce d'hôpital pour fous.

— Pardon ? demanda William quelque peu décontenancé.

— Oh, je ne sais plus comment il s'appelle. Il paraît que c'est une institution royale où ils s'occupent des fous. N'empêche, ils sont pas nombreux à en sortir. Du moins pas sur leurs deux pieds…

William sentit ses cheveux se dresser sur sa tête. Comme

tout un chacun, il avait entendu parler de ces hôpitaux psychiatriques, où les aliénistes expérimentaient de nombreux traitements pour soigner des maladies plus ou moins fantaisistes.

— Mais pourquoi amèneraient-ils cette femme dans cette institution ?

— Ben, parce qu'elle est folle.

— Mais elle n'est pas folle !

— Alors, elle va le devenir.

Au loin, un haut bâtiment surplombé d'une coupole perçait l'horizon. À travers l'étendue plane et herbeuse d'un vaste parc, où la neige dissimulait les chemins, la grande bâtisse tranchait dans le paysage.

— Qu'est-ce que je disais, ronchonna le cocher. C'est à l'hôpital pour fous qu'ils l'amènent votre dame !

La voiture, où Elsie avait été jetée, franchit les lourdes grilles entourant l'imposant édifice, qui grandissait au fur et à mesure qu'ils s'approchaient. Les battants se refermèrent aussitôt dans un bruit sinistre et, quand William arriva devant la double porte en fer forgé, il vit l'inscription *Bethlem Royal Hospital*.

— Je vais avoir besoin d'aide pour vous sortir de là, Miss Worthington…

William étudia les lieux. Il essaya d'ouvrir les grilles, mais s'aperçut qu'elles étaient verrouillées. Il scruta les alentours et constata que l'ensemble du parc était entouré d'une haute grille infranchissable… et que des gardes l'observaient d'un œil suspicieux.

Il se tourna alors vers le cocher et lui demanda avant de regrimper à son côté :

— Trouvez-moi le téléphone le plus proche, s'il vous plaît.

L'homme le regarda avec sidération avant de réfléchir à sa demande.

— Ben, mon pauvre monsieur, je crois bien qu'il va falloir que vous entriez dans l'hôpital pour téléphoner. Y'a rien autour… Sinon faut qu'on retourne au centre-ville de

Londres…

— Je ne peux pas l'abandonner. Il faut que je surveille qu'ils ne l'emmènent pas ailleurs…

Le cocher releva son chapeau hors d'âge pour se gratter le crâne.

— Ben, ça m'embête de vous laisser dans la neige, mais si vous voulez pas partir et qu'il faut trouver un téléphone, je vais le faire alors. Faut que j'appelle qui ?

Là était toute la question. Qui était le plus apte à se préoccuper du sort d'Elsie Worthington ? Son cousin à n'en pas douter… Mais il n'avait pas le pouvoir de la faire sortir de ce bâtiment…

— L'Inspecteur Percival Montgomery à Scotland Yard.

L'homme siffla entre ses dents.

— Ben, on peut dire que vous êtes plein de surprises, Monsieur. Un inspecteur de Scotland Yard ? Rien que ça ? Et c'est qui la petite dame ?

— Miss Élisabeth Worthington.

Le cocher fouilla dans sa mémoire. Le nom lui rappelait vaguement quelque chose, mais il était incapable de dire quoi…

— Et vous ?

— William Baylen du *Pall Mall Gazette*.

— He ben, je vais avoir des trucs à raconter en rentrant. Allez, j'y vais, moins elle y restera cette pauvre dame, mieux elle se portera.

William s'apprêtait à descendre, quand une question lui vint.

— Vous accompagnez souvent des familles ici ?

— Oui, malheureusement, ça arrive. C'est bien pour ça que je sais ce que c'est. Le nombre de fois où j'ai récupéré des familles désespérées d'avoir laissé quelqu'un là-dedans, je ne les compte plus.

William hocha la tête et laissa un pourboire considérable au cocher. La course était chère, mais s'il voulait que l'homme tînt parole et qu'il prévînt l'Inspecteur Percival Montgomery, il lui fallait une motivation supplémentaire.

— Une fois que j'ai trouvé un téléphone et que j'ai prévenu votre inspecteur, je reviens vous chercher ?

— Non, je pense que quelqu'un de ma connaissance pourra me raccompagner…

— Ben, alors, bon courage, Monsieur !

Le cocher fit faire un demi-tour à son fiacre et abandonna William devant les portes de l'hôpital psychiatrique. *Tenez bon, Elsie, nous arrivons.*

Chapitre 9

— **M**onsieur, dit Hugh en entrant en trombe dans le bureau qu'il partageait avec Percival. Miss Elsie a des problèmes !

Percival se figea, liasse de documents dans les mains, et reporta son regard sur le bobby.

— Pardon ?

— On vient de recevoir un appel téléphonique de la part de Monsieur Baylen, le journaliste du *Pall Mall Gazette* qui nous a aidés avec les nécromanciens, si vous vous souvenez. Elle a été emmenée de force au *Bethlem Royal Hospital* dans le quartier de Lambeth. C'est le cocher du fiacre, qui a suivi la voiture, où avait été jetée Miss Elsie, qui nous a prévenus. Monsieur Baylen est resté devant l'hôpital pour surveiller qu'on ne l'emmène pas ailleurs.

Le cœur de Percival s'emballa comme rarement dans sa vie. Sans s'en apercevoir, il était déjà sur ses pieds et enfilait sa veste.

— Venez, agent Hobbes, nous allons la chercher.

— Pour sûr.

Percival, suivi par la masse du bobby, se précipita vers l'accueil où il savait pouvoir trouver un téléphone. Il avait besoin d'aide… Il avait besoin du Procureur Muir.

◆ ◆ ◆

Le Procureur Connor Muir n'aimait pas ce qu'il entendait. Stuart Spencer, d'habitude un homme posé et sensé, semblait perturbé… inquiet… apeuré, en vérité… Lors de sa première rencontre avec Élisabeth Worthington, le procureur n'avait pas apprécié la jeune femme. Elle était un exemple déplorable pour son sexe. Néanmoins, en peu de temps, elle avait démontré des qualités exceptionnelles, qu'il avait été obligé de prendre en compte. En outre, aucune loi n'interdisait à Miss Worthington d'exercer la profession de détective. Qu'il soit satisfait ou pas par cette réalité, il en était ainsi. Désormais, Connor Muir acceptait même de reconnaître qu'il appréciait Miss Worthington. Elle était de mœurs irréprochables, avait une morale à toute épreuve et un sens de la justice qui l'honorait.

— Mon cousin a pris une terrible décision, continuait Stuart. J'ai eu beau chercher ma cousine partout, elle a disparu. J'ai peur qu'elle n'ait déjà été internée quelque part.

— Votre cousin ne sait-il pas où elle va être enfermée ?

Il entendit le détective soupirer, entre agacement et désespoir.

— Il était en colère, a signé les papiers et est reparti sans se préoccuper d'en garder un exemplaire. Désormais, il a beau demander à toutes ses connaissances qui est le médecin qu'il a rencontré, personne ne le connaît.

Le procureur claqua sa langue contre ses dents, signe d'un profond agacement chez lui.

— Je suis d'accord avec vous, Monsieur Spencer. Cela ressemble de plus en plus à un internement pour écarter Miss Worthington de l'enquête.

Un secrétaire passa la tête par la porte, ce qui étonna le magistrat. D'habitude, personne ne s'autorisait ce genre de comportement audacieux.

— Je vous demande pardon un instant, Monsieur Spencer. Manifestement, une affaire pressante…

Le secrétaire s'approcha de lui et lui tendit une note où il lut :

« *Urgent. Miss Worthington enlevée. Se trouve au Bethlem Royal Hospital. Hôpital psychiatrique. Besoin d'aide pour la faire sortir. Inspecteur Percival Montgomery* ».

Le procureur sentit un soulagement poindre en lui. Il reprit le combiné et annonça à Stuart :

— Votre cousine a un ange gardien d'une grande compétence. L'Inspecteur Percival Montgomery l'a retrouvée. Elle est *Bethlem Royal Hospital*. J'y vais de ce pas.

Le magistrat raccrocha aussitôt, s'empara de son manteau et demanda à son secrétaire d'appeler Scotland Yard.

Quelques minutes plus tard, Percival et Hugh grimpaient dans la voiture du procureur, qui fut quelque peu surpris par la présence du bobby. Le magistrat avait compris, depuis quelque temps déjà, que l'inspecteur s'était attaché les services du géant en uniforme pour les coups durs attachés à son métier.

— Craignez-vous une résistance du personnel hospitalier ? demanda-t-il à l'inspecteur.

— Je n'en suis pas certain, Monsieur le procureur, mais je ne peux pas l'exclure non plus. La présence de l'agent Hobbes est d'habitude pacificatrice.

Connor Muir ne put réprimer un sourire.

— Je n'en doute pas, Monsieur l'inspecteur. Pour en revenir à notre affaire, que savons-nous ?

Percival et le magistrat échangèrent leurs informations respectives. Ce dernier nota avec intérêt la présence du journaliste. Il avait déjà croisé cet homme lors de l'affaire des nécromanciens et avait apprécié son sérieux.

— Une chance que Monsieur Baylen ait eu la présence d'esprit de suivre la voiture, qui emportait Miss Worthington, remarqua-t-il. Ce qui m'étonne tout de même, c'est l'emportement du frère de Miss Worthington. Je ne connais pas bien la loi sur l'internement à la demande des familles, mais tout de même. S'il est aussi simple d'enfermer les gens, je ne vais plus plaider sur la loi criminelle, mais je vais me contenter de les faire enfermer dans les hôpitaux psychiatriques.

Percival opina du chef, sans répondre toutefois. Il sentait au fond de ses tripes qu'il était responsable de la situation d'Elsie et s'en voulait. Connor Muir s'aperçut du trouble du jeune homme et s'étonna lui-même de vouloir le réconforter.

— Ne vous inquiétez pas, Monsieur l'inspecteur, nous allons la sortir de là. Je dispose tout de même de quelques pouvoirs et, même si nous pouvons dire beaucoup de choses sur Miss Worthington et nous étonner de son penchant pour les crimes sanglants, je suis certain d'une chose : elle n'est ni folle, ni hystérique, elle n'a donc rien à faire dans un hôpital psychiatrique.

— Le problème, Monsieur le procureur, est que, si nous devons cette attaque à l'encontre de Miss Worthington au tueur d'Ophélia Talbot, je pense qu'il ne sera pas si simple de la faire sortir de cette institution.

— Mais je suis le procureur de la reine ! s'indigna Connor Muir.

— Je sais, Monsieur le procureur, et je vous remercie de prendre sur votre temps pour nous aider dans cette affaire.

— C'est bien normal. S'il est une chose que je déteste c'est que l'on empêche la Justice de la reine de passer et retenir Miss Worthington dans un lieu quelconque, où elle n'a rien à faire, pour l'empêcher d'enquêter participe à une entrave à la Justice, selon moi. Il est donc de mon devoir de sortir cette enquêtrice du lieu où elle a été enfermée sans aucune condamnation.

Cette dernière remarque frappa de nouveau le magistrat. Il était tout de même sidérant qu'un procureur de la reine dût obtenir une condamnation en bonne et due forme pour enfermer un délinquant, mais que tout un chacun pût faire enfermer une femme de sa famille sous un prétexte aussi ridicule que le « suicide social »... Le magistrat se promit de s'intéresser de plus près à cette fameuse loi sur l'internement, elle lui semblait pour le moins peu satisfaisante quant aux garanties des internés...

◆ ◆ ◆

Une demi-heure plus tard, alors que la nuit tombait, la voiture du procureur arrivait enfin devant les grilles de l'hôpital psychiatrique, où Elsie avait été enfermée. Stuart et William étaient déjà aux prises avec des gardiens rétifs, refusant de leur ouvrir. Non loin de là, Percival reconnut la voiture de Victoria Worthington, la belle-sœur d'Elsie. Nul doute qu'Édouard regretterait son emportement à l'encontre de sa sœur. Toutefois, pour le moment, il devait se concentrer pour retrouver la jeune femme et la sortir de là. La voiture s'arrêta devant les grilles et des bribes de conversation leur parvinrent enfin.

— Personne n'entre ! Ce n'est pas l'heure des visites !

— Cela tombe bien, s'emportait Stuart, puisque je ne viens pas rendre une visite, je viens sortir quelqu'un qui a été enfermé.

— Prenez rendez-vous et vous verrez ça avec les médecins.

Le magistrat observa l'homme avec un mélange de contrariété et de colère.

— Monsieur, je vous prierais de bien vouloir ouvrir les portes, je souhaite entrer.

L'homme ne répondit même pas et ricana. Décidément, il y avait plus de fous à l'extérieur qu'entre ces murs.

— J'ai omis de me présenter, je suis le Procureur de la reine Connor Muir et je vous somme d'ouvrir les portes.

L'homme sentit le vent tourner. Il s'entretint avec son comparse à voix basse, puis se précipita vers le bâtiment principal.

Connor Muir n'avait jamais brillé pour sa patience. Il exigeait que chacun pliât devant la Justice de la reine et, donc, devant lui. Il dut pourtant attendre devant les portes closes de l'hôpital psychiatrique, le temps qu'un homme en blouse, plus ou moins blanche, arrivât sans se presser pour venir aux nouvelles.

— Monsieur ? dit le nouvel arrivant avec un air pincé.

— Ouvrez vos portes, répéta de nouveau le magistrat. Je suis le Procureur de la reine Connor Muir, je suis accompagné par l'Inspecteur Percival Montgomery de Scotland Yard et par l'Agent Hugh Hobbes. Si vous n'ouvrez pas immédiatement, je vous fais arrêter pour entrave à la Justice, suis-je plus clair ainsi ?

L'homme en blouse blanche perdit de sa superbe.

— Mais je ne comprends pas, tout ce que nous faisons ici est parfaitement légal.

— Pour ceci, vous serez aimable de me laisser en juger par moi-même. Maintenant, ouvrez.

L'homme fit signe aux gardiens de déverrouiller la porte et, enfin, le procureur, Percival, Stuart, Hugh et William purent entrer. Ils ne s'encombrèrent guère de ceux qui leur avaient fait barrage et se précipitèrent à la recherche d'Elsie dans le bâtiment écrasant les environs de sa hauteur.

À peine étaient-ils entrés, qu'ils furent interpellés par un homme en costume sombre à la mine colérique et dure.

— Messieurs, je vous demanderais de bien vouloir sortir, sinon j'appelle les forces de police.

Hugh gronda, cognant sa matraque contre sa paume ouverte. Aussitôt, l'homme reconsidéra les envahisseurs.

— Ne vous donnez pas cette peine, Monsieur, reprit le magistrat d'un ton glacial, les forces de police sont déjà là. Nous venons chercher Miss Élisabeth Worthington, qui a été internée dans votre établissement aujourd'hui même.

— Mais... Non.

— Comment cela, non ? s'emporta Stuart.

Il avait tenté de se dominer et de laisser faire le procureur, mais il n'en pouvait plus de tous ces pédants qui lui faisaient obstacle.

— Il n'y a pas eu d'admission aujourd'hui.

— Vous mentez ! s'emporta William. J'ai moi-même suivi la voiture, qui a emporté Élisabeth Worthington jusque dans votre établissement. Elle a été enfermée ici il y a presque deux heures.

L'homme rougit jusqu'au front. Il se saisit d'un lourd registre et le posa devant ceux qui osaient remettre en question sa parole.

— Voyez par vous-mêmes, il n'y a eu aucune admission aujourd'hui. Nous notons tout dans ce cahier.

— Puis-je savoir qui vous êtes, Monsieur ? Pour ma part, je suis le Procureur de la reine Connor Muir, voici l'Inspecteur Percival Montgomery de Scotland Yard, l'Agent Hugh Hobbes, Monsieur Stuart Spencer et Monsieur William Baylen.

L'homme pâlit un peu.

— Je suis le Docteur T. B. Hyslop, le directeur de cet établissement, mais je ne vois vraiment pas…

— Le Docteur Talbot est-il passé aujourd'hui ? intervint soudain Stuart.

Le directeur l'observa, étonné.

— Oui, je l'ai vu…

Une lame de glace transperça son échine.

— Était-il accompagné par une femme ?

— Oui, une aliénée très agitée, si vous voulez mon avis.

— Où est-elle ? cria Percival en s'approchant d'une façon menaçante du médecin.

— Mais je n'en sais rien, pensez-vous que je sache où sont tous nos patients ? s'emporta le directeur. Agitée comme elle l'était, elle doit être dans l'aile des agressifs.

— Je vous remercie de bien vouloir nous conduire dans cette fameuse « aile des agressifs », Monsieur, articula avec soin le magistrat.

Le Docteur Hyslop songea avec quelque amertume que tous les agressifs n'étaient pas enfermés.

— Certes non, rétorqua-t-il en retrouvant son rôle de directeur. Ces patients requièrent des soins extrêmes et il est hors de question que vous perturbiez leurs traitements.

— Dois-je vous rappeler qu'il est en mon pouvoir de vérifier en tout lieu et en tout temps que la loi de la reine s'applique. Je dispose d'un témoin formel attestant que Miss Élisabeth Worthington est entrée dans votre établissement contre son gré. Faute pour vous de pouvoir produire les documents en bonne et due forme de son internement, vous ne pouvez pas retenir cette femme. Aussi, soit vous retrouvez la patiente qui accompagnait le Docteur Talbot et vous nous la montrez, soit je fais venir toutes les forces de police disponibles pour fouiller votre établissement de fond en comble.

Le directeur observa avec écœurement ces importuns, qui forçaient les portes de son hôpital.

— Très bien, puisque je n'ai pas le choix, je vais vous montrer. Mais je vous répète, une fois de plus, que nous n'avons admis aucun patient aujourd'hui, donc cette demoiselle, que vous cherchez, n'est pas ici.

— Nous nous en assurerons par nous-mêmes.

Le médecin les précéda d'un pas vif et ils plongèrent dans les couloirs de l'institution.

◆ ◆ ◆

Plus ils avançaient, plus Stuart sentait son cœur s'emballer. À travers le silence, les cris de quelques désespérés transperçaient son âme et il se demandait combien de personnes saines d'esprit étaient retenues entre ces murs. Combien de malheureux avaient été abandonnés ici, soumis au bon vouloir de médecins tout-puissants, seuls juges de leur état mental ?

Ils croisèrent quelques salles communes, où ils cherchèrent du regard la silhouette d'Elsie. Pourtant, elle n'était nulle part.

Le directeur s'arrêta soudain devant une lourde porte aux barreaux d'acier. Il la déverrouilla et invita ses visiteurs envahissants à entrer, avant de refermer derrière eux sans toutefois verrouiller.

— Avec les agressifs, nous devons prendre quelques précautions, expliqua-t-il.

La mine déjà contrariée du procureur s'assombrit encore. Il n'aimait pas ce qu'il voyait. Il était très attaché à la possibilité de tout un chacun de bénéficier de la défense d'un professionnel aguerri. En ces lieux, point de défense.

Le médecin se mit à ouvrir les portes les unes après les autres, mais les refermait trop vite pour qu'ils pussent voir à l'intérieur. Hugh fut le premier à perdre patience. Il retourna en arrière et ouvrit la première porte. Stuart, Percival et William firent de même.

— Je vous interdis ! Vous perturbez nos patients !

Le magistrat jeta un coup d'œil dans la salle la plus proche et en resta saisi d'effroi. Là, un vieil homme était ligoté à un lit malpropre, le regard dans le vide, la mine cadavérique.

— Puis-je savoir quel genre de traitement vous administrez ici ?

— Nous sommes obligés de recourir à la contrainte pour éviter que les agressifs ne s'en prennent à notre personnel ou à eux-mêmes ou aux autres patients d'ailleurs…

— Elle est là ! hurla Percival.

Ils se précipitèrent tous dans la chambre désignée par l'inspecteur. Quand le procureur arriva, Stuart, William, Hugh et Percival s'acharnaient sur les liens attachant Elsie à un lit d'une propreté très discutable. Le sang de Connor Muir ne fit qu'un tour, quand il constata que la jeune femme avait été bâillonnée.

— Et le bâillon, c'est à but thérapeutique ?

À ces mots, Percival se précipita pour la libérer de cette entrave supplémentaire. Il avait été si avide de l'emporter loin de ce cauchemar, qu'il n'avait même pas remarqué le linge épais dans sa bouche.

— Elle devait hurler comme une forcenée, voilà pourquoi elle a été entravée.

Le magistrat sentait une colère noire déferler en lui.

Ainsi, en Grande-Bretagne en 1892, il était possible de faire disparaître des citoyens britanniques dans des institutions psychiatriques, qui ne se préoccupaient ni de vérifier la réalité de l'aliénation de leurs patients, ni de respecter leurs droits les plus élémentaires à pouvoir s'exprimer ou bouger. Il n'était pas un expert de la loi sur l'internement, mais il allait le devenir.

Stuart, Hugh et William finirent par venir à bout des liens, qui immobilisaient les deux jambes et les deux bras d'Elsie. Pour plus de sécurité, une corde avait été passée autour de sa taille.

Pendant ce temps, Percival avait libéré la jeune femme de son bâillon et tentait de la consoler. Pour la première fois de sa vie, il la voyait pleurer et cela lui brisait le cœur.

— Elsie, ne pleurez pas. Nous sommes là, c'est fini…

Ne sachant que faire, il passa ses doigts dans la longue chevelure défaite et emmêlée de la détective. Puis, il remarqua l'énorme hématome sur sa joue gauche.

— Qui l'a frappée ? cria-t-il soudain, figeant les mouvements de tous.

Stuart s'approcha et observa la joue de sa cousine.

— Ce sont les trois sauvages qui l'ont agressée en pleine rue, sous prétexte qu'elle était une hystérique et qu'il fallait la mettre hors d'état de nuire, expliqua William. J'étais de l'autre côté de la rue, j'ai essayé de la rejoindre, mais tout s'est déroulé beaucoup trop vite. Je n'ai pu que grimper dans un fiacre pour les suivre.

— Elle a dû se débattre… tenta le directeur.

— Comme toute personne qui serait agressée en pleine rue par trois rustres, intervint Stuart.

Enfin libérée, il put aider Elsie à se redresser, non sans qu'elle ne portât sa main à ses côtes du côté droit.

— Avez-vous mal, Elsie ? s'inquiéta-t-il.

— Ils m'ont frappée, ils étaient trois…

— Pour sûr, Miss Elsie, gronda Hugh, je vais les retrouver et leur faire passer le goût de frapper une femme…

Alors que Stuart et Percival aidaient Elsie à se remettre debout, la voix du directeur tonna :

— Et où croyez-vous aller avec cette femme ?

Ils furent tous saisis par cette interpellation. La chose leur semblait si naturelle, qu'il ne pouvait imaginer qu'il en était autrement pour le Docteur Hyslop.

— Même si je ne dispose pas de son dossier à cet instant, cette femme a été internée à la demande de sa famille. Sans l'accord d'un représentant légal, elle ne sortira pas d'ici.

Stuart sentit une colère sans nom le submerger.

— Je suis fiancé à Miss Élisabeth Worthington et nous allons nous marier sous peu, je suis donc son représentant légal.

La voix de Percival avait claqué dans la pièce, saisissant aussi bien le directeur que tous les autres. Hugh se mordit les joues pour ne pas sourire, Stuart fit un effort pour demeurer impassible, William fit comme si de rien n'était, quant au procureur, il ne préféra pas regarder l'inspecteur. Il allait oublier ce qu'il venait d'entendre. Il était inutile de se souvenir qu'un inspecteur de Scotland Yard avait menti devant témoins pour remédier à un défaut de documents légaux recevables.

— Fiancé ? s'inquiéta le directeur. Je ne suis pas certain…

— Cela ira très bien, trancha Connor Muir.

Fort de son rôle de fiancé, Percival s'empara d'Elsie, la souleva dans ses bras, rassuré de pouvoir la serrer contre lui, et l'emporta loin de ses tortionnaires. Hugh et William lui emboîtèrent aussitôt le pas, prêts à le relayer quand ses forces l'abandonneraient. Il y avait de la route entre la cellule où elle avait été détenue et la voiture de Victoria.

Restés en arrière, le procureur et Stuart firent le chemin inverse d'un pas plus lent. Comme à chaque fois qu'il oubliait sa jambe pendant les temps de crise, cette dernière se rappelait au bon souvenir de Stuart.

— Il est temps pour nous de mettre sous clé ce tueur, remarqua le magistrat.

Stuart acquiesça d'un signe sec de la tête. Avec ce qu'il avait fait à Elsie, le tueur n'était plus simplement un coupable qu'il recherchait, mais son ennemi.

◆ ◆ ◆

Percival sentait ses muscles se tétaniser sous l'effort, mais pour rien au monde il n'aurait lâché Elsie. Il n'était pas temps pour le moment d'analyser la terreur, qu'il avait ressentie, quand il avait appris son enlèvement, ni de s'épancher sur la fureur qui l'avait submergé quand il avait découvert l'hématome sur sa joue. Pour le moment, il devait l'emporter loin de cette épouvantable institution, où des femmes pouvaient être enfermées sous le seul prétexte qu'elles ne convenaient pas à leurs familles. *Quelle folie ! Comment un frère peut-il faire une telle abomination à sa sœur ?* Percival songea à sa sœur Willow, à ses boucles brunes et à ses grands yeux bleus… Un frisson glissa tout au long de son échine. D'instinct, il embrassa la chevelure d'Elsie juste au-dessus de son front. Il prit conscience de ce qu'il venait de faire, mais la détective ne releva pas même la tête. Elle semblait endormie ou, pire, évanouie contre lui… Il accéléra le pas.

Ils traversaient désormais le parc et se rapprochaient des lourdes grilles, dernier obstacle à franchir. Hugh le doubla et fit pivoter les battants de fer. À leur approche, Victoria ouvrit la porte de sa voiture et, tant bien que mal, Percival parvint à se hisser à l'intérieur. Il déposa la jeune femme contre Victoria, qui referma les bras sur sa belle-sœur, l'entourant d'un épais châle en laine. La tête d'Elsie s'écrasa sur l'épaule de Victoria, dont les yeux bleus exprimèrent toute la panique.

— Mais que lui ont-ils fait ? s'étrangla-t-elle.

— Je l'ignore, mais elle a besoin d'un médecin… répondit Percival.

— Ça va… croassa Elsie.

Percival se rapprocha d'elle, d'un geste vif. Soulevant d'un doigt les paupières fermées de la détective, il se baissa pour mieux observer. Les yeux marron cherchèrent le visage du policier, elle était consciente.

— Que vous ont-ils fait ?

— J'ai pris un coup de pied dans les côtes et un coup de poing en pleine figure… J'ai soif…

La voix d'Elsie était tout éraillée, elle avait dû hurler autant qu'elle l'avait pu, jusqu'à ce qu'ils lui missent un bâillon.

— Il a pris les preuves…

— Quelles preuves, Elsie ?

Victoria nota intérieurement que l'Inspecteur Percival Montgomery appelait sa belle-sœur par son prénom, pire par le surnom affectueux que lui donnaient sa famille et ses amis. Néanmoins, elle se garda de faire quelque commentaire que ce fût, ayant toujours regardé avec bienveillance les deux jeunes gens.

— J'avais trouvé une photographie ancienne et déchirée d'Ophélia Talbot dans sa jeunesse tenant un enfant dans ses bras. À l'arrière, il était précisé « Leandra, 1858 ». Il y avait une note manuscrite, également, au sujet d'une plante capable de créer des transes violentes… mais je ne me souviens plus…

Percival caressa la joue indemne d'Elsie d'un geste tendre.

— Ne vous inquiétez pas, nous allons le retrouver et lui faire payer ce qu'il vous a fait.

Un grondement furieux retentit par la porte ouverte, rappelant à Percival la présence de Hugh Hobbes à l'extérieur de la voiture. Le policier descendit pour rejoindre le bobby et le journaliste. À quelques mètres d'eux, Stuart et le procureur arrivaient d'un pas lent.

La conversation qui occupait le détective et le magistrat semblait lourde de sens. Les visages des deux hommes étaient fermés et barrés de rides soucieuses sur le front.

Néanmoins, dès qu'ils furent à portée de voix de la voiture de Victoria, Stuart s'inquiéta aussitôt :

— Comment va-t-elle ?

— Elle est choquée et affaiblie, mais elle s'en remettra, conclut Percival. Il serait plus prudent de la montrer à un médecin. En revanche, comme nous le craignions, le tueur s'est emparé des éléments de preuve qu'elle avait trouvés chez les Talbot.

Sans attendre, Stuart grimpa dans la voiture de Victoria. Par la porte ouverte, les autres écoutaient la conversation.

Toujours appuyée contre Victoria, Elsie respirait avec calme désormais. Stuart serra la mâchoire quand il aperçut de nouveau l'hématome sur la joue de sa cousine, mais ne dit rien… du moins pour le moment.

— Qu'aviez-vous trouvé chez les Talbot ?

Elsie posa un regard fatigué sur son cousin, mais fit un effort pour répondre :

— Ophélia Talbot avait l'habitude de travailler sur un secrétaire dans son jardin d'hiver. C'est un jardin sous une serre reconstituant ce qu'elle devait contempler au Brésil. Le meuble était ancien et il contenait de nombreux documents, des factures à payer, des contrats, tout ce qu'elle devait gérer au quotidien. L'intendante m'a précisé que sa maîtresse aimait particulièrement ce meuble, car elle avait fait fortune sur lui. J'en ai déduit que c'était son bureau habituel lorsqu'elle était au Brésil et que j'avais plus de chances de trouver des documents nous intéressant là qu'ailleurs. En fouillant consciencieusement, je suis parvenue à trouver une vieille photographie dissimulée au fond du tiroir le plus bas. C'était un portrait d'Ophélia Talbot jeune, quand elle était au Brésil et elle tenait une petite fille dans ses bras. À l'arrière, il y avait l'annotation « Leandra, 1858 ». De plus, j'ai trouvé, coincée sous un pied du meuble, une feuille de papier déchirée, sur laquelle était précisé le nom d'une plante en latin, que j'ai oublié, mais où il était affirmé qu'une infusion avec des fleurs pouvait créer une transe violente et autre chose, mais je ne me souviens plus.

— Tout nous ramène à la maison Talbot, conclut le procureur. Je vais convoquer les deux héritiers restants. Après tout, ils étaient tous les deux intéressés par les morts d'Ophélia Talbot et de la troisième héritière, et ont tous les deux fait des études de médecine. Ils pouvaient tous deux se faire passer pour un aliéniste afin de vous faire interner…

— Puisque le directeur de cet hôpital connaissait le nom du Docteur Talbot, vous pourriez confirmer ou infirmer l'identité de celui, qui a fait interner Elsie, en le convoquant pour procéder à une identification, suggéra Stuart.

Le magistrat opina du chef puis, après un salut bref et sec, il grimpa dans sa voiture, aussitôt suivi par Percival et Hugh. Stuart et William montèrent tous deux dans la voiture de Victoria, qui s'élança vers l'agence des détectives.

◆ ◆ ◆

L e soir était tombé depuis longtemps quand Victoria rentra chez elle. Elle était bouleversée, contrariée, inquiète et très en colère. Les émotions se bousculaient dans sa tête et, par extraordinaire, elle se rendit dans la bibliothèque où elle savait pouvoir trouver une bouteille de whisky. Elle n'avait pas ressenti le besoin de boire un verre d'alcool depuis la funeste journée, où son beau-père avait été assassiné au manoir Worthington. La situation était grave et elle en avait conscience.

Elle avait essayé de convaincre sa belle-sœur de rentrer avec elle, pour qu'elle pût prendre soin d'elle. Toutefois, Elsie avait fermement refusé, ce qu'elle pouvait comprendre. Elle avait donc laissé sa belle-sœur aux bons soins de son cousin et d'Isadora, mais elle n'était pas satisfaite par cette situation.

Que s'était-il passé dans l'esprit d'Édouard pour qu'il se montrât si intransigeant et vindicatif à l'encontre de sa sœur ? Certes, l'esprit tranchant d'Édouard lui avait toujours plu mais, dans ces circonstances, cela dépassait la mesure. Avoir la réputation d'un homme impitoyable en affaires n'était pas forcément lié à des velléités de tyrannies domestiques. Victoria se targuait de bien connaître son époux et cette décision prise en quelques instants de faire interner sa sœur ne lui ressemblait pas. Même si Elsie était persuadée qu'Édouard avait toujours porté en lui cette volonté de la faire plier, Victoria n'avait pas la même vision. Il était impossible que l'homme qu'elle avait épousé se soit compromis au point de faire maltraiter sa sœur de façon volontaire. Du moins, l'espérait-elle de tout son cœur. Elle aimait son époux et était bouleversée par les événements du jour.

Elle observa, sans les voir, les étages de la grande bibliothèque, remplis de toutes sortes d'ouvrages, et arrêta son regard sur une niche contenant une bouteille de *Single malt scotch whisky* et quatre verres en cristal. Puis, s'étant versé un verre généreux, elle s'assit dans l'un des fauteuils de la bibliothèque et commença à déguster son alcool. Elle avait besoin de se détendre, de prendre quelque distance avec toutes les émotions qui l'assaillaient.

La porte s'entrouvrit et Édouard apparut. Il avait la mine sombre et les traits tirés. Il fut surpris de trouver son épouse dans la bibliothèque, un verre de whisky à la main. Cela ne ressemblait pas à Victoria. Néanmoins, il avait fait assez de dégâts pour la journée. Il se garda de commenter l'attitude de son épouse. Après tout, un whisky ne lui ferait peut-être pas de mal non plus. Il se servit un verre et s'installa dans le fauteuil en face de celui de Victoria, sans qu'une seule parole ne fût échangée. Ni l'un, ni l'autre ne savaient par quoi commencer.

Ils burent en silence la moitié de leur verre respectif et la chaleur de l'alcool dans leur gorge finit par les détendre un peu.

— Pourquoi ? finit par articuler Victoria.

Édouard reporta son attention sur son épouse. Elle n'avait pas pour habitude de lui demander des comptes sur quoi que ce fût, mais l'affaire était différente aujourd'hui.

— J'ai pensé bien faire.

Victoria n'en crut pas ses oreilles. Sa sidération se lisait sur son visage à la peau si claire et aux grands yeux expressifs.

— Vous avez cru bien faire ? répéta-t-elle interdite.

Édouard posa son verre encore à moitié plein et se pencha en avant, enserrant ses cheveux dans ses deux mains fermées.

— Elsie est rebelle, elle nous déshonore…

Victoria eut un haut-le-cœur et il n'était pas dû à l'alcool, mais à l'indignation qu'elle ressentit à ses paroles.

— Si vous pensez ce que vous venez de dire, Édouard, je vais devoir reconsidérer mon admiration pour vous.

Piqué au vif, il se redressa pour observer son épouse. Elle avait parlé d'une voix calme, mais sombre.

— Je ne comprends pas, avoua-t-il.

— Élisabeth ne nous fait pas honte, bien au contraire. C'est une femme exceptionnelle qui prouve que les Victoriennes sont aussi aptes que les Victoriens à participer au destin de la Grande-Bretagne. Élisabeth est courageuse, elle est loyale, intelligente, certes obstinée mais, dans son métier, c'est une qualité, et elle est bienveillante et aimante. Quand j'ai été menacée il y a quelques mois, elle n'a pas mis en doute qui j'étais, elle a simplement considéré que j'étais tombée dans un piège. Je lui dois beaucoup et je suis désespérée de constater que mon époux, son frère, l'a piégée à son tour. Ils lui ont fait du mal, Édouard.

Victoria était très peinée et elle sentit des larmes couler de ses yeux. Elle les essuya d'un geste vif, il n'était pas temps de pleurer, mais de s'exprimer. L'une des grandes qualités d'Édouard était qu'il écoutait toujours ce qu'elle avait à dire.

— Les trois hommes qui l'ont attaquée dans la rue lui

ont brisé deux côtes et elle a un hématome terrible sur la joue. Dans sa chute, elle s'est foulé le poignet. Le médecin, qui l'a vue, a dit qu'elle avait eu la chance d'avoir son corset, qui a absorbé une partie du coup de pied qu'elle a reçu. Quant à la blessure émotionnelle, je ne suis pas certaine qu'elle pourra vous pardonner un jour. Vous l'avez trahie. Vous étiez supposé veiller sur elle, la protéger du monde et vous l'avez jetée en pâture à des sauvages. Comme elle osait se défendre, ils l'ont attachée sur un lit malpropre et, comme elle osait encore crier, ils l'ont bâillonnée. Est-ce cela les traitements habituels que l'on réserve aux femmes rétives ? Dois-je m'attendre au même traitement le jour où je vous déplairai ?

Édouard fut glacé d'effroi. Jamais il n'avait envisagé quoi que ce fût de ce genre contre son épouse. Et il apprenait avec horreur les blessures qu'avait reçues sa sœur à cause de lui. Jamais il n'avait imaginé que ces hôpitaux psychiatriques pourraient être ainsi… Sans se renseigner sur la réalité des traitements, il avait imaginé qu'Elsie serait amenée devant un médecin, qui parlerait avec elle et la raisonnerait. Les violences, les contraintes, tout cela, il n'y avait jamais songé.

— Je vous assure que…, tenta-t-il d'une voix tremblante.

— Je vous aime Édouard, mais j'ai besoin de temps pour vous pardonner cette horreur. Je vous aime, mais soyez assuré d'une chose. Si vous vous abaissez à refaire quoique ce soit contre Elsie ou contre moi, de quelque façon que cela soit, je divorcerai et je repartirai au pays de Galles avec nos fils.

Victoria se leva et quitta la bibliothèque sans un autre mot.

Édouard se rejeta en arrière dans son fauteuil et passa une main tremblante sur son visage.

— Qu'ai-je fait ?

◆ ◆ ◆

Quand Stuart arriva chez son cousin, il le trouva dans la bibliothèque. Édouard était saoul. Il avait fini la première bouteille de whisky et en avait largement attaqué une deuxième. Il tourna à peine la tête, quand le majordome fit entrer le détective.

Stuart s'installa en face de lui, dans le fauteuil que Victoria avait occupé un peu plus tôt.

— L'alcool ne réglera pas le problème, Édouard, remarqua-t-il en étendant sa jambe devant lui.

L'industriel ricana, pris d'une sorte de rire alcoolique désinhibé.

— Ne réglera pas mes problèmes, dit-il d'une voix pâteuse, mais, au moins, j'ai moins mal.

Stuart comprenait cette sensation. Être assommé par l'alcool donnait l'illusion de moins souffrir. Néanmoins, ce n'était qu'une illusion.

— Elsie a besoin de temps pour se remettre et je viens vous prévenir qu'elle habitera chez moi désormais.

Édouard haussa les épaules. Comme s'il avait espéré une minute que sa sœur pût rentrer…

— Avez-vous discuté avec Victoria ?

Le rire un peu dément reprit et Stuart comprit qu'Édouard était davantage dans cet état à cause de la dispute, qu'il avait eue avec Victoria, que pour celle qu'il aurait bientôt avec sa sœur.

— J'ai prévenu Adélaïde qu'Elsie vivrait désormais chez moi… Ou, plutôt, chez nous, puisque nous payons tous deux le loyer de l'immeuble. Elsie est aussi bien chez elle que je suis chez moi dans cet appartement. Nous partagerons les locaux le temps que nous trouvions une solution plus pérenne.

À travers les brumes de l'alcool, Édouard songea qu'il était heureux que Stuart se fût chargé d'Adélaïde. Cela lui éviterait de l'appeler et de subir ses foudres, une fois de plus.

— Je souhaiterais comprendre une chose, Édouard. Votre réaction est totalement disproportionnée. Vous êtes d'habitude un homme posé et réfléchi, je ne comprends pas pourquoi vous vous êtes laissé manipuler par ce médecin de pacotille.

Pour la première fois de la conversation, Édouard songea qu'il était dommage qu'il fût aussi alcoolisé. Ses pensées étaient confuses et il était incapable de comprendre ce dont lui parlait son cousin.

— Pacotille ? répéta-t-il hésitant.

— Oui, nous avons confronté le directeur de l'hôpital psychiatrique, où avait été enfermée votre sœur, aux deux héritiers Talbot, tous deux médecins, mais aucun des deux n'est le fameux « Docteur Talbot » ayant officié au *Bethlem Royal Hospital*. L'homme que vous avez rencontré n'est pas l'un des deux héritiers, alors ma question est : qui est-il ? Vous êtes le seul témoin à avoir vu le meurtrier. Pouvez-vous me le décrire ?

Les sourcils d'Édouard se relevèrent dans une grimace de stupéfaction. Son cousin imaginait-il que, dans l'état où il était, il serait capable de lui décrire quoique ce fût ? Il observa de plus près la mine sérieuse de Stuart et en conclut que, oui, Stuart croyait qu'il allait lui décrire le tueur. Il éclata de nouveau de rire, une pointe de dépit transparaissant tout de même.

— C'est un homme menu, commença-t-il fier de ce premier point. À peu près mon âge, il est brun, il a d'étranges lunettes fumées. Un chapeau. Et il parle bien.

Stuart en était bouche bée. Son cousin supposait-il qu'il pourrait retrouver le tueur avec une telle description ?

— L'alcool ne vous réussit pas, cousin. Je vous ai connu l'esprit plus vif.

— Je ne bois pas souvent, objecta-t-il pour sa défense. Laissez-moi me concentrer. J'ai rencontré cet homme hier matin. J'étais en colère contre Elsie, qui se conduit très mal avec cet inspecteur.

Stuart prit sur lui pour ne pas s'emporter contre son cousin. Il attendrait qu'il ait l'esprit plus clair pour lui dire sa façon de penser.

Inconscient de l'état d'esprit de son interlocuteur, Édouard continuait :

— Il m'a parlé de son institution qui fonctionnait très bien sur les femmes rebelles. Il m'a assuré qu'Elsie était atteinte d'un trouble mental, qui se caractérisait par une volonté de « suicide social ». Selon lui, le fait de vouloir quitter sciemment une classe sociale élevée pour en rejoindre une plus basse était le signe qu'elle devait être soignée. En revanche, il n'a pas précisé comment il allait la soigner… C'est vrai que j'aurais dû demander… Si j'avais su qu'ils allaient la frapper et l'attacher, jamais je n'aurais signé les papiers. C'est indigne ce qu'ils ont fait. Je suis outré ! Et ma sœur va m'en vouloir. Et mon épouse m'en veut…

Édouard fit une pause. Il était contrarié et peiné de la tournure des événements.

— Je pensais que ça lui ferait du bien, qu'elle allait se rendre compte qu'elle devait épouser un homme de notre milieu. C'était pour son bien. Je ne veux pas qu'elle ait de problèmes d'argent. Il faut qu'elle trouve un homme qui a les moyens de la faire vivre. Et puis, quoi ? Est-ce qu'elle se voit dans une petite maison avec un inspecteur de police ? C'est un métier risqué, inspecteur de police. Il peut très bien ne jamais rentrer à la maison et la laisser avec des enfants à charge. Que fera-t-elle à ce moment-là ?

Stuart soupira. Édouard s'était préoccupé de l'avenir de sa sœur, mais en avait tiré des conclusions désastreuses.

— Savez-vous que le plus ironique, dans cette histoire, c'est qu'au final, ce que vous avez voulu éviter à toute force, c'est-à-dire l'attachement sincère de votre sœur pour l'Inspecteur Percival Montgomery sera probablement le résultat de votre manœuvre indigne. Dans le chaos qu'a été cette journée, la seule chose qui ait éclaté au grand jour est la possibilité qu'Elsie Worthington et Percival Montgomery formeront à l'avenir un couple aimant et soudé.

Édouard se redressa dans son fauteuil.

— Je lui interdis !

— Vous n'avez absolument rien à interdire à votre sœur. Vous ne pouvez pas la déshériter, puisqu'elle a déjà hérité de l'argent de son père, Adélaïde peut la déshériter mais Elsie se désintéresse de l'argent de sa mère. Elle a un métier, qui lui rapporte de quoi subvenir à ses besoins et, même, subvenir aux besoins d'une famille. En outre, je suis là et Percival, contrairement à ce que vous imaginez, est un homme d'honneur auquel je confierai ma cousine les yeux fermés. C'est un homme bien, intelligent, loyal et courageux. Mon cher Édouard, je vous donne cette information pour que vous ayez le temps de vous y habituer, avant de revoir votre sœur. Peut-être que cette histoire n'existera jamais, peut-être qu'elle existera et, dans ce cas, je compte sur vous pour ne jamais plus, à aucun moment, dire quoique ce soit contre l'Inspecteur Percival Montgomery. Vous y perdriez une partie de votre honneur et l'affection de votre sœur. Pour ma part, je pense que je serais très en colère contre vous. Pour être parfaitement honnête, je suis très en colère contre vous, à cause du traitement épouvantable que vous avez infligé à votre sœur, innocente de toute dépravation, contrairement à ce que vous imaginez.

— Mais Elsie n'est pas une dépravée, s'indigna Édouard. Je n'ai jamais pensé…

— Peut-être, mais vous avez agi comme si elle l'était, ce qui restera comme une marque indélébile dans votre relation. Votre sœur se sent humiliée par votre décision. Elle pense que vous ne la connaissez pas et que vous l'avez injustement soupçonnée de mauvaises mœurs.

— Mais ce n'est pas ça du tout ! s'emporta Édouard. Je ne veux pas qu'elle regrette un mariage en dessous de sa condition. Vous m'énervez à ne pas me comprendre !

Stuart sourit malgré lui. Édouard semblait vraiment indigné.

— J'ai une question à vous poser.

Édouard haussa les épaules, songeant avec dépit que son cousin ne lui avait jamais demandé l'autorisation de lui poser des questions. Il les posait et c'était tout.

— Quand vous étiez en entretien avec ce médecin, vous a-t-il fait boire ou manger quelque chose ?

Édouard plongea dans ses souvenirs.

— Ah oui, se souvint-il. Il m'a donné deux petites graines noires, en me disant que ça allait me détendre. C'était vrai. J'étais décontracté après. Un peu fatigué, mais mieux disposé.

Sans que son cousin ne s'en aperçoive, Stuart s'était redressé, l'esprit aux aguets.

— Vous a-t-il expliqué ce que c'était ?

— Il m'a dit que c'était une plante, mais vous savez, c'est très flou dans ma tête.

Stuart hocha la tête avec conviction.

— Mon cher Édouard, si vous avez si peu de souvenirs de ce prétendu médecin et de cette conversation qui, pourtant, était d'une importance primordiale, c'est que vous avez été drogué.

Édouard fut sidéré. Décidément, rien ne lui aurait été épargné.

— Comment ça « drogué » ?

— Dans cette affaire, nous sommes à la recherche d'une drogue qui permettrait au tueur de convaincre sa victime de faire des choses contre ses intérêts. Avec une dose plus forte que la vôtre, il a poussé Ophélia Talbot et Anna Selva à se suicider, avec une dose moindre, il vous a amené à signer des papiers d'internement sans vous poser les questions élémentaires sur les conséquences de votre acte. J'ai enfin ma réponse et je vais pouvoir la donner aussi à Victoria, qui ne parvenait pas à comprendre par quel mystérieux raisonnement vous aviez pu arriver à la conclusion qu'enfermer votre sœur dans un hôpital psychiatrique était une solution convenable. J'en informerai aussi Elsie et j'espère que cela lui permettra de vous pardonner.

— Vous l'avez croisé…

Stuart observa son cousin avec attention.

— Le médecin, reprit Édouard, vous l'avez croisé. Quand vous êtes venu au club, il venait de prendre congé… Vous avez dû le croiser dans l'escalier…

Édouard s'effondra un peu dans son fauteuil. Entre l'alcool, les soucis épouvantables auxquels il était confronté et cette information selon laquelle il avait été drogué pour le forcer à prendre une décision qui, pourtant, lui avait paru si naturelle, il ne se sentait plus bien du tout. Il se leva d'un bond, se précipita dans le couloir pour rejoindre la vasque la plus proche et y vomir tripes et boyaux.

Indifférent, Stuart plongeait dans ses souvenirs… *Dans l'escalier… Oui, peut-être, mais je n'ai pas fait attention…* Il revoyait une silhouette descendre en face de lui et le saluer… *Un homme frêle, dissimulé sous un chapeau et d'épaisses lunettes… Bien joué…* Stuart se leva et, après avoir vérifié que le majordome s'occupait de son maître, il grimpa dans les étages à la recherche de Victoria.

Chapitre 10

S tuart rentra à l'agence en plein cœur de la nuit. Il ne s'attendait pas à trouver Isadora, Percival et Elsie en pleine conversation à l'étage. Réunis autour d'une tasse de thé, ils attendaient d'évidence qu'il revînt de sa visite à Édouard.

Quand il pénétra dans le salon, la conversation s'éteignit et ils se tournèrent tous les trois vers lui dans l'attente de nouvelles.

— Le tueur a fait prendre deux graines d'une plante à votre frère, Elsie. Il n'était pas en possession de toutes ses facultés intellectuelles, quand il a signé les papiers pour votre internement.

Un léger apaisement traversa le visage de la jeune femme. Néanmoins, elle avait été si bouleversée et si épuisée par les événements du jour, que cette embellie passagère disparut aussitôt.

— C'est tout de même un soulagement, dit-elle d'un ton neutre.

— Reste à découvrir qui il est, intervint Percival. Je ne comprends pas comment, en ayant présenté les deux héritiers de la fortune Talbot au directeur de cet hôpital, il n'ait pu reconnaître ni l'un, ni l'autre.

Percival s'était levé d'un bond pour arpenter le salon de long en large, pendant que Stuart prenait place entre Isadora et Elsie. Un soupir lui échappa, que seule Isadora remarqua. Le détective observa sa cousine avec attention. Posée dans un fauteuil et calée entre deux gros coussins, Elsie avait tout de la poupée cassée. Ses yeux étaient cernés de noir, son torse était contenu dans un pansement strict, ainsi que son poignet meurtri. Son visage dégonflait un peu, mais l'hématome y resterait plusieurs semaines à n'en pas douter. Ses cheveux, lavés par les soins d'Isadora et brossés, séchaient désormais à la chaleur du poêle à côté duquel elle était installée. Si Édouard ou Adélaïde avait été les témoins de cette violation flagrante à la modestie exigée des femmes victoriennes, nul doute qu'ils en auraient fait une jaunisse… *Et tant pis pour eux ! Si Elsie se retrouve les cheveux longs et décoiffés devant Percival, c'est de leur faute !* Stuart reporta son attention sur le policier, dont le besoin de mettre la main sur le tueur ne le laissait pas en paix. *Après tout, Percival vit avec sa mère et sa sœur, il est sûrement indifférent à quelques cheveux décoiffés…*

— Le coupable a peut-être usé d'artifice pour modifier son visage, proposa Isadora. Si aucun de vos témoins n'est capable de reconnaître vos suspects principaux, c'est que le tueur dissimule sa véritable apparence…

Stuart réfléchit à cette proposition.

— C'est une possibilité, nous ne pouvons pas l'écarter. Néanmoins, la police a fouillé les appartements de ces deux hommes, sans découvrir quoi que ce soit d'incriminant.

Percival s'adossa au mur, non loin d'Elsie, et soupira. Avec quatre autres bobbies et Hugh, il avait passé la fin de la journée à retourner la maison Talbot et le cabinet médical du Docteur Rees, sans rien trouver pouvant relier le fils ou le neveu de la première victime à son meurtre…

— Si vous n'avez rien trouvé sur ces deux hommes, c'est que le tueur est quelqu'un d'autre, conclut Isadora.

— Mais qui ? intervint Elsie d'une voix plus faible qu'elle ne l'aurait souhaité.

Percival l'observa les sourcils froncés. Il détestait la voir si faible et si fragile.

— Très bien, reprit Stuart. Faisons le point. Le tueur utilise une drogue inconnue, dont nous savons qu'elle peut être utilisée en faisant une infusion des fleurs ou en utilisant directement les graines et qui annihile les facultés intellectuelles de sa victime. En usant d'une concentration plus grande, il parvient à obliger ses victimes à se suicider, leur faisant croire qu'elles sont poursuivies par je-ne-sais-quoi ; en utilisant deux graines, il parvient à manipuler l'esprit d'un homme aussi intelligent et méfiant qu'Édouard Worthington pour lui faire signer des papiers aberrants, lui permettant de faire interner l'une des enquêtrices. De plus, il prépare les meurtres depuis un moment, puisqu'il a probablement fait venir Anna Selva du Brésil pour l'assassiner à peine a-t-elle posé un pied sur le territoire britannique. En outre, il a sans doute une formation de médecin, qu'il exerce cette profession ou pas importe peu en réalité, mais il dispose d'assez de connaissances médicales pour se faire passer pour un aliéniste au sein même d'un hôpital psychiatrique. Comme le directeur le connaît, nous pouvons en déduire qu'il exerce depuis quelque temps déjà au sein de cette institution. Enfin, pour couvrir son identité, il se présente sous le nom du « Docteur Talbot ». Nous commençons à discerner le « comment », même s'il manque quelques pièces à notre raisonnement. Le « pourquoi » en revanche nous échappe toujours. Qu'a-t-il à gagner dans ces meurtres ? Un assassinat nécessite toujours un mobile valable. Que cherche-t-il ? S'il est l'un des deux héritiers, à hériter plus vite et dans une plus large proportion. S'il ne s'agit ni de l'un, ni de l'autre, qui est-il ?

— Il peut vouloir se venger des Talbot, proposa Elsie.

— Il peut avoir un intérêt financier, continua Percival.

— Il peut avoir les deux, intervint Isadora. Après tout, nous n'en savons pas assez pour trancher en faveur de l'une ou de l'autre des hypothèses.

— En revanche, le lien avec les années brésiliennes d'Ophélia Talbot semble de plus en plus probable, reprit Stuart. Avez-vous progressé quant à l'identification de la « Anna Selva » assassinée, Percival ?

— Oui, vous savez que la seule pièce que nous ayons découverte sur la victime était un extrait d'acte de naissance. Malheureusement, la valise ayant séjourné dans l'eau, certains mots étaient presque effacés. Toutefois, j'ai repris ce document et j'ai voulu vérifier si je pouvais retrouver le mot « Leandra » dessus et je pense pouvoir affirmer que la mère d'Anna Selva se prénommait « Leandra ». En fonction des dates de naissance des deux femmes, si nous partons de l'hypothèse qu'Ophélia Talbot était la mère de Leandra, Anna Selva était sa petite-fille.

— La famille brésilienne… souffla Elsie.

— Savez-vous si Anna Selva avait des frères, des sœurs ou un quelconque héritier qui pourrait venir réclamer la succession de cette malheureuse ? s'enquit Stuart.

— Non, j'ai pris contact avec la paroisse ayant rédigé l'acte de naissance d'Anna Selva mais, pour le moment, je suis toujours dans l'attente de leur réponse.

— Si seulement je pouvais me souvenir du nom de cette plante, cela nous aiderait, ronchonna Elsie.

Les trois autres l'observèrent et n'aimèrent pas ce qu'ils virent. Les joues de la jeune femme étaient rouges, mais le reste de son visage était pâle à l'extrême. Pourtant, obstinée à l'accoutumée, elle plongea dans ses souvenirs malgré la lassitude due à cette journée impitoyable.

— Je ne sais pas pourquoi je pense toujours à Bruges… réfléchit-elle à haute voix.

— Brugmansia ! s'écria Isadora. C'est un arbuste originaire d'Amérique du Sud avec des grappes de fleurs pointant vers le sol.

— Oui, c'est ça ! s'exclama Elsie qui sursauta sur sa chaise.

Elle poussa un petit cri, regrettant aussitôt ce faux mouvement. Le médecin, qu'avait fait venir Victoria, avait eu beau lui faire un bandage serré autour des côtes, il lui avait conseillé de ne pas bouger pendant au moins un mois, ce qui la contrariait grandement. Il viendrait lui rendre visite trois fois par semaine pour s'assurer que tout se passait bien. D'ici là, Victoria et Stuart lui avaient interdit de sortir de l'agence. Elle se frotta les côtes avec douleur, mais confirma de nouveau :

— Brugmansia, c'est ça… avec une tisane de fleurs, on peut avoir des transes violentes, avec des graines, on peut annihiler le…

— Libre arbitre d'autrui, acheva Stuart. C'est ça, cette plante sert à annihiler le libre arbitre. Avec deux graines, Édouard a signé des documents qu'il n'aurait peut-être pas signés en d'autres temps, avec cinq ou six graines, Ophélia et Anna ont été persuadées d'être poursuivies par un ennemi, qui les a poussées au suicide… Bien, maintenant que nous commençons à ordonner nos idées, je vous propose de passer une bonne nuit, je crois que nous en avons tous besoin.

Elsie n'était pas dupe et savait que son cousin exigeait qu'elle allât dormir. À son grand dépit, Isadora avait refait le lit et le lui avait cédé pour qu'elle pût se reposer comme il le fallait. La médium avait ensuite sorti ses affaires de sa malle et les avait installées dans la chambre, à côté des siennes et de celles de Stuart. Quand Isadora avait découvert le cadre auquel tenait tant Elsie, elle avait pris le temps de nettoyer la vitre de verre, qui protégeait le portrait des outrages du temps. Elsie avait alors pu contempler la seule photographie de son père et d'elle qu'elle possédait. C'était une belle journée d'été, peu avant l'assassinat de Robert. Ils étaient heureux tous les deux, Robert serrant contre lui sa fille tant aimée, sa petite dernière… Isadora avait senti toute la détresse de son amie et l'avait prise dans ses bras, sans parole, sans bruit, juste une étreinte contre le mal rôdant dans le monde. Elsie était si triste encore…

Elle jeta un coup d'œil dans l'angle du salon où Isadora s'était aménagée un petit coin, dissimulé derrière un épais rideau avec une banquette, qu'elle avait montée à l'étage avec l'aide de Percival. Cette proximité lui permettrait de veiller sur la détective pendant la nuit. Quant à Stuart, Victoria avait fait apporter un large canapé pris dans ses propres appartements et qu'elle avait fait installer dans le bureau de sa belle-sœur, pour que le détective pût lui aussi trouver un sommeil réparateur. Ainsi installée, l'agence pouvait recevoir, dans un confort relatif, trois personnes au lieu d'une à l'accoutumée.

Percival salua les autres et prit congé mais, avant qu'il ne pût atteindre l'escalier, Elsie le retint par la manche.

— Je voulais vous remercier d'avoir menti pour moi. Je suis désolée que vous ayez dû vous faire passer pour mon fiancé, mais je vous remercie sincèrement pour ce mensonge…

Percival observa la jeune femme avec attention. Comme d'habitude, il ne trouva que de la sincérité dans son regard noisette et lui sourit avec tendresse.

— Jamais mensonge ne m'a si peu pesé, Elsie. Allez vous reposer. Je passerai vous voir demain soir.

Elle hocha la tête mais, avant qu'elle ne pût rejoindre l'appartement de Stuart, Percival se pencha vivement vers elle et l'embrassa sur le front. Puis, il fila comme le vent, laissant la jeune femme les yeux grands ouverts sur le palier.

◆ ◆ ◆

Mercredi 13 janvier 1892

— **M**ais je ne suis pas d'accord ! protestait Elsie.

La détective avait été installée dans son bureau, dans un fauteuil droit, où elle pouvait reposer son torse sans se blesser, avec un plaid sur les genoux. Elle bougonnait sans discontinuer, arguant qu'elle n'était pas une vénérable vieille dame. Pourtant, le médecin de Victoria était revenu le matin même pour vérifier l'état de sa patiente et il avait confirmé son diagnostic de la veille. Deux côtes cassées, par conséquent, un seul remède : l'obligation pour Elsie de rester à l'agence pendant un mois. Stuart s'était empressé de prévenir Victoria, afin qu'elle pût venir prêter main-forte à Isadora pour retenir sa cousine au sein de l'agence.

— Vous allez découvrir la joie d'être le détective dans le fauteuil, ma chère Elsie.

— Mais je ne veux pas !

— Que vous le vouliez ou non, ma chère cousine, c'est moi qui vais faire les déplacements pour la fin de cette enquête et pour tout ce qu'il adviendra au cours du mois à venir. Pour votre part, je vous communiquerai par téléphone les différents éléments de réflexion et vous aurez tout le loisir d'y réfléchir soit seule, soit en échangeant avec Isadora et Victoria.

Elsie se renfrogna. Néanmoins, pour le moment, elle n'avait guère le choix. Elle avait essayé de remettre son corset le matin même, mais l'opération s'était révélée trop douloureuse pour être possible. *Tout ceci est la faute d'Édouard ! Et du tueur ! Mais surtout d'Édouard.* Elle ignorait si elle se sentait mieux en incriminant son frère en plus du tueur mais, à cette heure, elle était incapable de pardonner à son frère aîné et il lui fallait bien un coupable !

— Dites-moi au moins ce que vous allez faire aujourd'hui, bouda-t-elle.

Stuart s'assit dans l'un des fauteuils visiteurs et observa d'un œil neuf le bureau de sa cousine. La banquette, qui y était auparavant, avait été déplacée à l'étage pour servir de lit à Isadora et avait presque aussitôt été remplacée par un profond canapé, dans lequel il dormait désormais. Il devait avouer que Victoria avait un goût sûr pour les meubles et qu'il avait dormi presque comme dans un lit, ce qui était un soulagement pour sa jambe. Il avait préparé une grande théière pour Elsie, qu'il avait déposée à sa portée, ainsi qu'un nouveau carnet de notes, le précédent ayant été dérobé par le tueur, en même temps que les deux preuves trouvées par sa cousine la veille.

— Ça m'énerve, j'avais reporté toutes mes réflexions dans ce carnet, ronchonna Elsie en réponse au regard de son cousin sur son carnet.

— Prudence, patience, persévérance, rappela Stuart doctement. Peut-être qu'en réécrivant les éléments de cette enquête pour en faire une nouvelle synthèse, il vous apparaîtra une nouvelle piste à explorer.

— La famille brésilienne, s'entêta Elsie. Même si je ne dispose plus des preuves, je suis certaine que la première photo datant de 1852 n'avait pas pour objet principal l'immortalisation des deux couples. Je suis persuadée que c'était l'enfant, le sujet principal de la photographie. Ce bébé né en 1852 est l'une des clés de notre affaire, même si j'ignore son identité.

Stuart réfléchit à cette hypothèse. Après tout, il ne coûtait rien de suivre cette piste.

— Donc, selon vous, Ophélia Talbot aurait eu deux enfants illégitimes au Brésil l'un inconnu, né en 1852, l'autre prénommée Leandra, née en 1858. Si nous suivons les indices trouvés par Percival, Leandra pourrait être la mère d'Anna Selva, qui serait elle-même la petite-fille d'Ophélia Talbot, ce qui expliquerait pourquoi la jeune fille était une héritière à part entière de la fortune Talbot. Néanmoins, rien ne nous explique comment le tueur a pu avoir connaissance, avant tout un chacun, de l'existence d'Anna Selva. Elle est arrivée le lendemain de la mort de sa grand-mère et était partie du Brésil plus de trois semaines auparavant, ce qui signifie que le tueur la connaissait, il savait qui elle était, il savait où la trouver et il savait comment la faire venir, ce qui fait beaucoup d'éléments.

— La dernière adresse connue d'Anna Selva au Brésil était celle d'une institution religieuse… Et si Leandra était morte en laissant la petite Anna Selva aux bons soins de religieuses pour l'élever et l'éduquer ?

Stuart réfléchit à cette possibilité. L'hypothèse était recevable en l'état actuel de leurs connaissances. *Ce qui expliquerait le terme de « protégée »… Cela signifierait qu'Ophélia Talbot a assumé les frais d'hébergement et de scolarisation de la petite Anna Selva… En cela, elle aurait pu l'appeler « ma protégée »...*

— Oui, cela commence à faire sens, s'enthousiasma Elsie. Il était temps. Cette affaire est d'un alambiqué !

Stuart sourit.

— Si ma mémoire est bonne, ma chère cousine, vous vous plaigniez, il y a peu encore, du caractère non stimulant intellectuellement de nos affaires.

— C'est vrai, je préfère infiniment me casser la tête sur ce genre d'affaires, plutôt que de courser les maris infidèles.

Stuart éclata de rire. Le plus merveilleux dans la nature optimiste de sa cousine était que sa santé de fer lui permettait de recouvrer des forces dès la première nuit de repos réparateur. D'après Isadora, la veille au soir, sa cousine était épuisée et s'était endormie à peine la tête sur l'oreiller. Isadora avait veillé quelque temps avant de rejoindre son propre lit et s'était réveillée avant Elsie. Ainsi avait-elle pu l'aider à s'habiller et à se laver. Stuart ne savait pas comment il aurait fait en l'absence d'Isadora. La situation aurait été infiniment plus délicate pour lui. Entre femmes, ce n'était pas pareil. À bien y songer, il fallait qu'il éclaircît la situation avec la médium. Il s'était montré très audacieux en l'enlaçant mais, à sa grande surprise, Isadora n'avait été ni choquée, ni n'avait repoussé son étreinte. Se pouvait-il qu'elle conçût quelque affection pour lui ?

Stuart se secoua, il n'était pas temps d'y réfléchir, même si la décence et les convenances nécessitaient que la situation fut clarifiée au plus tôt pour Isadora. Plus il y songeait, puis il avait envie qu'elle restât dans sa vie et, pas comme une amie ou une vague connaissance, mais comme son épouse. Il sourit tout seul à cette étrange idée.

— Vous voilà bien rêveur, cousin. Vous souriez aux anges maintenant ?

Stuart observa Elsie et se garda de répliquer. Il n'oubliait pas que la jeune femme n'était pas au mieux de sa forme physique, même si son esprit n'avait rien perdu de son mordant. Il se contenta d'un sourire en coin, qui embarrassa tout de même la jeune femme. Elsie en revint aussitôt à leur affaire.

— Donc, deux enfants illégitimes, l'un né en 1852, l'autre Leandra née en 1858. La branche de Leandra, sauf autres enfants, s'est éteinte avec la mort d'Anna Selva. Quant à celle du premier enfant…

Stuart réfléchit un instant.

— Quant à lui, il n'y avait aucune autre indication au verso de la photographie, n'est-ce pas ?

— Non, répondit Elsie. J'ignore s'il s'agissait d'une fille ou d'un garçon et je ne sais pas ce qu'il est devenu… sauf à supposer qu'il s'agisse de Joao Amara Braz…

— Se pourrait-il qu'Ophélia ait abandonné ses deux enfants et que, prise de regret concernant Anna Selva, désormais orpheline, elle ait décidé de la rétablir dans ses droits successoraux ?

— Dans ce cas, continua Elsie, le premier enfant illégitime pourrait y avoir vu une trahison. Pourquoi elle plutôt que lui ?

— Reste encore à découvrir comment ce premier enfant aurait pu être informé des volontés successorales d'Ophélia Talbot.

— Ce qui élimine de nouveau Joao Amara Braz… Comment aurait-il pu accéder à ce genre d'informations, alors même que notre cliente concevait la plus grande hostilité envers sa mère ? Il faut forcément que ce soit un proche d'Ophélia Talbot. Le tueur est à Londres depuis quelque temps déjà. Sinon comment aurait-il pu apprendre, depuis le Brésil, quels étaient les changements successoraux envisagés par Ophélia Talbot ?

— Je suis d'accord avec vous, Elsie. Notre homme, puisque Édouard est certain qu'il s'agit d'un homme, aurait donc une quarantaine d'années, il serait arrivé du Brésil il y a quelque temps et il aurait été informé de sa filiation illégitime. Est-il venu en Angleterre pour se venger de cette mère, qui l'avait abandonné avant de faire fortune ? C'est possible. Mais, dans ce cas, pourquoi assassiner Anna Selva ?

— Par jalousie. Après tout, ce qu'Ophélia ne lui accordait pas, il ne voulait pas qu'elle l'accorde à Anna Selva. Sa nièce, tout aussi illégitime que lui, allait être à la tête d'une fortune considérable, alors que lui-même ne bénéficierait de rien…

Stuart prit quelques instants pour réfléchir à cette hypothèse. Il n'aimait pas laisser son esprit dérivé ainsi, forgeant des suppositions sans fondements mais, en l'espèce, ils n'avaient guère le choix… Ils ne disposaient d'aucune preuve tangible pour asseoir leurs raisonnements.

— C'est possible, admit-il presque à contrecœur. Néanmoins, nous n'avons pas le commencement d'une preuve pour étayer tout ceci. En outre, concernant notre hypothèse, Joao Amara Braz dispose d'une fortune considérable avec sa société d'importation… Quel intérêt retirerait-il de ces meurtres ?

— La vengeance, réitéra Elsie.

— Oui, la vengeance, répéta sans enthousiasme Stuart.

Quelque chose leur échappait et ils en étaient tous les deux conscients.

— J'ai trouvé, s'exclama Isadora depuis l'étage.

Les deux détectives levèrent la tête par réflexe et entendirent bientôt le pas de la jeune femme dans l'escalier. Quelques secondes plus tard, elle entra dans la pièce, un gros volume entre les mains, qu'elle posa entre les cousins.

— Voici un brugmansia !

Elle pointa du doigt une illustration en couleur d'un arbuste foisonnant, orné de lourdes grappes de clochettes pointant vers le sol. Stuart jeta un coup d'œil au végétal, certain de n'en avoir jamais contemplé un, puis il reporta son attention sur la robe rose fuchsia de son invitée si spéciale. Le parfum de la médium le perturba quelque peu. Elle sentait bon. Une odeur douce de savon à la rose et d'une eau de Cologne fruitée lui rappelant un soir d'été…

— Mais quelle imbécile je fais ! s'écria Elsie, faisant sursauter les deux autres.

Stuart observa avec attention sa cousine. Se pouvait-il qu'elle ait enfin compris ?

— C'est Joao Amara Braz ! Il correspond au profil du tueur.

— Pourquoi ?

— Réfléchissez Stuart ! Je me demandais pourquoi, sur cette photographie, le couple Amara Braz était rayonnant, pendant qu'Ophélia Talbot et son futur époux ne semblaient pas si satisfaits que cela. Paloma m'a dit qu'elle couchait avec le mari d'Ophélia pendant qu'Ophélia couchait avec son propre mari. Et si Ophélia était tombée enceinte des œuvres du mari de Paloma, ne croyez-vous pas qu'elle aurait pu abandonner son fils à son père et à son épouse ? Cela expliquerait l'inimitié d'Ophélia pour Paloma.

Isadora s'assit sur la chaise à côté de Stuart.

— C'est vrai, quand Ophélia m'a parlé de Paloma, elle en pensait le plus grand mal. Si elle a été contrainte par son mari et son amant, ainsi que l'épouse de ce dernier, à abandonner son fils, cela expliquerait la haine féroce qu'elle avait pour cette femme. Reste à savoir si Joao Amara Braz connaît son histoire et s'il dispose des connaissances scientifiques pouvant le faire passer pour un aliéniste ?

— Quand je suis allée à l'entrepôt de la société « Amara Braz import », il y avait des dizaines de plantes comme celle-ci et, d'après Joao, Ophélia Talbot était très douée avec les végétaux. En vérité, elle a fait fortune non pas en vendant des plantes, mais en vendant les drogues issues de ses plantes. Si une simple concoction de fleurs permet les transes violentes et que deux graines permettent de contraindre la volonté d'autrui, sans parler d'une concentration plus forte, qui annihile tout bonnement le libre arbitre de tout un chacun, le prix de cette drogue doit être bien plus élevé que le prix de l'arbuste lui-même. Les jardins d'hiver tant de Paloma que d'Ophélia sont remplis de ces arbustes à fleurs.

Stuart opina du chef.

— Ce qui expliquerait la différence de fortune entre un véritable commerçant d'animaux exotiques comme Charles Jamrach et une commerçante d'animaux et de plantes exotiques, moins connue, mais ayant réuni une fortune plus considérable que le premier. En réalité, peu importe à Joao Amara Braz d'avoir fait des études de médecine ou pas, il lui suffit de connaître assez les drogues pour se faire passer pour un aliéniste. S'il a quelques connaissances sur l'esprit humain, il pourra faire illusion.

— Tout ceci paraît logique, reprit Isadora, pourtant, ce ne sont que des suppositions.

— Commençons par donner nos éléments de réflexion à l'Inspecteur Percival Montgomery et voyons ce qu'il pourra découvrir sur « Amara Braz import ».

Stuart se leva et allait prendre congé, quand il se ravisa, fit demi-tour et embrassa les cheveux de sa cousine juste sur le sommet du crâne. Elsie fut stupéfaite par cet élan d'affection et observa avec étonnement son cousin.

— Chez moi, j'embrassais toujours ainsi ma mère et ma tante avant de partir. Mon père en faisait autant et je sais que, dans notre société victorienne, cela peut sembler déplacé, mais c'est un signe d'affection. Prenez-le pour ce qu'il est, Elsie. Vous êtes désormais sous ma protection et je suis infiniment plus affectueux qu'Édouard.

Elsie demeura étonnée quelques instants, avant d'avouer :

— Papa m'embrassait toujours ainsi avant de partir en voyage. Il savait que j'allais avoir des journées difficiles en compagnie de Mère et d'Édouard, c'était un encouragement.

Un sourire un peu triste éclaira son visage mais, bientôt, ce fut la reconnaissance qui s'y imposa. La bienveillance et la douceur de son père lui manquaient, mais elle était prête à accepter celles de son cousin. Stuart posa la main sur l'épaule d'Isadora en passant près d'elle. Il l'étreignit légèrement et la médium posa sa main sur celle du détective. Ce signe de connivence raffermit Stuart dans sa détermination à considérer avec attention la possibilité d'épouser Isadora. Néanmoins, pour le moment, il avait un dangereux tueur à mettre sous clé.

Percival avait été d'une grande efficacité. Juste après l'appel téléphonique de Stuart, lui expliquant les conclusions auxquelles ils étaient arrivés, il s'était rendu sur les docks en compagnie de Hugh pour interroger Joao Amara Braz sur sa société. Néanmoins, il avait trouvé porte close. Une rapide enquête de voisinage lui avait appris que l'entreprise avait été fermée le matin même. L'entrepôt était désormais vide et l'ensemble des plantes avait été déplacé.

Percival et Hugh s'étaient alors rendus avec quelques bobbies à l'adresse précisée par la détective mais, une fois de plus, ils étaient en retard. Néanmoins, Percival insista auprès du concierge des lieux, désormais vidés, pour faire le tour de l'habitation afin de s'assurer qu'aucun indice n'avait été abandonné sur place. D'après ce qu'avait dit Elsie, Paloma avait été très attachée à son jardin d'hiver et Percival espérait pouvoir y dénicher des renseignements de la même teneur, que ceux qu'elle avait trouvés dans le jardin d'Ophélia Talbot. Même si les théories des détectives étaient plausibles, pour le moment ils n'avaient aucune preuve pour les étayer.

Le concierge ne fut pas facile à convaincre, mais la présence encourageante de Hugh Hobbes et des autres bobbies finit par le persuader d'ouvrir la porte de l'hôtel particulier. À leur grande stupéfaction, ils entendirent le chant de plusieurs oiseaux…

P ercival était penché sur le corps sans vie d'une vieille femme qu'il identifiait comme la fameuse Paloma. Quand ils avaient entendu le chant des oiseaux, les policiers avaient compris que l'habitation n'était pas aussi vide que le concierge le supposait. L'homme les avait aussitôt conduits au jardin d'hiver et ils avaient pu constater que la forêt brésilienne réinventée était aussi magnifique que la leur avait décrite Elsie. Les perroquets multicolores, surtout, retenaient l'attention dans ce décor stupéfiant de fleurs et de foisonnement de plantes exotiques. Ils s'étaient déployés dans le jardin d'hiver à la recherche d'un meuble quelconque, où des documents auraient pu être enfermés. Ils ne trouvèrent aucun meuble, mais ils découvrirent un cadavre.

Percival était accroupi à côté du corps sans vie d'une vieille femme aux cheveux gris, dont le visage portait encore l'expression de l'horreur qu'elle avait vécue juste avant sa mort.

— Il a tué sa propre mère ? interrogea Hugh.

— Malheureusement pour cette femme, elle n'était pas la mère biologique de cet homme. Pour lui, elle est celle qui l'a arraché à une vie plus confortable, aux côtés d'Ophélia Talbot, pour l'élever comme son fils… Je me demande dans quelles conditions il a appris qu'il était l'enfant illégitime d'une amie du couple, amie qui s'avérait être la maîtresse de son père…

Hugh grommela et, à travers les borborygmes habituels, Percival comprit qu'il conspuait les mœurs légères de certains de ses contemporains. Néanmoins mœurs légères ou pas, rien ne justifiait le meurtre.

Stuart s'astreignit à fouiller les poches de la défunte à la recherche d'un quelconque indice que le tueur aurait pu oublier derrière lui. Malheureusement, leur adversaire n'était pas homme à laisser quelque trace que ce fût. Paloma était allongée sur le ventre, la partie gauche du visage contre la terre, ses bras repliés sous elle. Percival demanda à Hugh et à deux autres bobbies de bien vouloir la soulever de quelques centimètres, afin qu'il pût regarder ce qu'il y avait sous le corps. À peine avaient-ils hissé le cadavre, que Percival découvrait ce qu'il cherchait. Là, froissée dans le poing de la défunte, était emprisonnée la photographie, que Paloma avait montrée à Elsie.

◆ ◆ ◆

Percival avait eu beau défroisser de son mieux la photographie, elle avait été très abîmée dans la lutte qui avait dû opposer Paloma à son fils adoptif. Une partie en avait été déchirée et le reste était presque effacé désormais. Pourtant, l'essentiel restait. Anna Rees, celle qui deviendrait Ophélia Talbot, était bien là, la mine sombre, un bébé dans les bras et au verso, l'inscription « Rio, 1852 » apparaissait toujours.

Connor Muir observait avec attention le cliché et, muni de gants, le rendit à l'inspecteur.

— Je suppose que vous avez prévenu l'ensemble des compagnies maritimes de refuser l'embarquement de ce monsieur pour quelques destinations que ce soit.

— Oui, Monsieur le procureur, mais il n'est pas stupide. Je suppose qu'il avait déjà prévu un plan de repli dans l'attente de pouvoir fuir plus tard.

— Il serait donc sur le territoire britannique…

— C'est ce qui me semble le plus plausible. Néanmoins, nous n'avons pas la moindre idée d'où il peut se trouver.

— Pourtant, il n'a pas pu disparaître avec l'ensemble de son entrepôt sans laisser de traces.

— Nous avons suivi la piste des plantes, mais elles ont été livrées à des parcs zoologiques, à des pépinières et à d'autres professionnels travaillant dans le domaine horticole ou l'aménagement de jardins. Rien de suspect de ce côté-là.

— Nous pouvons au moins lui reconnaître qu'il est habile… Miss Worthington a bien involontairement éveillé la méfiance de notre tueur en lui rendant visite sur les docks. Voyons… Un peu déstabilisé et ignorant ce qu'elle sait avec certitude, il l'envoie chez sa mère Paloma, où elle découvre la fameuse photographie. De retour chez lui, il interroge sa mère et comprend qu'elle a plus parlé que ce qu'il avait espéré. Il décide de se débarrasser de la marchandise, il ferme la société et déménage sans laisser de traces, mais non sans laisser derrière lui le cadavre de sa mère adoptive. Vérifiez tous les garde-meubles ou tous les marchands de meubles d'occasion de Londres et des environs. Un tel hôtel particulier ne peut pas disparaître en moins d'une journée. Il n'aura pas eu le temps de tout vendre… Toutefois, je pense qu'il n'a pas besoin d'argent pour le moment, puisqu'il s'est donné la peine d'assurer toutes les livraisons qu'il avait en cours, avant de fermer sa société. Cela lui a fait une rentrée considérable de fonds…

— C'est certain, acquiesça Percival, mais compte tenu du style de vie auquel il est habitué, il ne va pas tolérer de vivre dans des taudis très longtemps. Nous surveillons les établissements luxueux aussi… Il est peut-être retors, mais nous avons le temps pour nous.

Le magistrat acquiesça. Le temps était un allié précieux parfois…

— Et où en sont les Worthington & Spencer ?

— Stuart Spencer s'est installé chez les Talbot. Il est persuadé que Joao Amara Braz n'en a pas fini avec cette famille.

— Cela n'est pas exclu effectivement. Il a déjà assassiné Ophélia Talbot, sa mère biologique, sa nièce Anna Selva, pourquoi pas son cousin et son demi-frère ? En réalité, je comprends le raisonnement de Monsieur Spencer… Il ne s'agissait pas de détourner l'héritage, il s'agissait d'une vengeance pure et simple. Puisqu'il n'allait hériter de rien, personne n'aurait quoique ce soit…

Percival fut étonné par le magistrat qu'il n'avait jamais entendu raisonner. Il s'apercevait désormais que le magistrat, tout comme Stuart, Elsie et lui-même, avait la capacité d'entrer dans la tête des tueurs. Il s'agissait peut-être d'une capacité nécessaire à tous ceux qui souhaitaient combattre les criminels.

◆ ◆ ◆

S tuart était décidé à veiller toute la nuit. Si le mobile du tueur était la jalousie et la vengeance, il ne laisserait pas son cousin et son demi-frère hériter de la fortune, qu'il imaginait lui revenir pour partie. En outre, certains éléments échappaient encore au détective. Comment cet homme avait-il pu être au courant du changement de testament de sa mère biologique ? Comment, depuis le Brésil, avait-il fomenté sa vengeance ? D'après ce qu'il avait appris, la société « Amara Braz import » ne s'était installée à Londres que depuis trois ans. Bien peu de temps en vérité. En outre, d'après ce qu'avait dit Paloma à Elsie, elle avait été opposée à la décision de son fils de déménager le siège social de la société familiale. Stuart comprenait mieux pourquoi désormais. Dès la mort de son père, Joao avait décidé de rejoindre Londres, probablement des projets de vengeance plein la tête. D'après Elsie, Paloma était une femme intelligente et elle avait dû comprendre ce qui animait ce changement radical dans la vie de son fils adoptif. Il ne saurait sans doute jamais dans quelles circonstances Joao avait appris le secret de sa naissance… Si secret il y avait eu… Néanmoins, il ne s'agissait pour le moment que de spéculations, spéculations tout de même confirmées pour partie par la mort de Paloma dans les mêmes circonstances qu'Ophélia et Anna. Joao avait usé de ses drogues sur sa mère biologique, sa nièce et sa mère adoptive. Il supprimait de façon systématique toutes celles qui lui avaient prétendument porté préjudice… D'ailleurs, Stuart ne pouvait pas exclure que Joao n'ait débuté sa vengeance délirante par son père. Néanmoins, une fois de plus, il n'aurait sans doute jamais le fin mot de l'histoire.

Stuart était dissimulé dans le jardin d'hiver d'Ophélia

Talbot, non loin du secrétaire. Il avait sollicité l'autorisation de surveiller l'hôtel particulier durant la nuit, tout en affirmant qu'il protégerait les escaliers, les couloirs, mais préférant au final se dissimuler dans le jardin d'hiver. Pourquoi ? Parce qu'il y avait un traître dans la maison Talbot.

Chapitre 11

La nuit était déjà avancée, mais Elsie refusait d'aller se coucher. Elle était très en colère contre son cousin, qui avait décidé de monter seul la garde au sein de l'hôtel particulier des Talbot. Elle était aussi très contrariée par sa blessure qui la gênait grandement. La douleur avait été telle dans l'après-midi qu'elle avait été contrainte de prendre deux gouttes de laudanum, ce qui l'avait fait sombrer dans une semi-inconscience durant plusieurs heures. Pendant ce temps, le tueur courait toujours et son cousin affrontait seul les Talbot et leurs secrets.

Plus elle y réfléchissait, plus il lui semblait que quelque chose lui échappait. Elle décida, une fois de plus, de cogiter à cette étrange affaire où rien n'allait de soi. *En vérité, quel est le point qui me dérange le plus dans cette histoire ? Si je suis honnête avec moi-même, ce qui me déconcerte le plus dans cette affaire est la décision d'Ophélia Talbot de faire d'Anna Selva une héritière à part entière, alors qu'elle abandonne à son sort Joao Amara Braz. La question est pourquoi ? Peut-être qu'Ophélia Talbot a estimé que la fortune des Amara Braz suffisait à assurer une vie confortable à son fils illégitime... Au contraire, Anna Selva semblait pauvre, au vu des affaires qu'elle a apportées avec elle. Peut-être a-t-elle voulu lui donner les moyens de vivre en paix. En fait, j'ignore qui a pris en charge Leandra et, après elle, sa fille Anna Selva... Une famille peut-être moins aimante et moins riche que les Amara Braz... De plus, en 1858, Anna Rees était déjà en couple depuis plusieurs années avec Peter Talbot, puisqu'il apparaît déjà sur la photo de 1852. Pourquoi ont-ils tant attendu avant de se marier ? Il y a quelque chose d'illogique dans cette façon de faire.* Elsie aurait voulu pouvoir s'entretenir avec son cousin ou Percival. Elle aimait exposer ses idées, qui résonnaient souvent avec celles des deux autres enquêteurs. Ils rebondissaient sur les arguments des uns et des autres, apportaient un nouvel éclairage et lui permettaient toujours de faire avancer son raisonnement. Pour le moment, elle était seule dans son bureau et ne pouvait guère discuter qu'avec sa théière. « *Soit en échangeant avec Isadora et Victoria... ».* Les paroles de Stuart lui revinrent en mémoire. Victoria était rentrée chez elle depuis longtemps, mais il restait Isadora... La médium accepterait-elle de discuter avec elle ? Comme attiré par les réflexions intenses de la détective, Lumière, le chat noir qui avait décidé qu'il était désormais le maître des lieux, entra dans le bureau d'Elsie en miaulant doucement, avant de lui sauter sur les genoux.

— Sinon, je peux toujours discuter avec toi. Néanmoins, je ne suis pas certaine que ta conversation m'aide à progresser...

Lumière, ronronnant haut et fort, s'installait avec délectation sur le plaid de la détective. Isadora entra dans le bureau, gênée que son chat se soit ainsi imposé à la convalescente.

— Laissez, Isadora. Il ne me dérange pas. En revanche, pourrais-je discuter avec vous de l'affaire nous intéressant ?

Isadora parut surprise par cette demande, quoique ces derniers jours, elle se fût aperçue que Stuart et Elsie parlaient en toute confiance devant elle. Elle s'assit sur un fauteuil en face d'Elsie et lui fit signe qu'elle l'écoutait.

— Il y a quelque chose qui m'échappe. J'ai l'impression que c'est primordial pour comprendre toute cette affaire. Nous en revenons encore et toujours au Brésil. En 1852, Peter Talbot est déjà le compagnon d'Anna Rees, qui deviendra son épouse quelques années plus tard. Mais, en 1858, quand elle a sa fille, ils ne sont toujours pas mariés. Pourquoi attendre 1860 pour qu'ils se marient ?

Le visage d'Isadora s'illumina.

— Sur ce point, je peux vous aider. Peter Talbot était marié à une riche Brésilienne, qui refusait le divorce. Pendant des années, il a fallu qu'Ophélia attende que Peter réussisse à se séparer de sa femme.

Elsie réfléchit à ce nouvel élément. Où pouvait-elle mettre cette information dans son raisonnement ?

— Il était marié… C'est très étrange. Il est marié mais, en 1852, non seulement il trompe sa femme brésilienne avec Anna Rees, mais encore il a une aventure avec Paloma. Anna tombe enceinte de son propre amant, le mari de Paloma, abandonne son fils à ce couple et, six ans plus tard, sa situation n'a toujours pas changé. En 1858, elle est à nouveau enceinte, mais toujours pas mariée à Peter Talbot. Je peux peut-être en déduire qu'en 1858, le fait que sa maîtresse soit enceinte n'était peut-être pas du meilleur effet pour son divorce… Mais oui ! C'est aussi simple que cela. Leandra était la fille illégitime de Peter Talbot et d'Anna Rees. Comme il n'était pas divorcé, il a exigé que la petite fille soit abandonnée, mais Ophélia s'y opposait. Elle a décidé de la placer dans une institution, qui pourrait prendre soin de l'enfant et l'élever, en attendant que sa situation personnelle évolue. C'est en cela que Leandra est différente. Si elle était née deux ans plus tard, elle aurait été la fille légitime des Talbot. Dans ce cas, pourquoi Leandra n'a-t-elle pas été adoptée une fois la situation de ses parents légitimée ? Il me faudrait l'acte de naissance de Leandra !

Elsie tenta de se lever pour téléphoner à Percival, mais ni Lumière, ni ses côtes n'acceptèrent de bouger. Elle retomba un peu lourdement sur son fauteuil et, après quelques explications, Isadora s'acquitta de l'appel téléphonique en question.

Elsie bouillait d'impatience, alors que le chat lacérait son plaid à grands coups de griffes satisfaits. Le ronronnement de l'animal l'apaisait un peu.

Quelques minutes plus tard, Isadora revint dans le bureau.

— Il a eu la même idée que vous et a demandé un extrait d'acte de naissance de Leandra. Malheureusement, personne ne lui a répondu. En revanche, il a reçu un message de la mère supérieure de l'institution où Anna Selva a vécu ces dernières années, grâce aux câbles télégraphiques transatlantiques partant du Portugal vers le Brésil ! Ces moyens de communication modernes sont si extraordinaires !

Elsie se contenait autant qu'elle le pouvait, mais cette tâche ne lui était pas naturelle.

— Isadora, s'il vous plaît, dites-moi tout.

Isadora sourit, consciente que l'impatience habituelle d'Elsie était mise à rude épreuve.

— La mère supérieure a été très bouleversée par la nouvelle de la mort d'Anna Selva. Selon elle, c'était une jeune fille de valeur, qui n'a jamais eu de chance dans la vie. Elle a été recueillie par l'institution, quand sa mère Leandra Rees est morte en couches. Leandra avait été élevée dans cet orphelinat et sa pension avait toujours été payée par sa mère Anna Rees, qui avait été contrainte par son compagnon de l'époque à l'abandonner. Toutefois, Anna n'a jamais accepté que Leandra soit adoptée par une tierce famille, ayant toujours eu l'espoir de récupérer sa fille tôt ou tard. Malheureusement, son mari s'y est toujours opposé et elle n'a jamais pu la revoir. En 1875, à dix-sept ans, Leandra est tombée enceinte et, malgré sa situation délicate, la mère supérieure a accepté de prendre soin d'elle. Elle est morte en couches et Anna Rees Selva, du nom de sa mère et de son père, a été élevée à l'orphelinat.

Isadora leur servit une tasse de thé à chacune et reprit place dans le fauteuil. Elle attendait qu'Elsie ait fini ses réflexions. D'après son expression, l'esprit de la détective était en plein bouillonnement.

— Résumons. Peter Talbot était un épouvantable père et mari. Il trompe sa première femme, il oblige sa compagne à abandonner son enfant, même après le mariage, il refuse qu'elle récupère l'enfant mais, Anna Rees n'abandonne pas sa fille Leandra. Elle prend en charge les frais de l'orphelinat. Puis, en 1875, elle rentre en Angleterre en laissant Leandra derrière elle. Mal entourée, la jeune fille tombe enceinte, puis meurt en couches. Nul doute que la mère supérieure, qui connaissait Anna Rees, désormais épouse Talbot, l'a informée de la mort de sa fille. Anna décide alors de s'acquitter des frais de sa petite-fille Anna Rees Selva. Et le père d'Anna Selva dans cette histoire ?

Isadora eut une moue d'ignorance :

— Je ne sais pas, l'inspecteur Montgomery n'en a pas parlé.

— De toute façon, le père n'a pas fait grand-chose pour sa fille, en dehors de lui donner son nom… En revanche, Percival a dû vous parler des conditions du départ du Brésil d'Anna Selva.

— Oui, confirma la médium. Fin novembre, Anna Selva a reçu une lettre d'Angleterre venant de sa grand-mère Ophélia Talbot. Elle l'invitait à la rejoindre à Londres, afin qu'elles puissent faire connaissance et la recevoir dans la famille. La mère supérieure était ravie de cette nouvelle et, ignorant la mort de Peter Talbot, elle en avait conclu qu'Anna ou Ophélia était parvenue à le convaincre de prendre soin de sa petite-fille.

— Néanmoins, Peter Talbot est mort en 1877, reprit Elsie, c'est tout de même curieux. Ophélia aurait pu faire venir sa petite-fille bien avant…

Isadora grimaça légèrement.

— Oui et non. Oswald a toujours été un enfant capricieux et très imbu de sa position d'héritier unique. Je ne suis pas certaine qu'Ophélia avait vraiment d'autre choix que de laisser Anna Selva dans son orphelinat. D'après ce que j'en comprends, elle avait des nouvelles assez régulières de la part de la mère supérieure et en a peut-être conclu que sa petite-fille était plus en sécurité dans l'orphelinat que dans l'hôtel particulier des Talbot en présence d'Oswald. Il a toujours été très agressif et il aurait pu lui faire du mal.

Elsie n'était pas très convaincue mais, de toute manière, elle ne pouvait pas s'attarder davantage sur ce point du raisonnement puisque, selon toute vraisemblance, elle n'aurait jamais le fin mot de l'histoire.

— Admettons, Ophélia rentre du Brésil en 1875 ; sa fille Leandra meurt la même année, mais elle n'apprend peut-être pas la nouvelle aussitôt ; son mari meurt en 1877 ; et, jusqu'en 1891, elle ne parle pas d'Anna Selva... Qu'est-ce qui l'en empêche ? Nous le saurons ou pas, peu importe. Prise de regrets à la fin de sa vie, elle décide de rendre justice à sa petite-fille et la réintègre dans l'ordre successoral, tout illégitime qu'elle soit. Néanmoins, le fils illégitime d'Ophélia, Joao Amara Braz, l'apprend et en conçoit une telle haine, qu'il décide de supprimer tant sa mère biologique, que sa nièce. La question est comment Joao Amara Braz a-t-il pu être informé de ce changement successoral ?

Isadora plongea dans ses souvenirs.

— J'ai beau réfléchir, je suis quasi certaine qu'Ophélia ne m'a jamais parlé de ce Joao. Peut-être que, dans son esprit, le fait qu'il ait été le fils du mari de Paloma faisait de cet enfant un descendant moins précieux à ses yeux. Après tout, il avait été élevé par son père et il ne manquait de rien. À l'inverse, Anna Selva, qui était sa petite-fille illégitime à cause d'une date, mais pas par le sang, était dans un orphelinat depuis sa naissance. Je suis persuadée qu'Ophélia a eu des remords. Elle, qui avait tant de caractère et qui s'était imposée dans le monde des affaires en partant de rien, avait cédé à son époux sur un point aussi primordial... Je suis convaincue que, quand Ophélia a appris la mort de Leandra en couches, elle s'en est voulu d'une façon épouvantable.

— Probablement, mais cela ne l'a pas empêchée de laisser Anna Selva dans son orphelinat jusqu'à l'âge de dix-sept ans.

— Est-on certain que la lettre envoyée à l'institution était de la main d'Ophélia ? s'intéressa Isadora.

Elsie réfléchit à cette question. Elle méritait que l'on y trouvât une réponse.

— Le problème est qu'à ma connaissance, cette lettre n'était plus dans les affaires d'Anna Selva, quand son corps a été découvert. Je suppose que le tueur s'en est emparé pour faire disparaître la seule preuve, que la jeune fille était bien l'héritière d'Ophélia Talbot. De toute façon, que cette lettre ait été écrite par Ophélia Talbot ou par le tueur ne change rien à l'affaire. Le tueur était au courant que la jeune fille arrivait à Londres, il savait où l'attendre et quand.

Les deux femmes plongèrent dans leurs pensées. Il fallait trouver une logique, quelque chose qui expliquerait comment le tueur Joao Amara Braz, qui n'avait pas ses entrées dans la maison Talbot, avait pu être si bien renseigné.

— À ma connaissance, Percival n'a pas trouvé d'élément relatif à une rentrée d'argent inexpliquée concernant l'un ou l'autre des témoins du testament d'Ophélia Talbot… Il en va de même des employés de l'étude notariée…

— Non, il n'en a pas parlé. Effectivement, l'indiscrétion de l'un ou l'autre des témoins du nouveau testament d'Ophélia aurait pu expliquer que le tueur ait été mis au courant de l'existence d'Anna Selva et de sa toute nouvelle qualité d'héritière… Mais il peut s'agir de toute autre chose aussi.

Elsie observa Isadora avec attention.

— À quoi pensez-vous ?

Isadora devait ordonner sa pensée. Après tout, elle avait l'avantage d'avoir connu celle autour de laquelle toute cette affaire s'articulait.

— Ophélia aimait beaucoup son jardin d'hiver. Tous ceux qui ont vécu dans l'hôtel particulier des Talbot le savent. J'ignore où elle avait caché son nouveau testament mais, imaginons une minute que le tueur travaille de concert avec quelqu'un dans la maison…

Elsie se renfrogna.

— Nous en revenons aux domestiques mais, de la même manière qu'auparavant, l'enquête diligentée par Percival n'a rien donné à ce sujet. Les domestiques se succèdent à une vitesse folle dans cette maison et ne pensent qu'à une chose : partir.

— Alors qui ?

Elsie haussa les épaules dans un geste machinal, avant de se rappeler qu'elle avait deux côtes cassées…

— Nous en revenons aux héritiers. Qui d'Oswald ou de Jonathan aurait eu intérêt à faire disparaître sa mère ou sa tante plus vite ? Il ne fait pas de doute que l'un ou l'autre disposait du temps nécessaire pour fouiller les affaires d'Ophélia et trouver la nouvelle version du testament. Après tout, l'intendante ou le majordome ont pu se montrer indiscrets devant un membre de la famille, sans en tirer le moindre avantage pécuniaire. Apprenant qu'un nouveau testament avait été rédigé, l'un ou l'autre l'aura cherché et trouvé.

— Pourquoi pas, hésita Isadora. Néanmoins, il nous manque toujours le lien entre l'un des héritiers et Joao Amara Braz.

Une sensation désagréable envahit de nouveau Elsie. Elle connaissait cette impression, elle savait quand elle touchait du doigt un indice fondamental, qui était resté inaperçu pour le moment. Depuis le commencement de cette affaire, elle était persuadée d'être passée à côté de quelque chose de primordial. Mais quoi ? Pourquoi à cet instant, où Isadora évoquait un lien entre l'un des héritiers et Joao Amara Braz, son esprit se mettait-il en alerte ?

— Est-ce qu'Oswald Talbot aurait pu rencontrer d'une façon ou d'une autre Joao Amara Braz ?

Isadora parut décontenancée par la question.

— À ma connaissance, Oswald Talbot et son épouse sont très urbains. Ils aiment sortir, se montrer… Préparer les soirées mondaines constitue l'un des grands moments de leur vie. Si Joao Amara Braz est parvenu d'une façon ou d'une autre à se faire inviter dans les mêmes événements mondains, ils ont pu se croiser en toute discrétion et fomenter leur plan, sans que personne ne connaisse leurs liens.

— Non, ça ne peut pas être cela, réfléchit Elsie. Ophélia Talbot, elle-même, malgré sa fortune et le fait qu'elle était Anglaise, ne parvenait pas à se faire inviter dans la bonne société. La provenance de sa fortune n'était pas satisfaisante dans la *Upper Middle class*. Ne parlons pas de la *Upper class*. Je ne vois pas comment un commerçant brésilien aurait pu pousser les portes de tels événements…

Isadora fut un peu déçue de voir son hypothèse balayée ainsi d'un revers de la main. Toutefois, elle comprenait l'objection d'Elsie et songea à une autre façon d'aborder la question.

— Et si nous prenions le problème à l'envers. Si nous nous demandions comment Joao Amara Braz aurait-il pu prendre attache avec l'un ou l'autre des héritiers ?

— Intéressant, reconnut Elsie. Même s'il m'a assuré qu'il ne vendait pas ses arbustes aux particuliers, il ne m'a peut-être pas dit la vérité. En réalité, il pouvait proposer à des particuliers ses plantes ou ses drogues, puisque je le soupçonne de pratiquer le même commerce, que celui d'Ophélia Talbot. Peut-être qu'il aura rencontré l'un des héritiers au moment d'une vente… Après tout, l'un ou l'autre peut avoir voulu offrir une plante à sa mère ou à sa tante, qui lui rappellerait son Brésil bien-aimé.

Isadora se figea, les yeux grands ouverts, stupéfaite. *Cela ne peut pas… Ce n'est pas possible !*

— Oh mon Dieu ! s'exclama Isadora. Ce n'est pas Oswald ou Jonathan, mais Penelope ! Penelope a offert un *brugmansia* à Ophélia pour son dernier anniversaire. Je me souviens qu'elle avait été perturbée par ce cadeau. Je lui avais demandé pourquoi, puisque l'arbuste me semblait superbe, même si, à l'époque, il n'était pas fleuri. Elle m'avait répondu : « Nous ne sommes pas si nombreux à vendre ces arbustes ».

Elsie voulait sauter sur ses pieds, passer à l'action, mais ses os brisés la rappelèrent à l'ordre.

— Ophélia savait. Elle savait qu'il y avait un problème. Elle a écrit dans la lettre d'engagement qu'elle avait l'impression de devenir folle, pas parce qu'elle le devenait, mais parce que quelqu'un dans la maison se jouait d'elle. Penelope ! Oui, cela fait sens. Penelope qui est fille de médecin, Penelope qui prend fait et cause pour les domestiques, Penelope qui refuse que je fouille à nouveau le bureau et la chambre de sa tante par alliance, Penelope qui offre une plante qui a fait la fortune de sa tante lors d'un anniversaire. Oui, je crois que nous avons trouvé qui est le traître dans la maison Talbot.

Les deux femmes échangèrent un regard et Isadora sauta sur ses pieds, avant qu'Elsie ne pût dire un mot de plus.

— Il faut prévenir Percival qu'il aille aider Stuart, s'écria-t-elle en se précipitant vers le téléphone.

◆ ◆ ◆

S tuart patientait. Il était installé à couvert dans le jardin d'hiver. Il avait le sentiment que les événements se précipiteraient dans ce paradis brésilien et non pas ailleurs dans la maison victorienne. Son revolver était prêt. Il portait des gants. Il avait noué une écharpe autour de son nez et de sa bouche, et portait des lunettes de protection, au cas où l'idée viendrait au tueur de lui jeter quelque poison au visage. *Pour avoir la paix, prépare la guerre...*

Le silence s'était imposé depuis longtemps dans l'hôtel particulier. Même les domestiques les plus acharnés, et force était de constater qu'ils étaient peu nombreux, s'étaient retirés dans leur chambre au troisième étage. Il essayait de se concentrer, aidé en cela par la nuit qu'il avait passée sur le confortable canapé de Victoria. Stuart savait qu'en ces temps et en ces lieux, il aurait dû être plus concentré sur l'arrivée probable du tueur. Néanmoins, les événements s'étaient enchaînés à une telle vitesse ces derniers jours, qu'il avait du mal à consacrer toute son attention à Joao Amara Braz. Pourtant, il était persuadé de la dangerosité de l'homme. Après tout, alors qu'il bénéficiait d'une situation confortable et avait été élevé dans une famille plutôt respectable, le fils abandonné avait décidé de se venger de la mère qui ne l'avait pas élevée et, pire, de son innocente nièce qui avait osé trouver grâce aux yeux de sa grand-mère. Un tel personnage ne pouvait qu'inspirer l'horreur et la colère mêlée.

En outre, sans pouvoir le prouver, Stuart soupçonnait que l'emprise criminelle de Joao Amara Braz était plus vaste que ses deux seuls meurtres. Tout d'abord, il était inévitable d'ajouter à la liste de ses méfaits, le meurtre de sa mère adoptive, voire peut-être la mort anticipée de son père, biologique quant à lui. Stuart avait bien du mal à comprendre la haine que pouvaient susciter ces problèmes de sang et d'adoption. Pour sa part, il n'avait jamais connu son père biologique, avait été rejeté la majeure partie de sa vie par la famille de sa mère et avait trouvé le bonheur dans les bras de son père adoptif. Avaient-ils ressenti de la haine pour les Worthington ? Même pas. Ils se haïssaient déjà tant les uns les autres qu'en dehors d'Elsie, de Victoria, de Cathy et de son époux, peu de membres de la famille avaient trouvé grâce à ses yeux. Robert, le père d'Elsie, avait été un homme charmant, même s'il l'avait très peu connu. *Les familles sont une source inextinguible de crimes...*

Un mouvement attira son attention près de l'entrée du jardin d'hiver. Il se demandait si, enfin, la situation allait évoluer. Pourtant, ce ne fut pas un homme qu'il trouva dans l'allée, mais la silhouette gracile d'une femme en robe de chambre. Stuart fut perturbé un instant. Que venait faire Penelope Rees dans le jardin d'hiver en pleine nuit ?

Méfiant, il s'enfonça dans l'ombre et poursuivit son observation. Penelope tenait à la main une espèce de vieux carnet en cuir qu'elle serrait contre elle, comme s'il était le bien le plus précieux dont elle disposait. D'évidence, cette femme n'était pas venue pour se promener ou calmer une insomnie. Elle cherchait quelque chose, ce qui était de plus en plus suspect.

Elle s'arrêta soudain près d'un arbuste. Elle posa le carnet, revêtit des gants puis, à l'aide d'un couteau, préleva des fleurs.

◆ ◆ ◆

William en avait assez de cette enquête. Depuis deux jours, il passait son temps à suivre des malfaisants. Hier, il avait poursuivi la voiture emmenant Elsie Worthington vers l'hôpital psychiatrique, où elle n'avait rien à faire ; aujourd'hui, il avait passé la journée à poursuivre le propriétaire de la société « Amara Braz import » dont lui avait parlé la même Miss Worthington. L'homme était certes suspect.

Les choses s'étaient corsées le matin même, quand il était arrivé à l'aube et s'était aperçu que l'entrepôt avait été vidé. Heureusement pour lui, il était encore temps de suivre le propriétaire dans ses tribulations de la journée. Après un long arrêt au centre-ville, dans ce qu'il supposait être son logement, l'homme était reparti vers la gare Victoria, avant de rebrousser chemin et de revenir vers le centre-ville. Seul fait notable : Joao Amara Braz avait abandonné, dans une quelconque consigne, un grand sac de voyage, qui avait semblé fort lourd au journaliste. Il serait temps d'aller vérifier ce qu'il y avait dedans plus tard.

Pour le moment, William sentait qu'il était nécessaire qu'il poursuivît sa filature. À sa grande surprise, après bien des tergiversations et des changements de route, ainsi que de moyens de locomotion, le suspect arrivait en pleine nuit à l'hôtel particulier des Talbot…

— Qu'est-ce qu'il prépare ?

D'un geste machinal, William tapota sa veste où il sentit le contact lourd et froid de son revolver. Jusque-là, il n'avait guère prisé les armes à feu, mais sa dernière expérience dans une cave de la haute société où se déroulait une messe noire de première grandeur lui avait fait prendre conscience qu'un armement minimal était nécessaire aux investigations journalistiques. Après tout, William Baylen s'était fait une spécialité des crimes de sang, il lui fallait s'attendre à tomber tôt ou tard nez à nez avec un tueur.

Sa cible s'approchait de la porte d'entrée de l'immeuble. Le journaliste en fut quelque peu dérouté. Allait-il toquer à la porte en plein cœur de la nuit ? Cela lui semblait non seulement inconvenant, mais encore stupide. Il était impossible d'entrer ainsi chez les gens en pleine nuit. Il n'en fut rien. Pourquoi ? Tout simplement, parce que Joao Amara Braz avait les clés.

◆ ◆ ◆

Stuart fut sidéré de voir Penelope Rees collecter des fleurs de *brugmansia* sur un spécimen non loin de lui. Après avoir récupéré de quoi droguer une bonne demi-douzaine de personnes, il la vit se mettre en quête d'autre chose. Alors qu'elle s'éloignait dans l'allée, il constata qu'elle avait oublié au pied de l'arbre le carnet, qu'elle tenait si fort entre ses mains à son arrivée. Il ne réfléchit pas davantage et, tout en se faisant le plus discret possible, il s'avança dans l'ombre vers le calepin mystérieux. Stuart ignorait de quoi il s'agissait, mais il était certain d'une chose. Si Penelope Rees serrait à ce point ce livret contre elle, c'est qu'il avait de la valeur pour elle et cette valeur le rendait intéressant. Il serait toujours temps de le lui restituer ultérieurement, s'il n'avait aucun lien avec l'affaire qui l'occupait cette nuit-là. Pour le moment, il se faisait fort de s'en emparer et de l'étudier plus tard.

Alors qu'il avançait entre les arbustes, une branche de bois sec claqua sous son poids. Il s'immobilisa et jeta un coup d'œil vers l'endroit où la femme se trouvait. Le bruit n'était pas passé inaperçu et elle était désormais sur ses gardes. Elle resta figée un instant, observant les environs à la recherche de ce qui avait pu être à l'origine du craquement. Elle reporta son attention sur le couteau qu'elle avait toujours en main et, comme rien ne bougeait, elle reprit sa tâche.

Stuart savait que la moindre nouvelle erreur lui vaudrait d'être jeté dehors, voire pire. Il observa du coin de l'œil le carnet, qui n'était plus très loin, et se demanda s'il en valait vraiment la peine. Pourtant, quelque chose dans la poigne de Penelope Rees sur le calepin l'intriguait.

Il reprit son avancée, redoublant de prudence, afin de ne rien bousculer ou écraser. Arrivé au pied de l'arbuste, il prit grand soin de ne pas toucher les fleurs toxiques et s'empara d'un geste vif du carnet. Il fut saisi par l'arrière et quelqu'un écrasa un amas de clochettes empoisonnées contre son visage et sa bouche.

◆ ◆ ◆

William n'en croyait pas ses yeux. C'était bien la première fois qu'il voyait un criminel utiliser la porte d'entrée, dont il disposait de la clé.

— Mais comment ?

Le journaliste se secoua. Il n'était pas temps de s'interroger sur le « comment », mais plutôt de poursuivre sa filature et d'entrer à la suite du tueur chez les Talbot. S'il pouvait être assuré d'une chose, c'est que Joao Amara Braz ne se rendait pas dans cet hôtel particulier pour restituer la clé dont il disposait.

Après avoir vérifié que nul ne l'observait, il s'empara de la poignée de la lourde porte des Talbot et fit pivoter la clenche. Dans une surprise mêlée de soulagement, la porte s'ouvrit. *Notre assassin s'est ménagé une sortie fiable.* William avança avec prudence. Il n'était jamais entré chez les Talbot, mais disposait tout de même de la description que lui avait fait Elsie. Une fois de plus, il constatait la précision des informations fournies par la détective. *Pour sûr, la demoiselle n'a pas ses yeux dans sa poche. Elle a une mémoire photographique tout à fait étonnante.* Pourtant, même s'il reconnaissait les lieux décrits par la détective, il était bien en peine de savoir quelle direction avait pris le tueur. Il avança avec prudence dans l'entrée sombre et déboucha sur un vaste hall d'entrée aux multiples possibilités. Il jeta un coup d'œil dans l'escalier, mais n'y discerna rien de suspect.

Que faisait le suspect en pleine nuit dans l'hôtel particulier des Talbot ? S'il était venu assassiner en bonne et due forme les héritiers restants, il devait se trouver dans les étages. Toutefois, cette hypothèse ne convainquait pas William, trop habitué à ce que les meurtriers conservassent une certaine cohérence dans leur façon de tuer. Jusqu'à présent, Joao Amara Braz ne s'était pas sali les mains, il avait usé de procédés plus subtils. *Et s'il venait se ravitailler en fleurs et en graines ? Après tout, d'après ce que j'en sais, il s'est débarrassé de toutes ses plantes. Comme Ophélia Talbot dispose des mêmes arbustes que lui, il peut avoir décidé de venir en pleine nuit récupérer quelques spécimens. Cela n'explique tout de même pas comment il a eu la clé...*

William en était là de ses réflexions, quand il entendit des bruits étouffés provenant d'un endroit pas si lointain que cela. Sans réfléchir plus avant, il se précipita vers l'endroit d'où venait le bruit. *Pas de doute, il y a une lutte quelque part.*

◆ ◆ ◆

Penelope avait empoigné les cheveux de Stuart et tirait sa tête en arrière pour lui écraser une poignée de fleurs sur le visage. Quand elle se rendit compte que le détective avait protégé son nez et sa bouche à l'aide d'un foulard noué, elle poussa un cri de colère mêlé de dépit.

Stuart, tout d'abord décontenancé par l'attaque, réagit avec quelques secondes de retard, mais envoya son coude dans les côtes de son agresseuse. La femme lâcha sa prise sur ses cheveux, recula d'un pas, mais saisit aussitôt le couteau qu'elle portait à la ceinture. Avec une dextérité, que Stuart n'aurait pas soupçonnée, elle l'attaqua bille en tête visant la gorge ou l'aine. La vérité lui sauta au visage. *Fille de médecin ! Elle te l'a dit elle-même. Imbécile !* Plus aguerri qu'elle au combat, Stuart évita les coups puis, Penelope s'étant trop approchée, il parvint à lui faire lâcher son arme d'une manchette bien placée sur l'avant-bras. Avant qu'il pût la mettre hors d'état de nuire, un bras s'enroula autour de son cou et il fut étranglé par une poigne d'acier.

Stuart pilonna les cotes de son assaillant, mais l'autre, même s'il jurait en portugais, ne lâchait pas. Il frappa encore, et encore, et encore, mais l'air commençait à lui manquer, l'étranglement étant rudement effectué. Conscient qu'il ne lui restait que quelques secondes pour se libérer, Stuart écrasa d'un coup de talon dévastateur les orteils les plus fins de son adversaire. L'homme tressaillit et relâcha un peu sa prise, ce qui permit à Stuart d'aspirer goulûment une bouffée d'air. Il était seul et se retrouvait confronté à un duo de tueurs. Joao Amara Braz, un temps perturbé dans sa prise mortelle, renforça sa pression sur le cou du détective pour écraser de nouveau ses deux carotides et lui faire perdre connaissance. Ne souhaitant pas rester les bras ballants, Penelope saisit le foulard, qui protégeait le visage de Stuart, pour l'arracher. Un coup de feu résonna juste derrière eux, épouvantant les oiseaux multicolores, qui s'envolèrent dans une cacophonie de cris.

— Relâchez cet homme ou je vous jure de vous faire la peau à tous les deux.

Stuart était au bord de l'évanouissement, mais Joao le

libéra. Il tomba à genoux, une douleur foudroyante le traversant de part en part quand sa jambe blessée heurta le sol. Il ne savait plus où il avait laissé sa canne, mais s'en préoccuperait plus tard.

— Reculez ! Je ne le répéterai pas.

Joao prit un peu de distance par rapport à Stuart, qui vit les jambes d'un homme s'approcher de lui. Il était trop occupé à reprendre son souffle pour s'embarrasser de l'identité de son sauveur. Pourtant, il était sûr d'une chose, il ne s'agissait pas de Percival.

— Monsieur Spencer, levez-vous.

Monsieur Spencer ? Stuart releva tant bien que mal le visage vers son libérateur et reconnut, le journaliste du *Pall Mall Gazette*, William Baylen.

— Ne bougez pas, sinon je vous fais sauter les genoux.

Stuart reporta son attention sur les deux tueurs et comprit aussitôt pourquoi William avait décidé de leur rappeler sa présence. D'évidence, ils étaient en train de comploter pour s'échapper. Le détective ne comprenait pas encore le lien existant entre Penelope Rees et Joao Amara Braz, mais il le découvrirait bien assez tôt.

Les deux se séparèrent d'un coup et filèrent dans deux directions opposées. Stuart se releva, faisant abstraction de sa jambe récalcitrante, et s'élança à la suite de Penelope Rees.

Chapitre 12

Stuart regretta presque aussitôt de s'être élancé sans plus réfléchir derrière Penelope Rees. Il avait trop l'habitude désormais que sa cousine se chargeât de ce genre de besogne, ce qui lui permettait d'attendre les fuyards à la porte. Pour l'heure, personne ne gardait l'issue et, force était de constater que Penelope Rees se précipitait dans cette direction. Entre sa jambe et sa gorge qui l'élançaient toutes deux avec un inconfort croissant, il ne pensait pas être capable de rattraper une femme dans la force de l'âge courant pour sa liberté de criminelle. Alors que la fuyarde s'apprêtait à franchir les portes du jardin d'hiver, une montagne se dressa dans l'encadrement. Une large main s'abattit sur la femme, qui ne parvint pas à s'arrêter à temps, entraînée par sa vitesse.

— Une minute, ma petite dame, gronda une voix lourde de menace. Vous ne pensiez quand même pas nous fausser compagnie.

La voix de Hugh Hobbes tonna à travers le jardin d'hiver et Stuart fut submergé par le soulagement. À bout de forces et de souffle, il s'écroula à terre, prenant enfin quelques secondes pour respirer, allongé sur le dos, les yeux tournés vers le ciel, qui apparaissait par transparence par la large verrière d'Ophélia Talbot.

— Stuart, comment allez-vous ?

Le détective tourna son regard vers Percival, qui s'était accroupi à côté de lui et l'observait avec inquiétude.

— Il faut aider William, il est aux prises avec Joao Amara Braz.

Percival se raidit, prêt au combat.

— Où sont-ils ?

— Dans le jardin d'hiver, mais j'ignore où.

— J'y vais.

Percival s'élançait, quand un coup de feu retentit faisant s'envoler un nouveau vol de perroquets tout autour d'eux. Stuart se remit debout, tant bien que mal. Il se saisit des menottes, qui emprisonnaient désormais les poignets de Penelope Rees, libérant Hugh de sa prisonnière pour qu'il pût prêter main-forte aux autres. Le détective était encore hors d'haleine, mais il resserra sa prise sur les menottes, conscient que la tueuse n'avait pas capitulé. Elle espérait encore pouvoir s'échapper. Pourtant, Stuart ne se laissa pas surprendre et la retint avec vigueur, quand elle essaya de lui fausser compagnie.

Aux aguets, Stuart fouillait la pénombre du regard. Il était inquiet pour William, qu'il n'avait pas revu depuis qu'il s'était élancé à la poursuite de Joao Amara Braz. Il espérait que ce dernier n'était pas parvenu à désarmer le journaliste pour retourner sa propre arme contre lui. Dans la semi-obscurité du jardin d'hiver, il surveillait les ombres suspectes, afin qu'aucune d'entre elles ne tentât de s'échapper par la porte d'entrée. D'après ce qu'il en savait, il n'y avait qu'un accès à ce jardin, s'il faisait abstraction des trappes dans le plafond de verre permettant d'aérer durant l'été. Néanmoins, il n'y avait aucune échelle de corde ou quelque moyen que ce fût pour rejoindre les trappes en hauteur.

La haute silhouette de Hugh apparut soudain, surgissant de derrière un arbuste, et, au grand soulagement du détective, la silhouette bien plus frêle de William Baylen se montra à son côté. En quelques pas, ils étaient près de Stuart et de sa prisonnière. Hugh débarrassa le détective de son fardeau et entraîna Penelope Rees un peu plus loin

— Comment allez-vous William ? Que s'est-il passé ? s'enquit-il avec empressement.

— J'ai été obligé de lui tirer dessus, souffla William. Je crois que c'est grave. Je ne suis pas certain qu'il s'en sortira. Je n'ai pas eu le choix. Il a essayé de m'estourbir et m'a brisé l'épaule.

Stuart reporta son attention sur le journaliste, qui était pâle et dont le bras gauche pendait le long du corps.

— Asseyez-vous William, nous allons appeler un médecin.

Stuart guida le journaliste vers un banc non loin d'eux. William respirait fort, la douleur le submergeant peu à peu. Stuart s'empara de la fiole de laudanum, dont il ne se séparait jamais, et la tendit au blessé.

— Deux gouttes, pas plus, après vous perdriez connaissance.

William hocha la tête et versa quelques gouttes dans sa bouche. Il ignorait s'il y en avait deux, trois ou cinq, mais peu lui importait. Il était en assez bonne compagnie pour avoir le loisir de s'endormir sous l'effet du vin d'opium. En moins d'une minute, les effets se firent sentir. La douleur était plus distante, moins présente dans son corps.

Percival apparut au coin de l'allée la plus proche et fit un signe négatif de la tête. Il s'approcha des deux hommes et annonça :

— Il est mort.

Déjà plongé dans les limbes de l'inconscience, William s'assombrit pourtant. Ce n'était pas la première fois qu'il tuait un homme, mais c'était la première fois qu'il en tuait un hors contexte de guerre. Il soupira, conscient que son action était sans doute répréhensible.

— Vous étiez en état de légitime défense, coupa court Percival. Il vous a agressé, brisé l'épaule et vous n'avez pas eu d'autre choix que de tirer, sinon il vous aurait brisé le crâne, aussi sûrement que votre épaule. Je ferai mon rapport en insistant sur ce point.

— D'autant plus que, sans William, je serais déjà mort.

Percival sursauta à cet aveu de Stuart. Il était curieux d'entendre le récit des événements de la nuit, mais les deux héros du jour en étaient à relâcher leurs nerfs…

— Nous en sommes donc à nous appeler par nos prénoms, Stuart ? plaisanta William.

— Oui, c'est une habitude que j'ai prise. Ceux qui me sauvent la vie ont le privilège de m'appeler par mon prénom et je les appelle par le leur.

— Je crois que Miss Worthington suit la même ligne de conduite, s'amusa William.

Il tentait de dompter la douleur et l'engourdissement en pensant à autre chose.

Percival les abandonna quelques instants, le temps pour lui de réunir les membres de la maison et d'appeler Scotland Yard.

— Vous allez bien, William ?

Le journaliste comprit au travers des intonations de la voix du détective que Stuart Spencer s'alarmait de son état.

— Ne vous inquiétez pas, Stuart. Je ne suis peut-être pas policier ou détective, mais j'ai été militaire dans une autre vie. La guerre forge les hommes d'une façon différente des autres.

— Une blessure de plus, commenta Stuart.

— Une cicatrice de plus, conclut William.

Rien de nouveau sous le soleil…

Jeudi 14 janvier 1892

Le bureau de Stuart avait été envahi par tous ceux qui devaient entendre les conclusions de l'enquête sur l'assassinat d'Ophélia Talbot. Compte tenu de l'état de santé d'Elsie, il avait été convenu de procéder à cette réunion de fin d'enquête au sein même de l'agence Worthington & Spencer. Connor Muir était arrivé en premier, ce qui avait permis à Elsie de le remercier pour son aide, quand il avait fallu la sortir de l'hôpital psychiatrique. Elle n'en avait pas eu l'occasion et s'en voulait de ne pas lui avoir témoigné de sa reconnaissance. Le procureur l'observa quelques instants, puis finit par lui sourire avec amabilité.

— Je ne dirais pas que vous êtes un exemple à suivre pour mes filles, avoua-t-il, mais si elles avaient appris que j'avais laissé sciemment leur héroïne dans une monstrueuse institution, je pense qu'elles ne m'auraient plus jamais adressé la parole de leur vie. Vous êtes une source d'inspiration pour les jeunes filles, Miss Worthington. Les sources d'inspiration doivent être protégées et non étouffées.

Elsie resta sans voix à cet aveu. Elle était donc une source d'inspiration pour quelqu'un. Cela lui semblait fort surprenant. Pour sa part, elle n'avait guère d'exemple à suivre et traçait sa propre route… ce qui impliquait parfois d'être confinée dans l'agence pendant un mois…

Après le procureur, Percival, Hugh, William, dont le bras était en écharpe, fermement serré contre son torse, Isadora, Stuart et Elsie se regroupèrent dans le bureau du détective. Le magistrat s'étonna tout de même de la présence d'Isadora mais, comme elle était un témoin de premier ordre, ayant connu Ophélia Talbot, il fut convenu que la médium pouvait rester lors de cette réunion. À son habitude, Stuart avait préparé une grande théière et servit une tasse à chacun.

— Puisque nous sommes tous réunis, entama le procureur, je suppose que nous pouvons commencer. La mort du suspect principal Joao Amara Braz, alors qu'il tentait d'ajouter un nom à la longue liste de ses victimes, nous prive d'une source d'informations qu'il va être difficile de combler. Toutefois, l'état de Monsieur Baylen ne laisse pas de doute quant aux visées meurtrières de ce criminel, outre la tentative d'assassinat dont venait d'être victime Monsieur Spencer quelques instants auparavant. Cet homme a péri comme il a vécu, ce point ne fera pas débat, ni ici, ni devant les tribunaux. De plus, sa complice, Penelope Rees, refuse de parler et son époux hurle à la manipulation et au mensonge. D'un côté comme de l'autre, nous allons avoir des difficultés à découvrir des éléments probants.

Stuart sourit, certain qu'à eux tous, ils parviendraient à combler les trous existants dans cette affaire. Il entama donc avec calme et sérénité les débats, persuadé qu'Elsie, Percival, William, Hugh et peut-être même Isadora participeraient.

— Procédons par ordre, commença-t-il. En 1834, Anna Rees, une jeune fille pauvre d'Angleterre, décide à l'âge de quatorze ans de rejoindre une terre lointaine où elle espère faire fortune. Le Brésil est un pays féroce et hostile pour une jeune fille de son âge. Elle est isolée, pauvre et ignore la langue du pays. Elle décide de se familiariser avec le Brésil en travaillant dans un hôtel pendant plusieurs années. Cet emploi lui permet non seulement d'apprendre le portugais, mais encore d'observer ceux qui transitent dans l'établissement. Intelligente et obstinée, elle discute avec les clients qui acceptent d'échanger avec elle. Jolie jeune fille blonde, je suppose que nombre d'hommes ont bien voulu discuter avec elle. Elle en apprend davantage sur le commerce des animaux et des plantes exotiques et, dès que ses premières économies lui permettent l'envoi de marchandises au Royaume-Uni, elle s'acquitte d'une commande pour le compte d'un botaniste anglais, qui lui permet de lancer son entreprise. Forte d'une certaine compétence dans la préservation des plantes, qu'elle importe au Royaume-Uni, son nom s'impose pour le commerce des végétaux. En revanche, d'après Charles Jamrach, elle n'était pas douée pour l'acheminement des animaux. Pourtant, son nom reste associé au commerce des perroquets, ce qui est surprenant au vu du nombre de créatures qui périssaient lors de la traversée. C'est pourquoi, Charles Jamrach avait l'habitude de dire qu'Ophélia Talbot ou, plutôt, Anna Rees à l'époque, était plus douée pour le commerce des végétaux que celui des animaux exotiques, dans lequel en revanche lui excellait.

— Les années passent, reprend Elsie, et Anna Rees rencontre un homme marié, Anglais, comme elle, il lui promet de divorcer mais son épouse brésilienne refuse la séparation. Qu'à cela ne tienne, ils deviennent amants. Quelque temps plus tard, en 1852, Anna Rees pose sur une énigmatique photographie où elle apparaît, un enfant dans les bras, aux côtés de Peter Talbot et d'un couple d'amis. Paloma Amara Pereira avoue elle-même qu'à l'époque, les deux couples vivaient très librement. Cet échange de compagnons aboutit à la naissance d'un enfant, Joao Amara Braz, fils d'Anna Rees et Luis Braz Da Silva. Un accord est trouvé et il est convenu que l'enfant sera élevé par Paloma et Luis. Comment Anna réagit-elle à cet abandon ? Nous l'ignorons, mais le visage fermé et douloureux, qu'elle avait sur cette photographie, semble indiquer qu'elle n'a pas abandonné son fils de gaieté de cœur. Les années passent et, en 1858, Anna se retrouve dans la même situation. Elle est de nouveau enceinte des œuvres de son futur mari, accouche d'une petite fille prénommée Leandra, mais Peter Talbot, toujours marié, refuse de s'occuper de cette enfant illégitime. Il souhaite l'abandonner, Anna résiste. Elle confie Leandra à une institution religieuse, à laquelle elle paie une pension pour que les sœurs prennent soin d'elle et l'éduque. En 1859, Anna Rees et Peter Talbot se marient enfin. Anna espère récupérer sa fille, mais son époux s'obstine. Leandra est née hors les liens du mariage et restera une enfant illégitime à ses yeux. En 1860, Oswald Talbot voit le jour. C'est le seul enfant légitime que Peter et Anna auront. En 1875, lassés de cette vie brésilienne et ayant fait fortune, les Talbot vendent leur entreprise ou, pour être plus précise, Anna vend son entreprise et le couple revient en Angleterre. La même année Leandra, la fille illégitime qui n'a jamais été reconnue ni récupérée par ses parents, meurt en couches après avoir donné naissance à une petite fille Anna Rees Selva. Pourquoi Ophélia tronque-t-elle le nom de sa petite-fille dans le testament, qui lui octroie pourtant un tiers de son héritage, nous l'ignorons. Était-ce pour la protéger ? Nous pouvons le supposer. Quand apprend-elle le drame dont a été victime sa fille Leandra ? Nous l'ignorons également. Pourtant, une fois informée par la mère supérieure, Anna procède avec sa petite-fille de la même façon qu'avec sa fille plus tôt et sollicite l'aide des religieuses, qui vont prendre soin de l'enfant à sa place. Elle paiera toujours la pension nécessaire à son éducation et le temps passe.

Bien que lacunaire sur certains points, le récit semblait sensé et réaliste, ce qui surprit le procureur et les autres invités. Les esprits de Stuart et d'Elsie s'accordaient une fois de plus à combler les vides.

— En 1889, probablement prise de regret, reprend Stuart, celle qui est désormais Ophélia Talbot, l'une des fortunes immobilières de Londres, décide de rectifier les erreurs de sa vie. Son mari est mort en 1877, peu de temps après leur retour en Angleterre. Depuis lors, elle a géré sa fortune d'une main de maître, sans jamais rappeler sa petite-fille auprès d'elle. Néanmoins, au soir de sa vie, elle réintègre Anna Rees Selva, qu'elle nomme « Anna Selva », dans ses droits successoraux. Ce testament est rédigé en avril 1889, devant deux domestiques, l'intendante et le majordome, mais n'est déposé chez son notaire, Maître Grünwich, qu'en juin 1891. L'une de nos hypothèses était que l'un ou l'autre avait vendu l'information aux tueurs, voire que quelqu'un au sein même de l'étude notariée aurait pu se montrer indiscret. Néanmoins, l'enquête menée par Scotland Yard n'a fait apparaître aucun mouvement financier suspect concernant ces deux personnes. Qu'il s'agisse d'une indiscrétion volontaire ou non, l'un ou l'autre attire l'attention de Penelope Rees sur la rédaction d'un nouveau testament. Curieuse de savoir quel traitement a été réservé à son époux, Jonathan Rees, le neveu d'Ophélia Talbot, Penelope Rees, qui est assez proche des domestiques, découvre le testament. Qu'il ait été dissimulé dans le jardin d'hiver, dans le bureau ou dans la chambre importe peu. Habitant sur place, Penelope Rees a tout le temps de chercher ce document et de le trouver. Ce qu'elle apprend ne lui plaît pas. Certes, Ophélia Talbot reconnaît son époux comme l'un de ses légitimes héritiers, ce qu'elle n'était pas obligée de faire. En revanche, au lieu de partager sa fortune en deux entre son fils et son neveu, elle intègre dans la succession une mystérieuse Anna Selva, qu'elle décrit comme « sa protégée ». Penelope Rees se met en quête de l'identité de cette mystérieuse femme.

— Elle fouille sans doute les affaires de sa tante par alliance, continua Elsie. Mais, au lieu de découvrir l'identité d'Anna Selva, elle déniche un vieux carnet en cuir grâce auquel elle comprend l'origine de la fortune d'Ophélia Talbot.

Percival posa le vieux calepin sur le bureau de Stuart. Encore plus miteux à la lumière que dans la pénombre, le cahier était hors d'âge et tombait en morceaux…

— La lecture de ce carnet est édifiante, continua Percival. Tout au long de sa vie au Brésil, Anna Rees a noté en détail les effets psychiques et hallucinogènes de toutes les substances utilisées par les natifs du Brésil. Des différentes recettes régionales de l'ayahuasca, en passant par le peyotl, sans oublier sa pièce maîtresse le brugmansia, tout est consigné dans ces pages, qu'il s'agisse du dosage nécessaire à ces drogues, des effets pouvant être attendus et des limites à ne pas franchir. J'ai appris à sa lecture qu'il existe plusieurs variétés de brugmansia. Néanmoins, si les fleurs varient, les propriétés toxiques sont assez stables. Une infusion de fleurs provoque une transe violente, l'absorption de graines annihile le libre arbitre.

Elsie opina du chef, ayant lu le carnet en même temps que Percival. Elle poursuivit :

— Forte de cette découverte, Penelope Rees, fille de médecin et connaissant le brugmansia dont il y a plusieurs spécimens dans le jardin d'hiver, se met en tête de modifier la mémoire de sa tante d'Ophélia Talbot. Elle use probablement des graines pour altérer les souvenirs de la vieille dame et lui faire oublier sa petite-fille. Cette manœuvre prend plusieurs mois. Penelope Rees est consciente des effets toxiques de la plante et ne souhaite pas assassiner Ophélia Talbot, du moins pas pour le moment. Elle veut lui faire oublier Anna Selva, pour que son époux hérite de la moitié de la fortune et non pas simplement d'un tiers.

— Toutefois, Penelope Rees n'a pas anticipé les effets secondaires de l'emploi de cette drogue, reprit Stuart. Ophélia Talbot a l'impression de devenir folle, elle fait des crises de plus en plus violentes la nuit. Elle hurle et effraie les domestiques, qui fuient la maison Talbot à un rythme encore plus soutenu qu'à l'accoutumée. En octobre 1891, Penelope Rees commet une erreur. Souhaitant offrir un nouveau spécimen de brugmansia à sa tante, elle prend attache avec la seule société d'importation de végétaux brésiliens, la société « Amara Braz import ». Elle y trouve un arbuste et l'offre à l'occasion de son anniversaire à Ophélia. Néanmoins, la vieille dame, dont l'attention a été éveillée par les cauchemars et la sensation que quelqu'un lui en veut, est perturbée par ce présent. Elle confie à Isadora : « Nous ne sommes pas si nombreux à vendre ces arbustes ». Ophélia Talbot a-t-elle soupçonné ses anciens amis d'une vilenie ? Nous l'ignorons, mais sa méfiance à l'égard de l'épouse de son neveu s'accroît. Elle est tout de même bien placée pour connaître les effets des graines de brugmansia. Cette méfiance n'a pas dû rassurer Penelope Rees. C'est probablement à cette époque que l'alliance meurtrière entre les deux tueurs s'est forgée. Nous ignorons comment ils se sont rapprochés. Toutefois, d'une manière ou d'une autre, les deux échangent et comprennent qu'en agissant de concert, ils pourront, d'un côté, obtenir une part d'héritage plus avantageuse et, de l'autre, une vengeance.

— Cela fait déjà quelque temps que cette idée trotte dans la tête de Joao Amara Braz, continua Elsie. Il sait que Paloma n'est pas sa mère biologique et qu'il est le fils de

Luis Braz Da Silva et de sa maîtresse de l'époque, Anna Rees, devenue Ophélia Talbot. Les circonstances de cette naissance ne sont pas forcément un secret. Néanmoins, à la mort de son père, Joao reprend la tête de la société et décide de transférer son siège social à Londres. Paloma suit son fils, même si elle s'est opposée à cette décision. Pourquoi ? Parce qu'elle a sans doute compris que Joao ne vient pas à Londres pour changer d'air et découvrir le pays avec lequel ils ont fait fortune, comme il le prétend. Elle sait qu'il est à la recherche de sa mère biologique. Elle sait aussi qu'avide comme il est, il veut sa part d'héritage. Était-il au courant de l'existence de Leandra ou l'apprend-il à l'occasion de ses recherches sur la mystérieuse Anna Selva ? Nous l'ignorons. Néanmoins, quand il comprend qu'Ophélia Talbot s'apprête à céder un tiers de sa fortune à une enfant aussi illégitime que lui, il décide d'en finir. En l'absence de la lettre envoyée à Anna Selva, nous ignorons si c'est Ophélia Talbot sa grand-mère qui l'a contactée ou s'il s'agit de Joao Amara Braz, mais le résultat est le même. Anna Selva quitte l'orphelinat et le Brésil pour rejoindre sa grand-mère Ophélia Talbot à Londres. Alors que son navire est sur le point d'arriver à destination, Joao Amara Braz et Penelope Rees passent à l'action. Penelope empoisonne sa tante par alliance au moyen d'une forte dose de graines de brugmansia et la convainc qu'un tueur ou un monstre est à ses trousses. Privée de tout libre arbitre et sous l'influence de toxiques puissants et hallucinogènes, Ophélia Talbot se jette par la plus haute fenêtre de son hôtel particulier. Le lendemain, Anna Selva débarque de sa traversée de l'Atlantique et est accueilli par Joao Amara Braz, qui agit avec elle de la même façon. La jeune fille se jette dans la *Serpentine*, horrifiée par ce qui la poursuit en hallucination. Pendant ce temps, Penelope Rees nous reçoit avec son époux et répond à nos questions. Alors que l'une de nos missions dans la lettre d'engagement d'Ophélia Talbot était de retrouver Anna, il est déjà trop tard. Joao l'a déjà éliminée.

— Ainsi, Penelope Rees a-t-elle obtenu ce qu'elle voulait : son mari hérite de la moitié de la fortune d'Ophélia Talbot. Joao Amara Braz a lui aussi remporté la mise : il a supprimé sa mère biologique et celle qui avait osé trouver grâce à ses yeux. S'il n'est pas reconnu comme héritier légitime, l'autre branche illégitime n'aura pas davantage de droits que lui.

À côté de Stuart, Isadora eut un frisson d'horreur.

— Ils les ont tuées pour avoir plus d'argent et pour se venger d'un abandon voulu par ses parents ?

— Oui, admit Stuart. La haine a de multiples formes. Toutefois, elle ne mène nulle part. Le lendemain de l'assassinat d'Anna Selva, un grain de sable surgit dans la belle mécanique mise au point par les tueurs en la personne d'Elsie. Quand elle arrive sans crier gare à l'entrepôt de sa société, Joao Amara Braz s'affole. C'est une chose d'assassiner les gens, c'en est une autre d'assumer ses crimes. Perturbé par cette intrusion si rapide, il lui donne l'adresse de sa mère Paloma, pensant que rien ne ressortira de cette discussion. Néanmoins, quand il rentre le soir même, il comprend que sa mère a montré la photographie de 1852 à la détective. Il s'emporte et, d'une manière ou d'une autre, Paloma comprend qu'il est derrière la mort d'Ophélia Talbot. Il décide alors de la supprimer et de disparaître avec son entreprise, non sans mettre hors d'état de nuire Elsie. Il se renseigne sur la détective et apprend ce que tout un chacun sait : elle vit avec son frère aîné, un industriel très attaché aux valeurs traditionnelles victoriennes. Il s'en remet alors à son alliée, qui rencontre Édouard à son club le lendemain matin de la visite d'Elsie et, grâce à quelques graines de brugmansia, lui fait signer les documents nécessaires à l'internement d'Elsie.

La détective s'assombrit un instant, mais expliqua :

— Ici réside l'un des points les plus étonnants de cette affaire. Quand Stuart est venu me chercher avec vous tous, il a eu l'idée qu'en faisant référence à un « Docteur Talbot », il pourrait peut-être accéder à moi. Nous avons tout d'abord cru qu'il s'agissait soit de Jonathan Rees, soit d'Oswald Talbot. Néanmoins, la vérité était plus étonnante. Le fameux « Docteur Talbot » qui sévissait depuis quelque temps déjà au sein du *Bethlem Royal Hospital* n'était ni le fils, ni le neveu d'Ophélia Talbot, mais bien Penelope Rees, travesti en homme. Pourquoi ? Mais pour essayer les drogues… Elle profitait du caractère expérimental des traitements des aliénistes pour tester sur les malades les effets des différentes drogues, dont elle avait trouvé la mention dans le carnet d'Ophélia Talbot. Quand Hugh a fouillé ses affaires, il a découvert sans trop de mal les vêtements, dont elle se vêtait pour prendre l'apparence du fameux « Docteur Talbot ». Je suppose que, ne souhaitant pas empoisonner Ophélia Talbot, elle avait éprouvé les dosages sur des malades. Toutefois, sachant l'entreprise périlleuse, elle se faisait appeler « Docteur Talbot » pour faire porter les soupçons sur Oswald Talbot en cas de difficultés.

— Quand je suis venu parler à Édouard de l'internement, qu'il avait ordonné contre sa sœur, j'ai croisé le « Docteur Talbot » dans l'escalier. Trop préoccupé par les conséquences d'un tel internement pour Elsie, je n'ai pas prêté attention à cet homme, qui descendait l'escalier, et dont la mise était pourtant très particulière : un chapeau enfoncé sur la tête, des lunettes fumées, elle était méconnaissable.

— De son côté, Joao Amara Braz prépare sa fuite, compléta William. Afin de ne pas manquer de subsides pour refaire sa vie ailleurs, il vend tout le stock de plantes entreposé dans les réserves de la société le jour même où Elsie est internée. Le lendemain matin, à l'aube, il ferme l'entrepôt, puis se rend chez lui, ignorant que je le suis. Ensuite, ayant réuni ce qu'il lui fallait, il se rend à la gare Victoria où il abandonne un gros sac dans les consignes.

Perdu dans ses pensées, William regretta :

— Si j'avais su qu'il assassinait sa mère, je n'aurais pas attendu dehors…

— Nul ne pouvait deviner, Monsieur Baylen, remarqua le procureur.

Pour couper court aux regrets inutiles, Hugh intervint pour la première fois :

— Nous sommes allés chercher ce sac et, sans réelle surprise, il contient des liasses de billets, quelques affaires, mais peu d'éléments pouvant éclairer notre affaire.

— Joao Amara Braz prévoit donc son évasion, achève Elsie. Néanmoins, il est peut-être surpris par la rapidité avec laquelle les gares et les ports sont mis au courant de son identité. Il revient après bien des détours vers l'hôtel particulier des Talbot. Souhaite-t-il s'entretenir avec Penelope Rees ? Veut-il faire quelques réserves de fleurs et de graines de brugmansia dont il ne dispose plus ? Nous l'ignorons, mais il est certain que s'il avait voulu revenir sur ses pas pour exploiter les arbustes de sa mère, il n'en a pas eu l'occasion, puisque nous étions très peu en retard sur ses mouvements. Quelle que soit la raison, qui a mené ses pas vers la maison des Talbot, il est arrivé au moment où Stuart et Penelope luttaient dans le jardin d'hiver. Pour le reste, nous connaissons tous la fin de l'histoire. William a mis fin à la lutte, Penelope et Joao ont tenté de s'enfuir et, alors que William le poursuivait, il a essayé de l'assassiner, obligeant notre ami à faire feu sur lui et à le tuer.

— Quant à Penelope Rees, elle garde le silence depuis qu'elle a été arrêtée, précisa Percival. Néanmoins, je pense que nous avons une vue assez claire du déroulement de cette affaire pour préciser nos investigations et rechercher plus spécifiquement les éléments nous manquant...

— Est-ce que Jonathan Rees était au courant des méfaits de son épouse ? s'enquit le procureur.

Stuart et Elsie échangèrent un regard.

— C'est difficile à dire, répondit Stuart. Néanmoins, le Docteur Rees a toujours eu un emploi du temps très chargé, qui ne lui permettait guère de savoir ce que son épouse faisait. Il a semblé tout à fait déstabilisé par son arrestation et reste encore stupéfait par les conclusions de notre enquête. Pour le moment, il ne veut pas croire que nous sommes dans le vrai.

Connor Muir hocha la tête à plusieurs reprises, tournant et retournant dans son esprit les différents éléments de cette étrange affaire. Il y avait beaucoup de spéculations dans ce récit et peu de preuves matérielles… Mais, tout de même…, il disposait du carnet d'Ophélia Talbot, des restes de la photo de 1852, du costume du « Docteur Talbot » de Penelope Rees et du sac de Joao Amara Braz. Pour le reste, plusieurs éléments pouvaient être vérifiés, comme les pratiques suspectes du « Docteur Talbot » au sein de l'hôpital psychiatrique, des témoignages de l'intendante et du majordome sur les éventuelles questions et indiscrétions que Penelope Rees sollicitait d'eux, du témoignage plus détaillé de la mère supérieure sur le destin de Leandra Rees et d'Anna Rees Selva… L'affaire était alambiquée, étrange, mais loin d'être implaidable.

Ils échangèrent encore un peu sur l'affaire, puis finirent par se séparer, chacun ayant encore beaucoup à faire pour que la culpabilité des deux tueurs fût pleinement établie.

◆ ◆ ◆

M algré tous ses efforts, Elsie ne parvint pas à se lever pour accompagner leurs hôtes du jour vers la sortie. Elle se sentait vidée de toute énergie, ce qui inquiéta fort Isadora. La médium grimpa à l'étage pour aller chercher un peu de sucre et le donner à la détective avec son thé. Attendant le retour de son amie, Elsie se reposait, la tête appuyée contre le dossier du fauteuil, les paupières closes, le visage exsangue.

Quand elle perçut un mouvement à la porte du bureau de Stuart, elle fit un effort pour ouvrir les yeux, ayant songé qu'il s'agissait d'Isadora. Néanmoins, il n'en était rien. Là, sur le seuil, Édouard l'observait avec horreur.

Elsie rassembla ses dernières forces pour faire face à son frère. Elle savait que, tôt ou tard, elle devrait se confronter à lui, mais elle aurait apprécié de disposer d'un peu plus de temps pour se remettre de ses mésaventures. Édouard osa avancer d'un pas et fut presque bousculé par Isadora, qui rentrait en trombe dans le bureau, porteuse d'une assiette où reposaient plusieurs biscuits et un sucrier. La médium ne se préoccupa pas du visiteur et ajouta deux grosses cuillères de sucre dans le thé de la détective.

— Buvez, Elsie, cela va vous redonner quelques couleurs.

D'abord étonnée par l'indifférence profonde d'Isadora, la détective se dit que si elle ignorait à son tour son frère, peut-être serait-il amené à quitter la pièce, ce qui l'arrangerait beaucoup. Néanmoins, à l'accoutumée, Édouard était contrariant. Il patienta, ce qui ne lui ressemblait guère.

Isadora l'obligea encore à manger deux biscuits, avant de se préoccuper de l'identité de celui qui restait. Elle était souriante et plus détendue, Elsie ayant repris quelque couleur, quand son visage changea d'expression du tout au tout. Elle venait de se rendre compte que l'homme dans le bureau n'était ni le procureur, ni le journaliste, ni encore moins Stuart, mais bien Édouard, un homme qu'elle craignait, tant à cause de son pouvoir de nuisance, que de son caractère emporté. La médium n'avait pas oublié qu'il l'avait qualifiée de « marginale » ou encore « d'engeance ». Elle fuyait ces hommes hostiles aux femmes et plus encore aux spirites. Isadora ne disposait guère de protecteur en ce monde et quelqu'un comme Édouard Worthington pourrait la briser d'un claquement de doigts. Pourtant, le visiteur importun ne lui octroyait pas un regard…

Elle jeta un coup d'œil à Elsie et décida qu'elle n'abandonnerait pas son amie face à son frère. Elle posa une main protectrice sur l'épaule de la détective.

Elsie, qui avait recouvré un peu d'énergie grâce aux bons soins de la médium, reporta son attention sur son frère.

— Que veux-tu ?

Édouard fut contrarié tant par la présence de cette marginale qu'il n'estimait guère, que par le ton employé par sa sœur. En outre, avant d'entrer, il avait été obligé de saluer ce maudit inspecteur, qui sortait de l'agence en même temps que le procureur et deux autres individus, dont le plus grand l'avait proprement bousculé d'un coup d'épaule. Il ne savait pas ce qu'il avait fait à ce bobby, mais l'homme ne le portait pas dans son cœur. Pire, il n'était parvenu à accéder à sa sœur, qu'après avoir donné sa parole d'honneur à Stuart qu'il se conduirait bien et ne la fatiguerait pas. Édouard avait trouvé humiliant que son cousin osât formuler de telles exigences en public. Qu'allait penser le procureur de la reine d'une telle requête ? Il n'était tout de même pas un sauvage. Au surplus, Victoria ne décolérait pas. Elle lui battait froid et exigeait qu'il allât présenter ses plus humbles excuses à sa sœur. Seule sa mère était de son côté dans cette histoire, ce qui était tout de même un comble, puisque l'ensemble de sa conduite avait été guidé par sa volonté de préserver sa sœur de la pauvreté. Puisqu'il en était ainsi, il se garderait à l'avenir de tenter de préserver autrui de son sort. Si Elsie souhaitait être pauvre, elle le serait ! Et qu'elle ne vienne pas lui demander des subsides à l'avenir, il ne lui octroierait pas un penny de crédit !

Cependant, ses pensées lui apparaissaient veules désormais. Victoria lui avait précisé que sa sœur avait été agressée et blessée dans cet hôpital, qui n'en avait d'évidence que le nom. Néanmoins, il n'avait pas imaginé que sa sœur serait dans un tel état de faiblesse. C'était la première fois de toute sa vie qu'il voyait Elsie à la merci d'autrui. C'était d'habitude une femme vaillante, dont l'énergie pouvait en remontrer à celles de nombre d'hommes. Pourtant, le teint de craie de son visage ne mentait pas. Elle avait été malmenée, il ne pouvait le nier et c'était en partie sa faute. Drogué ou pas, il aurait dû se méfier. Il était si en colère contre sa sœur, qu'il n'avait pas même songé à solliciter de plus amples informations quant aux soins apportés dans ces hôpitaux. C'était une erreur, il le reconnaissait, n'étant pas homme à se dédouaner de ses fautes. Le malheur était que cette faute avait eu des conséquences néfastes sur la santé de sa sœur et, pour ce point, il s'en voulait sincèrement. Néanmoins, tout un chacun était si en colère contre lui que personne ne le croirait.

— Victoria souhaite que tu rentres, afin qu'elle puisse prendre soin de toi.

Elsie eut un pâle sourire.

— Victoria est une femme honorable. Tu devrais l'écouter un peu plus souvent. Néanmoins, tu lui feras savoir, et j'en suis désolée pour elle, que je ne reviendrai plus jamais chez toi.

— Elsie, je t'assure que j'ignorais…

— Ce n'est pas à cause de cela, le coupa-t-elle dans un effort. Je ne te tiens pas pour responsable de mon internement forcé, même si c'est toi qui as signé les papiers. Non, ce pour quoi je t'en veux, c'est ton manque de confiance en moi et les menaces, que tu as proférées à l'encontre de l'Inspecteur Percival Montgomery. Ce n'est pas parce que tu fais partie d'une classe sociale supérieure, que tu as le droit de broyer les autres sur ton passage. Pour ma part, je t'en veux parce que tu n'as jamais eu confiance en moi. À t'entendre, je suis une débauchée. Eh bien, je te l'apprends donc, aucun homme n'a jamais posé ne serait-ce que le bout du doigt sur moi.

Elsie songea avec quelque embarras au baiser sur le front que lui avait donné Percival. Toutefois, elle se garda de mentionner ce fait. Après tout, Édouard n'avait pas à le savoir.

Le coup porta avec plus de force que ce qu'avait imaginé Elsie. Édouard blêmit et finit par s'asseoir dans l'un des fauteuils non loin de sa sœur.

— Je n'ai jamais rien eu à dire à l'encontre de tes mœurs, articula-t-il avec peine. Tu es une femme vertueuse, je le sais. C'est un terrible malentendu. Je voulais te protéger. Je voulais t'éviter d'épouser un homme, qui ne saura pas gagner assez d'argent pour t'entretenir comme il le faut. Que tu le veuilles ou non, Elsie, tu es issue d'une classe sociale supérieure et tu es habituée à ses privilèges depuis ta plus tendre enfance. Vivre avec moins d'argent, avec des difficultés financières, n'est pas une chose simple.

Elsie scruta son frère à la recherche d'une quelconque fourberie, mais elle comprit qu'il lui confiait sa vérité…

— Je sais. Contrairement au tien, mon travail m'amène à être plus souvent confrontée aux gens des classes inférieures et je les admire beaucoup. Ils sont dignes et admirables malgré les difficultés. Pas tous, bien sûr, mais la majeure partie de ces gens mérite notre admiration. Ils travaillent dur pour que nous, les privilégiés, nous puissions bénéficier de notre statut. Pour ma part, j'en ai assez. Comme tu l'as compris avant moi, je vais me séparer de cette classe sociale qui ne m'intéresse pas. Je suis peut-être née dans l'*Upper middle class*, mais je vais rejoindre en conscience la *Lower middle class,* qui correspond à ma profession. Et ne te fais pas de souci pour moi. Entre mon métier et l'argent hérité de Père, je ne manque et ne manquerai de rien.

Édouard haussa les sourcils avec mécontentement. Comme l'avait prédit Stuart, sa décision d'internement avait précipité les événements et sa sœur décidait désormais de s'éloigner de sa famille. Il se leva, sachant d'expérience que rien de ce qu'il pourrait dire ne pourrait faire changer d'avis Elsie.

— Pour ce que cela vaut, sache que je suis profondément désolé des blessures qui t'ont été occasionnées à cause d'une décision, que je croyais être salutaire pour toi. Si j'ai fait une erreur, c'est que j'ai accepté un traitement venant d'un médecin, que je ne connaissais pas, sans douter de ses compétences, puisqu'il appartenait à mon club, et que je n'ai pas vérifié en amont ce que ces aliénistes avaient l'habitude de faire à leurs patients les plus agités. En cela, j'ai fauté et, malheureusement, cette faute t'a valu des blessures, dont je te déchargerai avec plaisir si je le pouvais. Néanmoins, le monde n'est pas fait ainsi. En revanche, quant à ta décision de ne plus honorer la classe sociale à laquelle tu as la chance d'appartenir, tu comprendras ma propre décision de me séparer de toi. Tu ne souhaites disposer d'aucun protecteur, qu'à cela ne tienne. Tu apprendras que la vie sera plus difficile sans moi qu'avec moi.

Elsie éclata de rire, avant de grimacer sous le coup de la douleur.

— Eh bien, adieu Édouard.

Il ne cilla pas, assumant une fois de plus l'adjectif d'« impitoyable ».

— Adieu, Élisabeth.

Édouard tourna les talons et sortit sans se retourner croisant sur le palier Stuart et William, qui discutaient encore de l'affaire.

L es deux hommes le regardèrent partir, sans qu'il ne les eût salués, et échangèrent un regard lourd de sens.

— Pensez-vous que Miss Elsie doive encore se méfier de son frère ? s'enquit William.

Stuart observa la silhouette qui disparaissait, alors qu'Édouard grimpait dans sa voiture.

— Non. Je pense qu'Édouard a tout bonnement abandonné sa sœur. Elsie est désormais sous ma protection.

— Et elle s'en portera mieux, trancha le journaliste.

Stuart sourit avec bienveillance, mais il n'était pas tout à fait de cet avis. Si sa cousine avait pu exercer sa profession sans trop d'entraves, c'était bien parce que, derrière elle, l'ombre de son frère apparaissait. Désormais, l'agence Worthington & Spencer devrait être autonome et ne pourrait plus recourir aux réseaux ou aux connaissances d'Édouard Worthington. Néanmoins, l'année écoulée avait permis à l'agence d'asseoir sa réputation, ce qui leur permettrait de poursuivre leur profession sans trop de difficultés.

— Votre rédacteur en chef est-il satisfait par votre article ? demanda Stuart.

William eut un sourire carnassier. L'homme enquêtait comme d'autres partaient à la chasse. C'était la traque qui lui plaisait et malheur à ceux qui croisaient son chemin…

— Oui. Et il est très enthousiaste sur mon projet.

Stuart fronça les sourcils, incertain de ce à quoi faisait référence le journaliste.

— Un projet ?

— Oui, une enquête de fond sur les internements à la demande des familles. Pour ma part, j'ai été sidéré, et je ne suis pas le seul, du peu de garde-fous qu'il y a dans ces hôpitaux psychiatriques. Le pire de nos criminels a droit à un avocat, ce qui n'est pas le cas de nos malades… Si malades ils sont d'ailleurs.

Stuart acquiesça avec conviction, conscient de l'iniquité de la société victorienne. De la même manière, si les pauvres échappaient rarement à la rudesse des jugements, les riches étaient plus difficiles à faire plier. Nul doute que cette enquête sur les aliénistes et leurs arrangements avec les familles de leurs patients créerait un beau scandale, mais après tout, le scandale aidait parfois à faire changer la société.

♦ ♦ ♦

Stuart rentra dans l'agence et trouva Isadora en train de débarrasser son bureau de toutes les tasses accumulées.

— Laissez, Isadora. Je le ferai demain.

La jeune femme se tourna vers lui et il découvrit son teint blême. D'instinct, il s'approcha et lui saisit la main.

— Que se passe-t-il ?

— Ça a été terrible. Elsie et son frère ont coupé les ponts

et il lui a dit que, plus jamais, elle ne bénéficierait de sa protection, ni de son aide. Quant à elle, elle a soutenu qu'elle détestait la classe sociale dans laquelle elle était née et préférait rejoindre celle à laquelle elle appartenait par son travail, plutôt que par sa naissance. Il y avait tellement de colère entre eux, tellement d'incompréhension, tellement de rage, c'était bouleversant.

Stuart serra la main de la jeune femme dans un mouvement d'apaisement.

— Édouard n'est pas un homme facile, mais Elsie n'est pas prête à plier et c'est tant mieux. S'ils se sont séparés, nous n'y pouvons rien. La seule chose que nous puissions faire, c'est soutenir Elsie le temps pour elle qu'elle définisse ce qu'elle veut faire.

— Pour ce point, c'est déjà tranché. Elle veut garder son travail de détective, quant à savoir où elle va vivre à l'avenir, je crois que vous allez pouvoir conserver la banquette en haut. J'ai bien peur que votre cohabitation avec votre cousine ne perdure.

Stuart voyait de nouveau poindre l'embarras d'Isadora.

— Et vous ?

Isadora plongea son regard brun dans les yeux bleu-vert de Stuart.

— Il est urgent que je trouve un endroit où vivre. Malheureusement, j'ai beau chercher, rien n'est disponible ou dans mes moyens dans *Fitzrovia*. Je vais devoir m'éloigner du centre-ville de Londres, j'en ai peur, sinon je ne parviendrai pas à louer quoique ce soit.

— J'ai une autre proposition à vous faire.

Isadora parut surprise, ce qui n'encouragea guère Stuart. Pourtant, il prit son courage à deux mains et décida de franchir le Rubicon.

— Je ne suis pas certain que ma proposition va vous agréer, commença-t-il. Néanmoins, je réfléchis à cette possibilité depuis quelque temps déjà et notre cohabitation de ces derniers jours m'a encouragé à me déclarer. Toutefois, je comprendrais que je ne sois pas un parti assez intéressant pour vous. Après tout, je suis estropié, je ne suis qu'un détective parmi tant d'autres, je vis au-dessus de mon agence et, désormais, en compagnie de ma cousine. Le tableau n'est pas…

Stuart passa la main dans ses cheveux. Il était gêné et contrarié par son début de déclaration. Si cela avait l'avantage d'être honnête, ce n'était guère engageant.

Pourtant, Isadora l'observait les sourcils légèrement froncés à la recherche de la signification de sa tirade.

— Je vous prie de bien vouloir me faire l'honneur de m'épouser, déclara-t-il dans un souffle.

Les yeux d'Isadora s'ouvrirent si grands que Stuart songea un moment qu'elle allait s'évanouir au milieu de son bureau.

— Vous épouser ?

— Oui, dit-il hésitant. Bien sûr, il n'y a aucune obligation. Je comprendrais aisément qu'une femme telle que vous n'ayez aucun attrait pour un homme tel que moi. Comme je vous le disais, je n'ai…

Isadora coupa court au discours de Stuart en posant son index sur sa bouche.

— Une femme telle que moi, répéta-t-elle. Je ne sais pas ce que vous voyez en moi, Stuart Spencer. Mais si vous y voyez assez d'agrément pour me proposer de devenir votre épouse, je serais folle de dire non. Vous êtes un homme lumineux, généreux, bienveillant, bon, honnête, travailleur. Vous êtes beau aussi, n'en doutez pas, et vous me plaisez beaucoup, depuis notre rencontre en réalité. Alors, contrairement au début de votre déclaration, pour ma part, je ne saurais par quel mystérieux sort je pourrais refuser une telle offre. Oui, Stuart Spencer, j'accepte de vous épouser avec un immense plaisir et une très grande fierté.

Stuart devait reconnaître que son cerveau s'était quelque peu grippé durant les dernières secondes. Il n'était pas certain d'avoir tout compris, mais l'essentiel était là. La superbe Isadora acceptait de l'épouser.

Alors qu'elle pressait encore son index sur les lèvres du

détective, ce dernier sourit largement et s'approchant peu à peu du visage la médium, il finit par joindre sa bouche à la sienne.

Des applaudissements coupèrent court à ce premier baiser. Stuart se retourna, sachant déjà qui il allait découvrir sur le pas de la porte.

Elsie était radieuse. Elle s'approcha d'eux, tout sourire, s'emparant de la main de l'un et de l'autre pour les serrer avec joie.

— Toutes mes félicitations, je suis si heureuse pour vous.

Stuart embrassa sur le front sa cousine, qui se demanda pourquoi tous ces hommes prenaient désormais cette habitude. Toutefois, comme elle aimait beaucoup l'un et l'autre, elle ne regimberait pas. Elle se tourna vers Isadora qui, de façon tout aussi surprenante, l'embrassa à son tour sur le front. Décidément, il y avait une habitude qui se créait et elle se demandait bien comment elle allait s'en dépêtrer.

Lumière, qui avait senti la joie et le bonheur transfigurer l'énergie du bureau de Stuart, se précipita dans un miaulement gracieux pour se frotter à toutes les jambes à sa disposition. Isadora se saisit de son chat et, l'embrassant sur la joue, conclut :

— Tu vois, Lumière, après l'orage vient le beau temps.

FIN

Pour les curieux

P our ceux qui auraient l'envie ou le souhait d'approfondir leurs connaissances historiques sur la période victorienne, je peux vous conseiller une sélection des ouvrages, images et documents scientifiques qui ont soutenu mon inspiration et m'ont permis de rendre plausible l'arrière-plan historique de ce roman.

BIBLIOGRAPHIE - LES OUVRAGES ET ARTICLES

ALBERT Sabine, *Dictionnaire de Londres,* préface de Jean PRUVOST, Honoré Champion, 2012.

BEDARIDA François, *La société anglaise. Du milieu du XIXème siècle à nos jours*, Seuil, 1990.

CHASSAIGNE Philippe, *Histoire de l'Angleterre. Des origines à nos jours*, Flammarion, Champs, 1996.

CHESNEY Kellow, *Les bas-fonds de Londres. Crimes et prostitution sous le règne de Victoria*, Texto, 2007.

CORVISY Catherine-Emilie, MOLINARI Véronique, *Les femmes dans l'Angleterre victorienne et édouardienne. Entre sphère privée et sphère publique*, L'Harmattan, 2008.

CROSSICK Geoffrey, La bourgeoisie britannique au XIXe siècle. Recherches, approches, problématiques, *Annales. Histoire, Sciences Sociales*. n°6, 1998, pp. 1089-1130 ;

CROUZET François, Angleterre-Brésil, 1697-1850 : Un siècle et demi d'échanges commerciaux, *Histoire, économie et société*, 1990, 9e année, n°2, pp. 287-317.

FAUVEL Aude, Crazy brains and the weaker sex: the British case (1860-1900), *Clio*, 37|2013, Online since 15 April 2014.

FLANDERS Judith, *The Victorian house. Domestic life from*

childbirth to deathbed, 2003.

FRAISSE Geneviève, PERROT Michelle (sous la direction de), *Histoire des femmes. Le XIXème siècle*, Plon, 1991.

GOODMAN Ruth, *How to be a Victorian*, Penguin, 2013.

GRAY Adrian, *Crime and Criminals of Victorian England*, Londres, The History Press, 2011.

GRIFFITHS Arthur (Major), *Victorian murders. Mysteries of police and crime*, Londres, The History Press, 1898, 2010.

HEFFER Simon, *The age of decadence. Britain 1880 to 1914*, Londres, Penguin Random house, 2017.

LAJOINIE DOMÍNGUEZ Maria Teresa, L'animal exotique comme vecteur historique : commerce, symbolique et exhibition d'animaux dans la France du XIXe siècle, *Cédille*, 2020, n°17.

LEJEUNE, Anthony, with Malcolm LEWIS, *The Gentlemen's Clubs of London*, Bracken Books, London, 1979, réimpr. 1987.

Londres 1851-1901. L'ère victorienne ou le triomphe des inégalités, Autrement, Série Mémoires, 1990.

METCALF John, *London A to Z,* 1953, Thames & Hudson, 2016.

METROPOLITAN POLICE, *Special Branch introduction and summary of responsibilities*, 2006.

MOSS Alan & SKINNER Keith, *The Victorian detective*, New York, Shire publications, 2013.

NAVAILLES Jean-Pierre, *Londres victorien. Un monde cloisonné*, Champs-Vallon, 1996.

Paradoxes victoriens / Victorian Paradox(es), textes réunis et édités par William FINDLAY. Actes du colloque des 20-21 septembre 2002, Tours, 2005.

RIPA Yannick, *L'affaire Rouy. Une femme contre l'asile au XIXe siècle*, Paris, 2010.

Scotland Yard. The history of British policing and the world's most famous Police force, Charles Rivers editors, Londres, 2016.

SHPAYER-MAKOV Haia, Le profil socio-économique de la police métropolitaine de Londres à la fin du XIXe siècle, *Revue d'histoire moderne et contemporaine*, tome 39, n°4, Octobre-décembre 1992, pp. 662-678.

THAMES Richard, *Voyages dans l'histoire de Londres. Un guide pour les voyageurs et les amoureux de Londres*, National Geographic, 2012.

WAROLIN Christian, La pharmacopée opiacée en France des origines au XIXe siècle, *Revue d'histoire de la pharmacie*, 97e année, N. 365, 2010. pp. 81-90.

WILLIAMS Justin, *Investigating a Century-Long Hole in History: The Untold Story of Ayahuasca From 1755-1865*, 2015, Undergraduate Honors Theses, Paper 802.

WILLIAMS Lucy, *Wayward women. Female offending in Victorian England*, Croydon, 2016.

ZIEGER Susan, Victorian Hallucinogens. *Romanticism and Victorianism on the Net,* 49, February 2008.

Bonnes recherches à tous !

♦ ♦ ♦

L'agence de détectives privés W & S reviendra dans le tome 5 de ses enquêtes.

Dies Irae

♦ ♦ ♦

Chères lectrices, chers lecteurs,
Si vous avez aimé cette enquête, je vous invite à laisser un commentaire (gentil de préférence ) sur Amazon, Babelio et tout autre endroit du net où d'autres lecteurs pourront découvrir mon travail ! D'avance un grand merci !
À très bientôt pour de nouvelles aventures !

Delphine

Si vous voulez suivre mon actualité :
http://www.delphinemontariol.com/
https://www.facebook.com/delphinemontariol.auteur/
https://www.facebook.com/enquetesdescousinsclifford/
https://www.facebook.com/Worthington.Spencer.DP/
https://www.instagram.com/delphinemontariol.auteur/

Table des matières

www.ingramcontent.com/pod-product-compliance
Lightning Source LLC
LaVergne TN
LVHW091702190726
843493LV00001B/104